家康の軍師③

白虎の巻

岩室　忍

朝日文庫

本書は書き下ろしです。

家康の軍師③

白虎の巻　目次

第九章　豊臣秀頼　333

家康の軍師④　玄武の巻　目次

家康を巡る人々

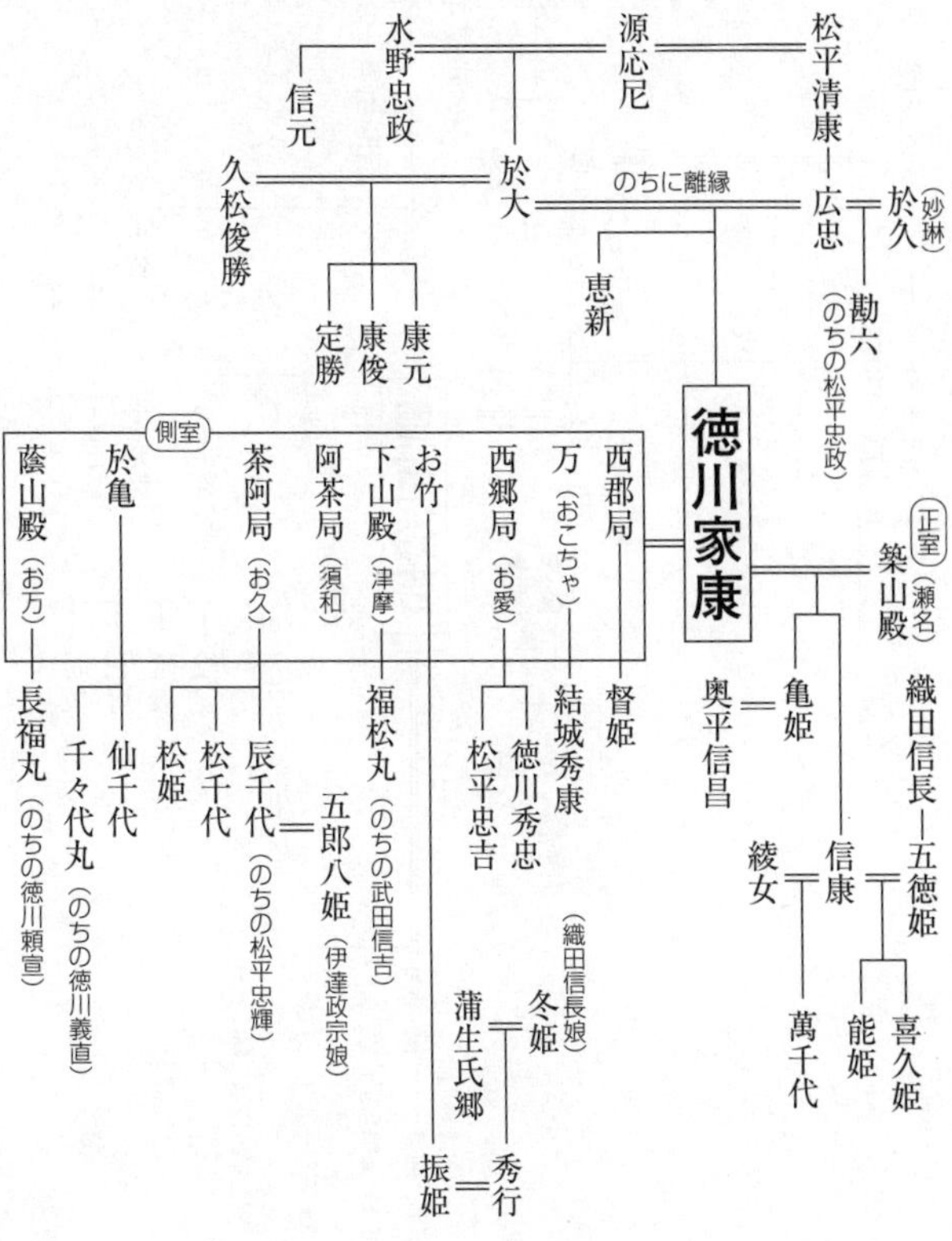

松平清康
源応尼
水野忠政
信元
於大
久松俊勝
のちに離縁
広忠
於久（妙琳）
勘六（のちの松平忠政）
恵新
康元
康俊
定勝
徳川家康
正室
築山殿（瀬名）
織田信長
五徳姫
亀姫
奥平信昌
信康
綾女
萬千代
能姫
喜久姫
側室
西郡局
督姫
万（おこちゃ）
結城秀康
西郷局（お愛）
徳川秀忠
松平忠吉
冬姫（織田信長娘）
蒲生氏郷
秀行
お竹
振姫
下山殿（津摩）
福松丸（のちの武田信吉）
阿茶局（須和）
茶阿局（お久）
辰千代（のちの松平忠輝）
五郎八姫（伊達政宗娘）
松千代
松姫
於亀
仙千代
千々代丸（のちの徳川義直）
蔭山殿（お万）
長福丸（のちの徳川頼宣）

豊臣秀吉系図

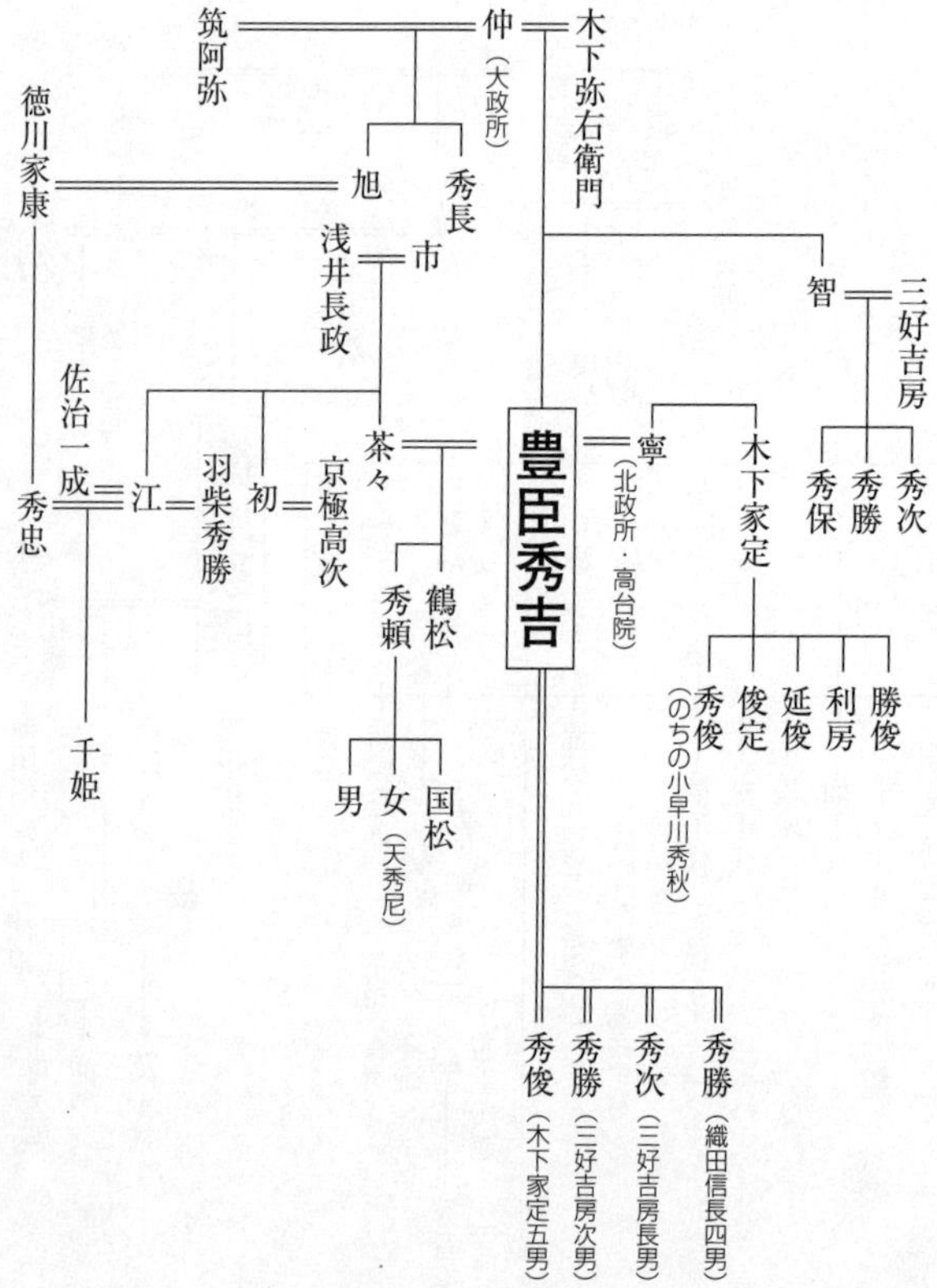

木下弥右衛門
仲（大政所）
筑阿弥
秀長
旭
徳川家康
市
浅井長政
智
三好吉房
秀次
秀勝
秀保
豊臣秀吉
寧（北政所・高台院）
木下家定
勝俊
利房
延俊
俊定
秀俊（のちの小早川秀秋）
茶々
京極高次
初
羽柴秀勝
江
佐治一成
秀忠
千姫
鶴松
秀頼
国松
女（天秀尼）
男
秀勝（織田信長四男）
秀次（三好吉房長男）
秀勝（三好吉房次男）
秀俊（木下家定五男）

家康の軍師③

白虎の巻

第七章　豊臣秀吉

本能寺

徳川家康は駿河一国加増のお礼のため、家臣を連れて安土城に向かうことにした。だが、軍を連れて行くことはできない。

随行の人数が多過ぎては何のための軍勢だと咎められる。信長がみな殺しにしようとすれば、手ごろな人数は三、四十人ぐらいだろうと家康は考えた。

いつでも命は差し上げますという家康の恭順の人数だ。信長が家康の七十万石を欲しくなるかもしれない。その時は差し上げますという家康の意思表示でもある。

信長という武将がどんな武将かは家康が最もよく知っていた。

並々ならぬ猜疑心の持ち主、それが織田信長という天下布武の武将なのだ。あの織田家の老臣だった佐久間信盛も林佐渡も、蝮の道三の家臣の安藤守就も信長に粛清された。

容赦しないのが信長だ。

家康は信長に敵対する勢力が一掃された時が危ないと思っている。大きくなり過ぎることは危険だ。

そんなことを考えて随行の家臣を三十四人にした。ただ、三十四人は徳川軍の一騎当千の剛の者ばかりだ。

易々と殺される三十四人ではない。

酒井忠次、本多平八郎、榊原康政、井伊直政、石川数正や大久保忠隣など精鋭揃いの三十四人にした。

家康はそんな小人数で安土城に向かう。

その頃、西国に侵攻している秀吉は、四月二十七日から備中高松城の清水宗治と交戦に突入していた。

秀吉は五月になると高松城を水攻めにする作戦に出ている。

そんな備中高松城の支援に毛利軍五万が出陣。秀吉軍は二万、宇喜多軍が一万の三万で、毛利軍との激突は不利だ。

その上、高松城を水攻めにしている堤を決壊される危険があった。

秀吉は信長に西国に来てもらいたいと考えている。そこで毛利出陣を理由に信長に援軍を要請した。

東国は越後の上杉景勝を除いて信長に抵抗する勢力はない。

信長に反旗を翻しているのは、義昭を匿《かくま》い秀吉と交戦中の毛利輝元だ。

それに四国の切り取り勝手を中止させられた長宗我部元親、九州の南端薩摩の島津家ぐらいだろう。


武田を倒した信長の眼は西国、四国、九州を見ていた。

すでに四国征伐は三男の信孝に命じ、その後見には丹羽長秀を充てている。

五月十五日に家康一行が安土城に到着すると、信長は大歓迎で安土城内の摠見《そうけん》寺において、信長と家康の対面があり家康が駿河加増のお礼を言上する。


信長は上機嫌で饗応が始まった。

それは盛大な宴で一の膳から四の膳まで、山海の珍品名物で調えられた大豪勢、その奉行が明智光秀だと信長が家康に披露した。

こういう儀式典礼の料理膳などに詳しいのは、織田家では明智光秀の右に出る者がいなかった。

この饗応の一から四の膳には明智光秀の私財が投入されている。私財と言っても光秀の近江坂本城も、丹波亀山城も信長から与えられたものだ。信長の饗応は家康から信長が富士山見物と東海道遊覧に、並々ならぬ心の籠った接待を受けた返礼であった。

饗宴ばかりではなく、信長は自慢の安土城の隅々まで家康に披露した。安土城下は湖を埋め立て日に日に拡大している。そこには信長が特別に許可したキリスト教のセミナリヨなども建っている。

日本人だけでなく南蛮人の姿も見られた。家康は城下に異国から吹いてくる風を感じ大いに驚いた。

信長の槍持ちにはヴァリニャーノ神父から譲り受けた黒人の弥助がいる。その信長はキリスト教の宣教師たちの腹の底に、日本を植民地にしようとする魂胆があることはわかっている。

だが、そんな武力侵攻があるなら、ことごとく海の藻屑にする自信があった。そんな信長の自信満々の胸奥を家康は覗き見た。

そんな宴もたけなわの五月十七日に、備中高松城攻撃の秀吉から毛利輝元、小早川隆景、吉川元春らの毛利軍が現れたので、至急援軍を要請するとの書状が届いた。それを読んで信長は「猿めが、このわしを呼んでいる」と気づいた。

そこで信長は自ら出陣して西国から九州まで一気に平定するとの決心で、明智光秀とその与力衆の細川藤孝、池田恒興、高山右近、中川清秀、塩川長満らに出陣を命じた。

光秀は急遽、家康饗応役を丹羽長秀に譲って、安土城から湖対岸の坂本城に移って出陣の支度を始める。

信長はこの饗宴が終わったら京の本能寺に移り、六月四日頃には京から出陣して、兵を集めながらまずは船で阿波に渡ることを考えていた。

四国も西国も一気に片付け、その勢いで九州まで侵攻したい。信長の目指す天下布武の完成だ。

九州に渡海する頃には織田軍は二十万人にもなっているだろう。

その勢いで唐、天竺、南蛮にまで行ける。その頃には織田軍が百万人にも膨れ上がっているだろう。

大いなる野心家の信長には南蛮や大陸への野望もあった。

信長の頭脳をもってすれば可能だったかもしれない。それは後に秀吉が朝鮮出兵で実行し失敗する。

安土城での饗応は中止されずに続けられた。

この時、家康は信長に対し直ちに三河へ帰国して、徳川軍と上洛して織田軍と共に西国に出陣したいと願い出る。

だが、武田を滅ぼして自信満々の信長はその必要はないといって、安土や京や堺を充分に見物してから帰国するようにと勧めた。

信長はまさに絶頂にいた。

宴は続き十九日には安土城内の摠見寺において幸若太夫に舞を舞わせ、近衛前久、家康、梅雪斎などに披露して楽しんでいる。

信長は上機嫌で少し早めに舞が終わると翌日分の能を梅若太夫に命じた。

ところがこの梅若太夫の能が不出来で信長の機嫌が壊れ、慌てて幸若太夫に能を舞わせると信長の機嫌が直った。

翌二十日には光秀に代わり饗応役が、正式に丹羽長秀、堀秀政、長谷川秀一、菅屋長頼の四人に決まる。

この後、堀秀政は信長の使者として備中の秀吉へ派遣される。

翌二十一日に家康は長谷川秀一の案内で、安土から京に出立した。

家康には穴山梅雪斎が同行している。

この時、丹羽長秀と津田信澄《のぶずみ》が大阪に先行して、堺衆などを交え家康を盛大にもてなすように命じられた。

信長は富士山見物と東海道遊覧がことのほか気に入っていた。

この日、中将信忠も家康たちより少し遅れて、織田一門衆や母衣《ほろ》衆など八百人余りを率いて京の妙覚寺に入っている。

この時、中将がなぜ京にいたのかだ。

中将信忠の上洛は弟織田三七《さんしち》信孝の四国征伐への同行とか、信長の西国征伐への同行のためなどといわれるがその目的はわかっていない。

だがこの時、信長とその嫡男の中将信忠が合流し、一緒に京に滞在することになる。このことが織田宗家の滅亡を早めてしまう。

護衛の兵も満足に連れずに、二人がともに京にいるその状況を作ることが極めて危険でまずい。

それに誰も気づいていない。

中将信忠が兵を連れていないのも、安土城に織田軍がいないのも理由は同じで、武田征伐の遠征で疲れた兵たちを、信長はそれぞれの国に返して次の動員まで休息を取らせていたのである。

五月二十六日に坂本城を発った明智光秀は、明智軍を率いて丹波亀山城に移った。

明智軍は一万三千人と大軍だった。

その大軍はすでに出陣の支度を整えている。

翌二十七日に光秀は長男の光慶と家臣一人だけを連れて、愛宕山の愛宕神社に戦勝祈願の名目で参詣した。

この時、威徳院西坊で連歌の会を開いたと伝わっている。

安土城から上洛した家康は京見物をするなど、親しくしている京の茶屋四郎次郎宅に滞在していた。

二十八日に光秀は愛宕山から亀山城に戻った。

この頃すでに、明智光秀が信長を討つ決心をしていたと思われる。もちろん光秀は安土城に織田軍がいないことを知っていた。

翌五月二十九日に西国出陣を偽装するため、光秀は武器弾薬の荷駄隊だけを西国に先発させる。

この二十九日の早暁、信長は「出陣の支度をして待機、命令があり次第出陣せよ」と言い残して、わずか百人ほどの小姓衆や厩衆、台所衆などだけを連れ、警固の供廻りもなしに安土城から出立した。

信長という人はこういう軽率なことをする癖がある。

異常な自信過剰というか面倒くさがりの短気というか、信長ほどの身分であれば供廻りだけでも数百人、兵の二千や三千人は連れて歩くべきなのだ。

それが上洛であればなおさらで、小姓衆百人余りというのは考えられないことである。不用心も過ぎるというものだろう。

せめて安土城周辺の近江兵だけでも集めれば、短期間で四、五千人ぐらいは招集できたはずだ。

なぜか信長はそれをしなかった。

滅びの神に抱きつかれたのかもしれない。結局、このちょっとした油断が信長の命取りになる。

武田を滅ぼしてしまい信長は傲慢になっていたのかもしれない。

朝廷からの三職推任という、関白、太政大臣、征夷大将軍の、いずれかに任官あるべしというのに返答さえしていなかった。

信長のことだから天皇の上に立とうなどと、とんでもないことを考えていたのかもしれない。

そんなことができると考えていたなら信長は愚かだ。

だが、考えられないことではない。

最強の武田を滅ぼし東国を制して、今さら官位官職などいらないということだろうが、天皇をないがしろにすることなど、どんな権力者でも実力者でも、この国では絶対に許されない。

夕刻、信長は本能寺に到着した。

この日、信長の家臣長谷川秀一の案内で家康は堺に向かい、松井宮内卿法印友閑らに歓待された。

この時、家康が堺にいたことがよかった。もし、京にいたら重大な事件に巻き込まれていただろう。その大事件が目前に迫っている。

翌六月一日は朝から今井宗久の茶の湯の会に招かれ、家康は昼には天王寺屋津田宗及の茶会に招かれた。

夜は幸若舞の宴席で堺らしい接待ずくめの一日だった。

その頃、本能寺の信長は夜遅くまで、本因坊算砂《さんさ》と林利玄の囲碁の対局を見ていた。

この日の信長は公家や僧など四十人を集め、安土城から持って来た茶器の名物拝見や茶会を行い、酒宴なども開かれ近衛前久、勧修寺《かじゅうじ》晴豊、甘露寺《かんろじ》経元《つねもと》などが参加している。

この時、信長から三職推任に対する返答が、語られるのではと期待されていたようだが言葉はなかった。

珍しく妙覚寺から中将信忠が顔を出していた。

このように信長親子が京に揃ったのがまずかった。それも護衛の兵が千人もいないという油断だ。

家康一行を堺の町衆が盛大にもてなしたのは信長の命令である。

人の運命とは不思議で信長の天下布武は武田征伐でほぼ終わり、天は次の時代の創造を信長以外の男に託そうとしていた。

そう考えるしかない。

そんな夜になって丹波亀山城の明智光秀軍一万三千が京に向かう。

老《おい》ノ坂《さか》を越えて明智軍は沓掛から摂津に向かわず、桂川を目指し信長のいる本能寺に急いでいた。

夜半を過ぎて六月二日になっていた。

京の本能寺は日蓮宗の大きな寺で、東は西洞院《にしのとういん》大路、西は油小路、北は六角通り、南は四条坊門小路蛸薬師《たこやくし》通り、という四町四方に建立されている。東西南北六十六間、二間幅の水堀で周囲を守り、石垣の上に土居を巡らせてあった。

天正八年（一五八〇）二月に信長は京での異変を考えたのか、所司代村井貞勝に命じて寺を城塞のように大改築させた。

本能寺は寺だが砦のような城でもあった。

信長は京に城構えの寺を作って定宿にした。そこまで警戒していながら、この日に限って百人余りの小姓と近習だけだった。

魔が差すということがあるようだが、人は普段では考えられないことをしてしまう。

信長親子は明らかに油断した。

どんなに頑丈な城で武器弾薬を備蓄しても、その中にいるのが小姓衆など百人では戦いようがない。

その信長の油断を明智光秀は見逃さなかった。

中将信忠の率いる織田軍もあまりに貧弱で軍と呼べるようなものではない。

信長と中将で少なくとも三千から五千人ぐらいの織田軍を連れて歩かないと、いざという時に突然現れる敵に対応できない。

兵がいれば万に一つの用心で逃げる猶予を稼げるということだ。

信長は逃げるのが得意だ。信長の名馬はみな足が速く追いつける馬などいない。

だが、わずか百人余りの護衛の近習では、とてもじゃないが逃げる猶予さえ作れずに押し潰される。

信長ほどの武将であれば、当然わかっていて行動しているはずなのだ。

確かに魔が差したとしか言いようがない。人には本当にそんな時がある。信長にとってはこの六月二日がその日だった。

事実そのようなことになった。

この日の本能寺の戦いはわずか四半刻、あっという間に決着がついてしまう。

明らかに信長は畿内やその周辺には、自分を倒せるような勢力はいないと甘く考えて油断した。

ところがとんでもない、自分の足元に一万三千人という大軍が、虎視眈々とその油断と隙を狙っていた。

それにまったく気づかない。

東山の稜線が白くなる京の早暁、丹波口から入った明智軍が続々と本能寺に集結して包囲してしまう。

何の警備もなく本能寺の山門は開きっぱなしだったともいう。「どうぞ、襲撃してください」という無防備さだった。

天運が尽きて滅びる時とはそんなものなのかもしれない。

本能寺の中の早起きの厩衆や台所衆が、明智軍の侵入に気づいて戦いが始まったが、寺の奥にいた信長は騒々しい喧嘩かと思って眼を覚ました。

「お乱、喧嘩か？」

「すぐ見てまいります！」

乱丸が本堂に駆け込んだ時にはすでに境内では壮絶な戦いが始まっていた。あまりのことに乱丸は動転して奥に駆け込んで厠《かわや》に起きた信長に知らせる。

「襲撃にございますッ！」

「なにッ、敵はッ！」

「水色桔梗にございますッ！」

「金柑頭《きんかんあたま》かッ！」

「御意ッ！」

「是非も無しッ、弓を持ていッ！」

「上さまッ、安土へのご帰城をッ！」

「お乱、光秀ほどの男がこのわしを易々と逃がすと思うか、この寺から一歩も出られぬわッ、来いッ！」

信長は光秀の謀反とわかって、一瞬で本能寺からも京からも逃げられないと悟った。乱丸、坊丸、力丸の三兄弟を連れて本堂に向かう。

すでに手の施しようがないほど明智軍が境内に乱入している。

その境内では大男の黒人の弥助が信長の大槍を振り回して暴れ回っていた。

「弓ッ！」

信長は弓を手にするときりきりと弦を絞って矢を放つ。鉄砲を持った武将の顔面に矢が突き刺さった。

二射目も鉄砲を持った兵を狙った。

ところが三射目に弓の弦が切れた。その弓を捨てると槍を手に取ったが、本堂の欄干下まで敵兵が迫っている。

乱丸は血だらけになって本堂の階で敵兵と戦っていた。

その時「パーンッ！」と乾いた音がして、弾丸が信長の肘を掠《かす》って血が噴き出した。

咄嗟に信長はこれ以上怪我をすると腹を切れなくなると思った。敵の数が多過ぎて防戦のしようがない。

「お坊ッ、ここまでだ。太刀を持ていッ！」

信長は槍を敵兵に突き刺して捨てると、坊丸だけを連れて寺の奥に向かった。

もはやこれまでと見切った。

光秀ごときに首を渡したくないと思う。

京の辻に首を晒すことはできない。それこそが信長の最期の矜持だ。この世から忽然と消えるのみ。

「お坊、火を放て！」

「はいッ！」

信長は坊丸と地下の武器弾薬庫に入ると腹を切り、坊丸は火を放って二人は粉々になって吹き飛んだ。

本能寺の奥殿に火柱が立ったといわれている。

この四半刻の戦いで本能寺はあっけなく落城、炎上した。その敗北の原因は信長の慢心による油断である。

わずか百人余りの小姓衆たちでは、端からどうにもならない戦いだった。

この後、信長の遺骸はどんなに探しても見つからず、戦いは中将信忠が籠城した誠仁《さねひと》親王の二条御所こと下御所に移って行った。

中将は「安土城に撤退するべきだ」という村井貞勝の進言を、「父を見捨てて逃げることはできない」と、大慌てで本能寺に駆けつけたが、明智軍に包囲され近寄ることさえできなかった。

周辺の辻々は明智軍に押さえられていた。

安土城への脱出も不可能になり、中将信忠は誠仁親王の二条御所に籠城して明智軍と戦うことにする。

だが、その戦う兵がいない。

この時、中将軍は京の町屋に二、三人ずつ分宿していて、千人にも満たない寡兵が何人集まるかさえわからなかった。

こうなっては中将信忠の命運も風前の灯火である。

援軍が現れる可能性はほとんどなかった。最も近い援軍でも摂津とか河内などにいる信孝軍であった。

戦いに間に合うはずがなかった。

伊賀越え

本能寺にほど近い中京《なかぎょう》蛸薬師の茶屋四郎次郎宅では大騒ぎだ。

「家の中の金銀をすべて集めろッ！」

茶屋四郎次郎清延は京が逆さまになりそうな騒ぎの中で、堺にいる徳川家康が危ないと思った。

それは家康が帰国するため再上洛してくる可能性があったからだ。

家康一行は信長に挨拶してからの帰国になる。こんな大事件の渦の中に信長の同盟者の家康が戻ってきたらえらいことになる。

それだけは何んとしても回避しなければならない。

茶屋四郎次郎は家の中の金銀を馬の鞍に結んで、小者一人だけを連れて家を出ると京から飛び出した。

向かうのは家康のいる堺だ。

何んとしても家康と会って、この大事件を知らせなければならない。それでも三河まで逃げ切れるかわからないだろう。

大勢の落ち武者狩りに狙われ捕まったら一巻の終わりである。なんとしても家康を逃がさなければならない。

「兎に角、急ごう！」

「はい！」

数日前まで茶屋四郎次郎宅にいて家康は京見物をしたのだ。

その家康にまず知らせることだ。後のことは後のこと。行き違いにならないことだけを祈る。

この日、家康は京の事件を知らないまま朝から堺の遊覧で刻を過ごす。

一旦京に戻ろうとする途中、河内飯盛《いいもり》山付近まで来たところで、京から馬を飛ばしてきた茶屋四郎次郎一行と出会って、信長が本能寺で落命したことを知る。

「の、信長さまがッ？」

「はいッ、明智軍に襲われましてございます！」

「明智殿が……」

まさに青天の霹靂《へきれき》とはこういうことだ。

すると家康はまたもや急に弱気になり死にたくなる。この癖は生涯にわたって家康から離れなかった。

追い詰められると死んで決着をつけようとする。

家康は狼狽して京に戻って、徳川家と所縁《ゆかり》のある東山の知恩院に入って、自刃すると言い出した。

桶狭間の大樹寺の時と同じだ。

この家康に猛反発したのが猛将本多平八郎だった。

「それがしは様子もわからぬ京に引き返すなど反対でござるッ。ましてやこんな時に腹を切るなど犬死でござれば、それがしは三河に帰って出直してくる。惟任《これとう》日向殿と一戦交えてから討死する覚悟ッ。ここで死にたければ殿が勝手になされればよろしかろうッ！」

「なにッ、平八郎、おのれッ！」

「嫌なものは嫌でござる！」

頑固一徹の本多平八郎は家康をにらんで一歩も引かない。こういうところが平八郎の面目躍如だ。

「勝手に死ねとは何だッ！」

「殿が死にたいというから、お止めしないということでござる！」

「おのれッ！」

死にたい家康と死にたくない平八郎の喧嘩になった。

家康が知恩院に戻って腹を切るというのには一理ある。大恩ある信長を慕うと言いたいのだろう。

家康は確かに信長の死を聞いて取り乱していた。

ここで逃げても明智軍に追われることもあるが、最も怖いのは土民の落ち武者狩りに殺されることだ。

こういう大きな事件が起きると必ず大規模な落ち武者狩りが行われる。

そんな中でも賞金目当ての土民の落ち武者狩りは怖い。多勢だと百人やそれ以上で襲ってくるからだ。

家康はそういう落ち武者狩りに追われてみじめに死ぬことを嫌った。

「殿ッ、ここは平八郎の考えを聞いていただきたい!」

酒井忠次が助け舟を出す。

大槍の蜻蛉切を担いだ本多平八郎は、こんなところで死ぬのは絶対嫌だという強情な三河武士の顔だ。

こうなると頑固な平八郎は梃子《てこ》でも動かない。

「殿、それがしもここは逃げるのがよろしいかと思います!」

榊原康政も平八郎に助け舟を出した。

「殿ッ、それがしも逃げます！」

二十二歳の若き井伊直政もこんなところで死ぬくらいなら逃げると宣言した。

死にたいのは家康一人で三十四人は逃げたい。こうなっては家康も知恩院での自害は撤回するしかない。

「殿、ここは半蔵殿に先行してもらい、逃げ道を開いてもらうしかないかと存じます」

駄目押しのように冷静な石川数正が逃げ道の確保を提案した。

「伊賀か？」

「御意、危険ですが伊賀から伊勢に出て船で三河に戻ります。それでいいな平八郎？」

「おう、必ず逃げ切って見せる！」

「では殿、そのようにいたします。一刻を争いますれば？」

「うむ！」

家康が説得されてうなずくと平八郎がうれしそうにニッと笑う。

「よし、半蔵殿、それがしも行こう！」

渡辺守綱が名乗り出た。

「それではこの茶屋もお供しましょう」

茶屋四郎次郎は有り金をはたいてでも、落ち武者狩りを買い取って黙らせる。黄金には人を黙らせる口がある。

それに喋らせればいい。商人らしい考えだ。

何んとしてでも家康が逃げる伊勢までの道を切り開く、海にさえ出れば三河まではすぐなのだ。

服部半蔵、渡辺守綱、茶屋四郎次郎とその小者が先行する。

河内から山城に一旦入って、甲賀から伊賀を越えて、伊勢に逃げて船で三河の大浜に向かう。

逃げる道はここしかない。

危険が迫れば途中で道を変更すればいいこと、兎に角、こんなところでもたもたしていないで一刻も早く逃げることだ。

事件は起きたばかりでこれから先どのように展開するかわからない。

信長に代わって明智光秀の天下になるとも思えなかった。織田家には柴田勝家も羽柴秀吉も滝川一益もいる。

京にいるはずの中将信忠の生死は判明していない。

逃げると決まって家康も少し気持ちが落ち着いた。死にたい気持ちが消えて逃げられるかもしれないと思う。

この家康の死にたくなる癖は困りものだ。

家康一行は河内四条畷《しじょうなわて》から京田辺興戸《こうど》の木津川の渡しに向かう。

こうなると穴山梅雪斎は家康を信頼できず、徐々に距離を取り家康一行から離れ始めたが、そこを落ち武者狩りに狙われた。

すでに事件を知った者たちが落ち武者狩りに出てきている。

運よく大将首でも取れれば大きな恩賞にありつける。そんな者たちは飢えた狼や狂犬と同じで誰にでも噛みつく。

家康一行と距離を取った穴山梅雪斎一行が襲われて殺された。

危険はすぐ傍まで迫ってきている。逃げるしかない。飢えた狼の落ち武者狩りが小人数の穴山一行に牙をむいた。

いつ襲われるかわからない危険な状況だ。

家康一行は山城の宇治田原に入り、迎えの人たちと会い土豪の山口甚介秀康の城のように大きな屋敷で仮眠を取りすぐ出立した。

この屋敷は山口城ともいう。

この時、蜻蛉切を抱えた本多平八郎が家康の寝所の寝ずの番をした。

平八郎は信長の死を聞いて取り乱した家康に、わざと喧嘩を仕掛けて眼を覚まさせたのである。

死にたいなどと弱音を吐いている時ではない。

信長の後を追いたい気持ちはわかるが領国はどうなる。三河、遠江、駿河には幾万もの家臣や領民がいるのだ。

咄嗟に平八郎はここは逃げるしかないと考えた。

こういう時、武士としては戦って一人でも敵を倒したいが、三十四人ではあまりにも無勢で戦える状況にない。

こういう不利な時は三十六計逃げるに如《し》かずだ。

先人の残した言葉に迷いはない。必ず道は開けるはずだと平八郎は思う。

もちろん、そんな平八郎の考えが冷静になった家康には充分にわかる。問題は逃げ切れるかだ。

六月三日から後に神君伊賀越えと称される九死に一生の難行苦行が始まる。

というのも例の完全無欠の大権現さま作りで怪しげな匂いがする。そもそも神君伊賀越えというが臭い。

後世の神君作りの匂いがプンプンする。そんな大げさな逃避行ではなかった。落ち武者狩りに襲われたらすべてが終わってしまう。どこに六角や松永や浅井などの残党が潜んでいるかわからない。

突然、一揆軍が襲いかかってくるかもしれない。何が起きるかわからない逃避行が続くことになる。

「平八郎か？」

「はッ！」

「入れ……」

家康が夜半に仮眠から眼を覚まして平八郎を寝所に呼び入れた。

「殿、お許しを……」

醜男の平八郎が泣きながら家康に平伏して謝罪した。

主人に対して勝手に死ねと吐き捨てたのだからその罪は重い。切腹を仰せつかっても仕方がない。

「平八郎、謝ることはないぞ。領国のことを考えれば逃げるのが当然であった。信長さまの後を追うなど狼狽の極みだ。許せ……」

「殿！」

「うまく逃げられると思うか？」

「この一命に代えて殿には三河へ戻っていただきまする！」

「うむ、丸裸になるかもしれんな？」

「はい、物が欲しい盗賊には蜻蛉切以外は何でもやります」

「明日が勝負か？」

「御意、何とか伊勢に出れば……」

「少しは休め……」

「はッ！」

平八郎は涙を拭いながら寝所を出ると、廊下に大久保忠隣が灯りを持って立っていた。

「本多殿、ここの警戒を代わりましょう。一刻でも横になって下され……」

「うむ、そうするか……」

二人が寝ずの番を交代した。

三日はまだ暗いうちに馬を替えて、家康一行が宇治田原を発って近江甲賀に向かった。

前後左右を警戒しながらの逃避行だ。

その日は宇治田原から山に入り、湯屋谷《やんたん》から奥山田を通り、裏白峠《うらじろ》を越えて近江甲賀に急いだ。

夕刻に甲賀設楽小川の土豪多羅尾光俊の屋敷に着いた。

多羅尾城といわれている。

多羅尾光俊は前日家康一行が泊まった山口甚介の父親でもある。

この多羅尾家は甲賀五十三家の中の一家だが、南近江の六角家が滅ぶと多羅尾光俊は信長に味方した。

甲賀二十一家ほど六角家とはつながりが深くない。甲賀でも南端に多羅尾家はある。

その夜、家康一行は多羅尾光俊の屋敷で仮眠を取った。逃げるというのはビクビクしていて疲れる。

問題なのはこの多羅尾から御斎峠《おとぎ》を越えて伊賀に入ることだった。

というのは天正六年（一五七八）と九年（一五八一）の二度、信長は十万の大軍で猛攻を加えて伊賀の一揆軍と戦っている。

領民たちも含め無差別に三万人も殺した。相当な恨みを買っているはずなのだ。

これを後に天正伊賀の乱という。

伊賀は信長に対する恨みの深い土地柄だった。相当な恨みを買っているはずだと家康も思う。

その信長と同盟する家康がどう思われているかわからない。

家康はその伊賀を越えられないと考えていた。信長の同盟者の家康も恨まれている可能性が高い。

落ち武者狩りの一揆軍に包囲されたら間違いなく殺される。

逃げると決まった時、家康が最も気にしたのが、この信長と伊賀衆の壮絶な戦いのことだった。

その伊賀を奪い信長は二分して、息子の織田信雄《のぶかつ》と弟の織田信包《のぶかね》に与えた。

すでに京の本能寺の事件を知っているはずで、伊賀衆がどう考えているのか見当がつかない。

先行した服部半蔵が説得できるかだ。

服部家は半蔵の父保長までは伊賀の土豪で千賀地《ちがち》家の当主だった。

この一族は服部一族と言って、他に百地《ももち》家や藤林家などがあり三家が狭い土地に住んでいた。

そこで保長は将来を危惧して、本来の服部を名乗って伊賀から出た。

半蔵は三河で生まれたから伊賀のことは詳しくない。服部家の根は伊賀にあるため何度か訪ねてはいた。

そのため伊賀衆と話はしやすいが、ここで家康を通すか否かは別問題だ。

そこで京から来た茶屋四郎次郎清延の力が発揮された。商人には商人の戦いと勘定というものがある。

もの言わぬ金銀に雄弁にものをいわせることができた。それが商人だ。

茶屋は本来、中島という。

信濃守護小笠原家の家臣で武家だった。その武士をやめて京に出て呉服商となった。それが清延の父明延である。

少々変わった家柄の商人だった。

その呉服商が大きくなると中京蛸薬師の中島家に、将軍義輝が時々立ち寄って茶を所望した。

そのことから以来、屋号が茶屋となった。

その清延が徳川家に接近して呉服御用を、一手に引き受けるようになって急に大きくなった。

やがて茶屋家は朱印貿易を行うようになり巨万の富を得る。

その茶屋四郎次郎は貿易と水運の角倉了以や、彫金師で小判鋳造の後藤庄三郎と並んで、京の三長者といわれるまでに大きくなる。

「わしは京の茶屋四郎次郎という者だ。商人だから武家の出入りのことは知らないが、ここに今、わしの手許金がある。ここから伊勢までの道をこの金銀で買いたい。売ってもらえぬか？」

伊賀衆の前に茶屋が持ってきた金銀が積まれた。

「掻き集めてきたから正確な金高はわからないが二千両は超えているはずだ」

「二千両？」

「これで足りなければ、後で京から三千でも五千でも運ばせる。急ぐ話なのだ。売ってもらいたい！」

半蔵と茶屋が必死の交渉だ。それを渡辺守綱が見ている。商人はなんでも黄金で買えると思っている。事実、買えるのだ。

翌四日早朝、多羅尾家を出た家康一行は御斎峠に登って伊賀に入った。

この時、半蔵と伊賀衆の話がまとまって、家康一行を伊勢へ通すことになった。

さすがの黄金が口を利くと大手柄になる。

その家康一行の伊賀入りを怪しんだ多羅尾光俊が、孫の山口定教に配下の甲賀兵をつけて護衛させたのもよかった。

家康一行は伊賀柘植《つげ》を通って加太《かぶと》峠に登ると、やはり一揆軍が家康一行を討とうと待ち構えていた。

「ウワーッ！」

いきなり百人ほどの一揆軍が現れ包囲するとすぐ攻撃を仕掛けた。

家康は馬から下りて自ら戦う構えだ。

その時、山口定教と甲賀兵が前に出る。こういう時の兵はまことに力強く有り難いものである。

咄嗟に酒井忠次、本多平八郎、榊原康政、井伊直政、大久保忠隣、阿部正勝、高力清長、大久保忠佐、渡辺守綱らが半円に陣を敷いた。

家康の傍には石川数正、半蔵と茶屋四郎次郎、本多正盛、牧野康成、酒井重勝、花井吉高、多田三吉、三宅正次、青木長三郎らが取り巻いて守る。

二段の防御陣だ。

信長への恨みが家康に襲い掛かってきた。甲賀軍と一揆軍が激突する。

峠の上という狭い場所での戦いでいきなり大混戦になる。本多平八郎と井伊直政が助太刀に入った。

ところがこの戦いはすぐおかしくなった。一揆軍は甲賀兵がいるとは思わなかったようで、激戦の中でそれがわかると戦いから引いて行った。

こういう時はどこで何が起きるかわからない。家康一行は武装していないのだから戦うには厄介なのだ。具足をつけていれば戦いようもあるが、丸裸のような恰好ではこういう合戦は何んとも戦いにくい。

武器が当たるとすぐ怪我をする。急に襲われると咄嗟に戦うのが武家の癖だ。この時、武装した甲賀兵がいてくれたのが助けになった。

疲れきった家康が伊勢の海岸白子《しろこ》に到着したのは六月五日になってからだ。馬から下りるとよろつくほど家康は山の悪路に足腰をやられていた。それでも何とか逃げ切った。

大急ぎで船の支度をして乗船するとすぐ海に出る。海上に出てしまえばまず一安心だ。家康を狙うような海上勢力はいない。一気に三河を目指すだけだ。

翌六日に船は無事に大浜に到着した。

この家康の伊賀越えについては、実のところ正確な逃走路はわかっていない。おそらく、家康と半蔵など数人が知っていただけで、それほど極秘にされた逃避行だった。

家康一行は伊賀には入っていないとさえ考えられたり、伊賀越え自体が大袈裟で神君伊賀越えなどと、神君などとつけるのは家康を神格化するため、後世の人々の誇張であるとも考えられている。

そんなところが相場だろう。江戸幕府のやりそうなことだ。評価が難しいところだろう。

兎に角、謎が多い逃避行で家康は寝ずに逃げて、四日には三河の岡崎城にいて出陣の支度をしていたともいう。

だが、二日の本能寺の事件で四日に岡崎城というのは、いくら何んでもさすがに無理があるのではなかろうか。

家康は武将たちに出陣命令を出しながら大浜から岡崎城に急いだ。

明智軍がどんな動きをしているのか全く分からない。京から安土城、岐阜城と動くことも考えられた。

他には各地に分散している織田の大軍がどう動くかだ。家康は徳川軍を率いて警戒のために、尾張の熱田神宮辺りまで出陣して様子を見るつもりでいる。

信長の死は河内で茶屋四郎次郎から聞いたが、中将信忠が誠仁親王の下御所で戦死したのを知ったのは岡崎城に戻ってからだ。

本能寺で信長が死に、二条御所で中将信忠が死んだ。家康は織田家の致命傷になると思った。

自分の身の振り方も難しくなるとも思う。

徳川軍は岡崎城に集結することにして、疲労困憊の家康は夕刻には寝所に入って横になった。

よく逃げきれたと思う。半蔵の功績が大きい。

万事休したかと思われた時、逃げ切れると言った平八郎の勘は正しかった。

疲れているはずなのに興奮して家康はなかなか眠れない。あれこれと考えてしまうのだ。

これまでの家康は信長と同盟したことで守られていた。

だが、その大きな翼の信長が死にその嫡男の織田中将も死んだ。これから家康が頼れるのは自らの考えと力だけだ。

幼少の頃から傍に信長がいたように思う。

それがもういない。その喪失感は大きく、家康はこれまでにない最大の危機に見舞われたと思う。

これからどう生きるかだ。

苦境に立つと家康はいつも太原崇孚雪斎や登誉天室の教えが頭に浮かんだ。こんな時こそ太原雪斎に会いたい。

「竹千代、何ごとも落ちついてよく考えることだ。いいな?」

雪斎が口癖のようにそう言った。

「今こそ、落ち着いて考える時だ……」

横になっても家康は益々頭が冴えてくる。

これからは自分だけの力でどこまで生きられるかだ。自信はある。家康はうとうとと眠るとすぐ眼を覚ました。

体は疲れているが頭は興奮状態でどうにもならない。何度も寝返りを打った。

何度目かに眼を覚まして人の気配を感じた。

誰何《すいか》したが暗闇から返事がない。

だが、確かに部屋の中に人がいる気配なのだ。家康は暗い天井をにらんで「誰だ？」ともう一度聞いた。

「誰だ？」

「千賀だな？」

「はい……」

小さな返事が返ってきた。千賀は部屋の隅にだいぶ前から潜んでいた。

「所望じゃ……」

「はい……」

千賀は素早く素っ裸になると家康の褥に潜り込んだ。素っ裸が子どもの頃からの千賀の癖だ。その千賀に家康が激しく抱きついた。

「信長さまが死んだ……」

「はい……」

「寂しくなる……」

「はい……」

二人がしばらく沈黙した。何も言わなくても二人の心は通じ合っている。

「もう夜が明けるか?」

「まだ一刻半ほどはございます」

「よし……」

家康は疲れているはずなのに、千賀の肌に触れるとそんな疲れも吹き飛んでしまう。千賀は家康にとって万病の妙薬なのだ。

その千賀は家康が岡崎城に戻ってくるはずだと信じて待っていた。

信長の死はすぐ三河に伝わってきたが、その京にいるはずの家康が死ぬとは、まったく千賀は考えていなかった。

精鋭の家臣団に守られ必ず岡崎城に帰還する。

幼い時から一緒の千賀は家康のことになると妙な勘が働く。生きている。必ず、三河に帰ってくる。

そう信じ、その通りになった。

翌朝まだ暗いうちから岡崎城に続々と徳川軍が集まってきた。家康と千賀はなかなか寝所から出ない。

家康は疲れ果ててグーグー寝ている。

千賀は素早く身支度をすると隙間風のように寝所から消えた。幾つになっても可愛らしい千賀だ。

泣き虫の家康だけを愛している。

早く寝所に入ったのだがほとんど眠れず、千賀が寝かせてくれると家康は夜が明けても起きなかった。

近習が心配して二度ばかり覗いたが家康は熟睡中だ。

その間も出陣の支度が着々と整えられた。

何んとか生き延びて三河に戻った家康は暢気なもので、昼過ぎに大欠伸《あくび》をしながら寝所から出た。

千賀を探してもどこにもいない。

こういうじたばたしないところは大物だが、すぐ逃げたくなったり死にたくなったりするのもまた家康なのだ。

「殿、だいぶ軍勢が集まりましてございます」

「そうか、四、五千ぐらいか？」

「はい、最終的には七、八千にはなるかと考えております」

「よし、出陣だ！」

「承知いたしました！」

「陣を張るのは熱田神宮だぞ」

「はッ！」

先鋒はいつものように酒井忠次に命じる。

「軍議は熱田で行うから……」

「畏《かしこ》まって候！」

その頃、各地の織田軍は信長の死を聞いて大混乱に陥りつつあった。

織田軍は各地で戦い続けている。

そんな最中の信長の突然死だった。その各軍団が謀反人の明智光秀に襲い掛かるのは必定だ。

だが、大軍を擁する柴田勝家は越中魚津城で交戦中である。

上野厩橋《まやばし》城の滝川一益は北条軍と対峙中、備中高松の羽柴秀吉は毛利軍と交戦中と動けない。

織田信孝は丹羽長秀と四国征伐軍を集めていた。

ところが信長の死を知ると逃亡者が続出して兵が半減する。暗愚殿の織田信雄は伊勢の松ヶ島城にいて出陣の支度中だ。

この状況下ですぐ動くだろうと思われたのが四万の大軍を率いる柴田勝家だっ

た。

だが、最も早く信長の死を知ったのは堺にいた家康で次が摂津にいた織田信孝、その次が秀吉のようだった。

信孝と丹羽長秀は怯えた兵に逃げられて、半減してしまい光秀と戦える状況になくなっている。

家康は必死の逃亡に成功して岡崎城に兵を集めていた。

その家康は信長の死は天下騒乱ともいえるが、見方によっては織田家の内紛でもあると考え始めていた。

迂闊に手は出さない方がいい。この判断が賢明だったといえる。

この時、誰よりも先に動いたのが備中高松城攻撃の秀吉だった。

高松城主清水宗治の命と交換に撤退をすると毛利軍と和睦、秀吉軍と宇喜多軍は備中から一斉に引き上げて京に向かった。

大返しという荒業で三万の大軍が山陽路を一気に東へ駆け抜けた。

「死ぬまで走れ、死んでも走れ!」という過酷な大返しだった。兎に角一番先に信長の敵討ちをしたい。

それしか秀吉の頭にない。そんなことをすれば兵が使いものにならなくなる。

それでも京に戻って光秀と戦う。そこからしか自分の運は開けないと考えて秀吉は走っていた。

道端に並べられた水を飲みながら立ったまま飯を食う。姫路城に向かって走り続ける。到着すると城の蔵を開けて、兵糧や武器弾薬などすべて兵に分配した。

もうここに戻る気はない。

信長が驚く大度胸の秀吉が死ぬか生きるか一世一代の賭けにでた。秀吉という猿顔の男はなんともおかしな男だった。

囲碁が強く信長も強いがほとんど勝てない。

だが、それは賭け碁に限ってで、何も賭けた物がないとコロッと負ける。やる気がない顔だ。

ところが銭を賭けると強いのなんの、信長は幾ら秀吉に取られたかわからない。

この後、徳川家康も秀吉の賭け碁には歯が立たなかった。こういう品のない賭け碁を秀吉は針売りの行商の頃に覚えた。

秀吉には博才《ばくさい》があったのかもしれない。

その秀吉があっという間に天下に昇ることになる。人たらしであり度胸の大きさ天下一という。

信長の死で天下の動きが一気に混迷する。

続々と岡崎城に集結した徳川軍を率いて、家康は尾張熱田まで出陣して陣を敷いた。その行動は慎重だ。

明智と通じているなどという噂が出ては困るからだ。

家康は先鋒に酒井忠次を置いて尾張津島湊まで進出させ、北伊勢を窺わせながら織田信雄の動きを見ている。

明智軍の襲撃にも備えていた。

その頃、織田信雄軍は甲賀土山《つちやま》まで進軍。だが、明智軍と単独で戦える勢力ではない上、その能力と気迫が信雄にあるとも思えない。

おそらく越前から来る柴田軍を待つ構えだと家康は判断する。

熱田神宮の家康の本陣には各地からの早馬が、引きも切らずに飛び込んできて状況を復命した。

ここで家康が判断を間違うと織田軍と戦うようなことになりかねない。

家康は明智軍が越前から来る柴田勝家軍と戦うだろうと思う。

そこで勝利すれば安土城を拠点に岐阜城から清洲城にまで出て、織田の本貫地の尾張を押さえに来ると考えた。

つまり、光秀がもっとも警戒するのは柴田軍四万だろう。

西国の秀吉軍は単独では二万、宇喜多軍は一万だ。上野の滝川軍は一万五千ほどで、信孝軍は一万以下に激減している。

何んといっても柴田軍が圧倒的な大軍だ。

明智軍と尾張で戦う構えを取りながら、家康は軍を率いて上洛する機会が来るかを、熱田神宮に本陣を置いて見ていた。

もしその機会がきても軍を率いての上洛は慎重でなければならない。

織田軍は信長と信忠を失ったが、各方面に展開している膨大な織田軍は無傷といえる状況で残っている。

問題はその大軍が結束するかそれともバラバラに分裂するかだ。

家康が見るところ、織田家で信長と信忠の他に大軍を統率できるのは、明智光秀と柴田勝家、それに秀吉ぐらいしかいないように思う。

信長の次男信雄と三男信孝は以前から不仲で分裂必至だろう。

丹羽長秀は力不足、滝川一益は東国上野にいて、遠い上に北条の大軍と対峙して動きづらい。

羽柴秀吉も西国備中にいて毛利軍と対峙していた。

今、手が空いているのは家康だが、もし、上洛して光秀を倒せば、織田軍は一気に結束して徳川軍に襲い掛かってくる。

信長の同盟者ではあるが後継者にはなりえない。

織田一族も家臣たちも、天下は織田家のものだと思っているはずで、信長の同盟者ではあるが家康の動く余地はないと思われる。

ここは守りを固めて静観するしかない。

徳川軍は熱田に陣を敷いたまま動きを止めた。それ以上、進軍することは織田軍の敵と見られる恐れがあった。

家康は慎重である。

こういう時に慌てて軍を動かすといいことがない。織田家と織田軍がどう収まるのかを見極めるしかない。

先鋒の酒井忠次を北伊勢にまで進出させて、明智軍と織田軍の動きを見ている。

いつまでも混乱が続くようであれば介入してもよい。それが家康の考えだ。今は織田軍と戦うことはできない。

果たして信長を殺した明智光秀がどうなるかだ。

不仲な柴田と羽柴のいずれかと手を組むことも考えられるが、むしろ、柴田軍に叩き潰されて光秀が西国か四国に逃げる可能性が高い。

というのは長宗我部元親の正室が光秀の家臣斎藤利三の妹で、光秀と元親はかなり親しい関係だからだ。

それに、西国に逃げれば光秀の旧主将軍義昭がいるし毛利家がある。

光秀は勝家の大軍には勝てないだろう。

お市の最期

世の中には時々不思議なことが起きる。

家康が考えていたそれとはまるで逆のことが起きた。

明智軍と激突したのは越前の柴田勝家ではなく、まるで逆の西の備中にいるはずの秀吉軍だった。

大返しで疲れ切った兵を引きずるように秀吉が戻ってきた。

六月十三日に秀吉軍が信孝軍と合流して、山崎の戦いで明智光秀を破った。信長の死からわずか十一日後のことである。

これにはさすがの家康も仰天した。

その秀吉から家康に書状がきて、混乱は沈静化したから軍を引いて欲しいという。

何がどうなっているのか、備中にいる秀吉軍が突然、京に近い山崎に現れたのだから光秀も驚いただろう。

そう思いながら家康は熱田神宮の本陣を払って軍を三河に戻した。

その頃、武田家の滅亡後に領地をもらった織田家の家臣たちは、信長の死で領国は大混乱になっている。

信長という箍《たが》がなくなったのだから当然だ。

上野厩橋城の滝川一益は北条軍と対峙、北条氏直、氏政、氏邦、氏照らは六万の大軍を集めて、倉賀野に集結し滝川軍一万八千と対峙する。

にらみ合いが続いた。

両軍は十六日に神流川で激突した。

だが、滝川軍が敗れて伊勢長島城に戻ってくる。信濃の森長可や毛利長秀も総撤退で逃げ出してしまう。

甲斐の河尻秀隆は六月十八日に一揆軍に襲撃されて討死にする。

甲斐、信濃、上野方面の織田軍は信長の死後、混乱の中であっという間に壊滅してしまった。

家康は秀吉が押さえた西には出られない。

そこで向かったのが河尻秀隆が殺され空白になった甲斐だ。森長可が逃げた信濃までも行けるはずだと思う。

家康が領地を拡大する絶好の機会がきた。

織内脱出に失敗して亡くなった穴山梅雪斎のこともあって、家康は素早く甲斐に手を入れて富士川沿いの駿河身延往還を確保する。

家康はすでに十日には本多庄左衛門信俊を甲斐の河尻秀隆のもとへ派遣していた。

ところが秀隆は本多信俊を信用せず、家康が一揆を先導して甲斐を奪おうとしていると疑う。

六月十四日には信俊を殺害してしまう。

こうなると誰と誰を信用していいのかすらわからなくなっている。

その甲斐の国人衆が起こした一揆から、河尻秀隆は脱出しようとするが失敗して十八日に殺害された。

甲斐や信濃や上野は大混乱で収拾できなくなりそうだ。

信長を殺した明智光秀を秀吉が討ち果たしたため、織田家中では秀吉の立場が急に強まった。

すでに山崎合戦の頃から、秀吉は信孝を総大将にするのを嫌っていた。

この戦いで秀吉は織田家の主導権を手にしようとして、丹羽長秀に総大将になってくれなどという。

もちろん長秀はそれを断って信孝を推挙する。

秀吉は総大将を信孝でよいと妥協するが、光秀との戦いの指揮権は自分のものだと譲らない。

大返しで疲れて使いものにならない兵だが二万人と大軍だから強気だ。

秀吉は信長の後は自分だと光秀を倒す前から主張している。信雄や信孝にこれから先の主導権を渡す気はない。

そのために光秀を倒すと決めた。織田家の主導権争いである。

それが現実に光秀を倒したのだからもう手が付けられないことになった。

六月二十七日の清洲会議で秀吉は勝家を押さえ、わずか三歳の三法師《さんぼうし》を信長の後継者に決める。

この会議は光秀を倒した秀吉が、織田家の筆頭家老の柴田勝家の上に立って主導権を握り、織田家の領地を家臣たちが分け合うというあさましいことになった。

数日前まで信長に忠義を尽くすと言っていた者たちだ。忠義の欠片《かけら》もなく信長の領地を奪い合う。

戦いに敗れた滝川一益は会議に出ることも許されない。

この会議の結果を見ると秀吉という男は、なかなか狡猾で厄介な男だと家康は思う。

織田家の莫大な領地を分割して、この会議で家臣たちが奪い合った。それを主導したのが秀吉である。

結局、信長の子どもから力のある後継者は出なかったということだ。

名目上は信長の孫の三法師がわずか三万石で後継者とされただけで、信雄と信孝という愚かな兄弟の不仲がより鮮明になった。

三法師の後見人を信雄と信孝が争って、落ち目の織田家の主導権を握りたいという。

だが、事実上の主導権は光秀を倒した秀吉に握られてしまっている。織田家にとって信長と一緒に中将信忠が亡くなったことが致命傷になった。

もし、中将信忠が生きていても狡猾な秀吉に倒された可能性が高い。それほど秀吉の権力欲は強かった。

その秀吉は信長以外誰も抑えられない。

家康はそれに気づいた。

おそらく、これからが本格的な織田家内の戦いが始まると思える。四万の大軍を擁する柴田勝家が黙って引き下がるはずがない。秀吉も勝家がいるかぎり枕を高くしては眠れない。

家康は秀吉と勝家の激突は避けられないと見た。

だからといって、織田家の家臣団が結束して秀吉に立ち向かっても、勝てないかも知れないとも思う。

備中から軍団を率いて戻ってきた秀吉の力量はただものではない。

本来なら柴田勝家がそうすべきなのだ。だがそうはならなかった。そこが勝家という男の限界なのだろう。まだまだ織田家中が混乱すると思われる。

それならそんな内紛のような争いには手を出さない方がいい。

ここで明らかに方向転換した方が得策だ。秀吉と勝家が激突するところにいれば巻き込まれる。家康はそう考えた。

徳川軍は戦いの起きそうな西とは逆に北に向かおう。

甲斐、信濃、上野の織田軍は信長の死後十数日で壊滅し空白地帯になっている。西に向かうのが危険なら家康の行くべき場所は北になる。この際だから確実に領地を切り取ることが大切だ。

東には箱根の向こうに北条家がある。

甲斐、信濃、上野は北条、徳川、上杉の奪い合いになると家康は見た。早く手をつけた方が良いと思う。北条家は上野を欲しいはずだ。

家康は徳川軍を動かすにあたり慎重になる。

北に軍を動かす前にまず秀吉と連絡を取った。

この先、秀吉が織田家を乗っ取った時に、その秀吉と領地の配分でもめるのだけは回避したい。

家康の読みでは織田家の領地争い、主導権争いに勝つのは秀吉ではないかと思う。

七月七日になって秀吉は家康が軍を派遣して、甲斐や信濃や上野を確保するならそれを認めると伝えてきた。

つまり甲斐や信濃は切り取り勝手ということだ。

そこで家康はまず甲斐の平定に向かう。

徳川家には成瀬正一が密かに集めた信玄の遺臣たちが多くいる。甲斐はどうしても欲しい国だった。

その次は信濃だ。だが、北条家は上野だけで満足しそうもない。

小田原の北条家は相模、武蔵だけでなく関東一円が欲しい。上野は当然のこと甲斐、信濃から駿河も欲しいのだ。

大北条として天下に覇を唱えることも考えている。

北条氏政の嫡男氏直は聡明な男であった。

だが、体質が少々虚弱で心配されていた。その氏直が八月になると甲斐に出てきて若神子《わかみこ》城に本陣を置いた。

家康はその氏直と対峙して本陣を新府城跡に置き、七里岩の上に広く布陣して両者がにらみ合う。

実は、氏直の母は武田信玄の娘でありどうしても甲斐が欲しい。

この対陣は八十日に及んだ。

北条氏直と家康の戦いは必ずしも北条が有利ではなかった。

北条に味方していた真田昌幸や木曽義昌が離反したからである。家康に味方する依田信蕃《のぶしげ》が北条軍の補給路を断ってしまう。

ついには北条氏忠、北条氏勝が黒駒の合戦で、家康の家臣の鳥居元忠に敗北するなど芳しくない。

そんな時、十月二十七日に織田信雄と織田信孝の二人が、どうしてか北条家と徳川家の調停に入った。

信長の子として介入の権利があるということだろうか。

それとも不仲の二人が、暴走する秀吉を押さえ込むため徳川か北条を味方につけたいということか。

そんな意図があるのは見え見えだ。

北条と徳川の話し合いで上野は北条氏直に、甲斐と信濃は徳川家康が領有すること、その上で、家康の娘の督姫が氏直の正室に嫁ぐと決まった。

家康はついに甲斐と信濃を手に入れ、駿河、遠江、三河と五ヶ国の領主へと巨大化、百二十万石を超える巨大大名になった。

家康の北への方針転換は大成功である。

名門北条家と肩を並べるまでになった。急に家が大きくなると益々人材が足りない。

武田家の滅亡と織田信長の死によって、途端に上野、甲斐、信濃の武田領は徳川、上杉、北条の草刈り場になった。

こういう時は早い者勝ちである。

家康は武田領も欲しいが、信玄が育てた武田の優秀な家臣たちも欲しかった。

槍よりも筆が得意という家臣だ。

家が大きくなってまず人が必要だ。

三河武士は戦いには強いが文治に弱い家臣が多い。家康が欲しいのは数字のわかる家臣だ。

三河武士の弱点とも言えた。

甲斐が徳川家康の領有になると、滅亡した武田家の家臣たちがあちこちから続々と家康を頼ってくる。

家康は武田の遺臣百余人を井伊直政に預けた。

山県昌景の赤備えを継承させ、井伊家の旗や具足などを、赤一色にして井伊の赤備えを作り上げる。

戦場では井伊の赤鬼と恐れられた。

家康はこのようにして武田の遺臣をほとんど呑み込んでしまう。

その中に只一人で徳川幕府を支える怪物大久保長安がいた。やがて天下の総代官と呼ばれるようになる男だ。

大久保長安は信玄に育てられた人材で大蔵流の能楽師だった。

この忙しい九月三日には家康の五男として、福松丸こと後の武田万千代丸こと武田信吉が誕生する。

母は下山殿こと於都津とも津摩ともいう。

穴山信君は織田、徳川に臣従する時に、秋山虎康の娘を養女にして家康に差し出していた。

その時期が二、三月だとして福松丸が生まれるのが少し早いようだ。

於都津は信君の弟穴山信嘉の妻だったともいい。家康に差し出された時はすでに懐妊していたとも考えられる。

そのため、生まれた福松丸は信君の正室で、信玄の次女である見性院に渡され、武田万千代丸になりやがて元服して、武田七郎信吉となったと考えるのが順当であろう。つまり家康の胤《たね》ではないということだ。

そういうところはあまり気にしない家康だ。

誰の子であれ家康の側室が産んだ子はすべて家康の子である。こういう家康の大らかさは人質時代に独りぽっちで寂しかったことが影響している。後家好みもそうである。母恋しさからであろう。

その信吉はなぜか病弱で、慶長八年（一六〇三）九月に皮膚疾患の湿瘡により わずか二十一歳で死去する。

この頃、天下は目まぐるしく動いていた。

信長が死んだ六月二日は遠い昔のようだ。歳月人を待たずとはまことなのだ。亡くなった人は日に日に浄土へ遠ざかって行き、生き残った者は穢土に残されて苦労する。何んともつらいことだ。

徳川家も織田家もそんな穢土の真っただ中にいた。

九月二十六日に将軍義昭は安国寺恵瓊《えけい》を向かわせ、秀吉に義昭の帰洛に協力するよう申し入れる。

これを秀吉が了承した。秀吉も征夷大将軍になりたい。

この後に秀吉はその野望をむき出しにして、義昭に将軍を譲らせようとしたり、義昭の猶子にさえなろうとする。

秀吉という男は人たらしというが、自分の野望を実現するためには何でもする男だった。

この後、秀吉は家康を臣従させようとして、母親と妹を家康に人質として渡すのだから徹底している。天下を取るにはそれぐらいの執念がなければ駄目だ。

十月二十九日に家康は北条氏直と講和する。

講和の条件は双方が決まったことを守り干渉しないことである。なかなかよい大人の約束だ。

この北条と徳川の和睦の前、十月十五日に秀吉が大徳寺で信長の葬儀を行う。それは柴田勝家とお市姫が結婚することになり、信長の法要を京の妙心寺で行ったことへの対抗措置だった。すでに秀吉と勝家の殴り合いが始まっている。

秀吉は信長の像を香木に彫って、その像を火葬したというからその匂いが京に立ち込めた。香の匂いが京に充満したという。

秀吉はそういう人々の度肝を抜くことが大好きだ。人たらしというだけあって人々の心をつかむのが実にうまい。

それも行商していた頃に身につけたのだろう。

戦場からの大返しのような大技も使えば、香木の火葬などという小技も自在に使うのが秀吉の大きな特長である。

秀吉は十二月になると羽柴軍を近江に出陣させて、清洲会議で勝家に譲った長浜城の奪還に動いた。

越前の雪の中にいる勝家が動けないところを見計らっての出陣だ。勝家の養子の城主柴田勝豊は援軍が得られず、わずか数日の籠城だけで秀吉に降伏してしまう。

次に羽柴軍が向かったのは、勝家と通じている信孝の岐阜城である。

この城は東西を結ぶ東山道にあって、尾張と越前を結び東西南北の要衝でもあった。そこを信孝に押さえられている。

秀吉は岐阜城を包囲してその信孝をも降伏させた。

この頃、岐阜城には信長の側室で信孝の生母の華屋夫人がおり、その信長の側室を秀吉は人質に取った。

信長への不忠ここに極まれりだろう。

そういう秀吉の振る舞いを家康は見ていた。

その人質になった側室は降伏した信孝が、再び勝家と組むと秀吉に磔にされ孫娘と共に殺される。

この頃から秀吉も結構な無慈悲をやる男だった。大恩ある信長の側室を処刑したのだ。こういう秀吉の残忍さが年を取ると剝き出しになってくる。

勝家が雪に閉じ込められている間に、近江や美濃を平定してしまい、動きを止めておきたいのが秀吉である。

この秀吉の振る舞いに怒ったのが、伊勢長島城の滝川一益だった。一益は反秀吉で信孝や勝家と通じていた。秀吉と通じていたのは信雄である。

秀吉と山崎で合流した丹羽長秀や池田恒興、高山右近や中川清秀などは秀吉の味方をしている。

ここで織田家は秀吉方と勝家方に真っ二つに割れた。

家康は静観していずれにも味方はしない。こういうことに手を出すと、ほとんどの場合良いことがないと知っている。

むしろ、領地を拡大した五ヶ国の経営が優先だ。

ことに甲斐は石高が二十万石ほどだが、黒川金山や身延金山など金銀を産出する。信玄を支えた莫大な黄金である。

それを取り仕切れるのは武田信玄が育てた家臣の中でも、家康が大久保忠隣の寄子として預けている大久保長安しかいない。

この男は信玄が見出した怪物的な天才だった。兎に角、頭が切れる。

大久保長安がいなかったら家康の江戸幕府は、初期の立ち上がりが遥かに遅れ失敗したかも知れない。

それほどの逸材だった。

まさに数字の天才、金銀山の山師の天才であった。

家康は勝頼とうまくいかず、成瀬正一のところに逃げて匿われている長安を拾い上げて使うことになる。

天下の総代官と言われ家康に黄金を運んでくる男が誕生した。

天正十一年（一五八三）の年が明けた正月、秀吉の振る舞いに我慢がならず、伊勢長島城の滝川一益がついに挙兵する。

その一益は信長に与えられた関東を失った汚名を返上しなければならない。

何よりも自分に何んの恩恵もない、清洲会議の遺領配分の決定に不満だ。そんなものは認められない。

冬のため越前から勝家の援軍がないのはわかっている。

岐阜城の織田信孝も秀吉に降伏して、母親を人質に取られ動けなくなっているのはわかっていた。

だが、春まで戦いが長引けば勝家が必ず動くだろう。

伊勢長島城は信長が三度目の攻撃でようやく落とした堅城だ。木曽三川という大河の輪中の中にある城で、籠城戦の得意な秀吉といえども簡単には落とせないはずだ。

この一益の考えは正しかった。

秀吉は自慢の七万の大軍を擁して伊勢長島城に押し寄せてきた。

だが、信長が落とせなかった城を、秀吉が易々と落とせるはずがない。一月、二月、三月と滝川一益は籠城に成功する。

その間に越前からの雪の道が開いて、いよいよ柴田軍が南進できる状況になった。

そうなると秀吉は伊勢長島城を、織田信雄と蒲生氏郷に二万の大軍を預けて見張りを命じ、柴田軍を迎え討つため近江に戻った。

ここに柴田勝家と羽柴秀吉の雌雄を決する全面戦争が始まる。

「半蔵、いよいよ始まりそうだな？」

「御意、勝家殿が動きましてございます」

「うむ、織田家が真っ二つか？」

「はい、秀吉殿の勢いが勝っております」

「信雄さまと信孝さまの不仲も困ったものだな？」

「そこにうまくつけ込んでいるのが秀吉殿かと……」

「なるほど……」

「あの兄弟は生まれた時から順序が逆さまと聞いております」

「それはわしも聞いた。信孝さまは三男だが次男の信雄さまより何日か早く生まれていたということだ」

「はい、信長さまに届け出るのが遅れたので三男になったということです」

「信長さまは戦の最中だったそうだと聞いたが？」

「御意……」

信長は子どもに変な名ばかりつけたように無頓着で、生まれた後と先など関係なく届けられた順に何んと次男を三男と決めた。

信雄の生母は生駒夫人で信孝の生母は華屋夫人だった。生まれたのは信孝の方が二十日ばかり早かったという。

信長が生駒夫人を溺愛して無理にそうしたともいわれる。

こういうことをするとこの兄弟のように不仲という禍根を残しがちだ。世の中には仲のいい兄弟が少なくない。

毛利の三兄弟、北条の四兄弟、武田の三兄弟などだ。

織田家というのは信長が弟の信勝を殺したように、仲の良い家族ではなかったのかもしれない。信長の兄信広も信長と戦っている。

柴田勝家が動いたことで、一度は秀吉に降伏したはずの信孝が四月十六日に挙兵した。

すると即座に、秀吉は信長の側室華屋夫人と信孝の娘を磔にして殺してしまう。秀吉も鬼になっていた。

その秀吉の率いる羽柴軍が岐阜城に押し寄せる。今度は信孝も易々と降伏はしない。

岐阜城は斎藤道三が築いた山城でなかなかの堅城だ。

その頃、柴田勝家は三万の軍勢で、近江柳ヶ瀬まで出てきている。それを迎え討つため秀吉は五万の大軍で木ノ本に布陣していた。

そんな時の信孝の挙兵だった。

秀吉は近江の勝家、伊勢の一益、美濃の信孝と三方面に敵を抱えることになった。こういう時は弱そうなところから撃破するのがよい。

柴田軍と対峙する賤ヶ岳に押さえの兵を残し、秀吉は岐阜城に向かったが洪水で近づけず大垣城に入った。

こういう緊迫した時には異変が起きやすい。

勝家の養子の佐久間盛政が賤ヶ岳に残った羽柴軍を攻撃、これを打ち破ったが、勝家が引くように命じてもいうことを聞かずに、盛政は戦いに自信があり命令を無視し賤ヶ岳に居残った。

勝家には実子がなく姉の子で養子の盛政を甘やかしたようだ。

戦いに出て大将のいうことを聞かないのでは、勝家の大将としての力量も問われるところだ。あまりに愚かすぎる。こういう戦いはほぼ勝てない。

四月二十日のことであった。

するとそれを見透かしたように、岐阜城攻撃をあきらめた秀吉が大垣城から反転、奇策の大返しで十三里の道を二刻半で戻り、賤ヶ岳の戦いで佐久間盛政、弟の勝政と激突する。

両軍が譲らずの大激戦になった。数は秀吉軍が多いが、大返しという奇策は良い作戦ではない。

兵たちが長駆の行軍でふらふらになり使いものにならなくなる。

山崎の戦いでも秀吉が備中から大返しで連れてきた兵は、疲れていてほとんど使えなかったという。

その山崎で明智軍と戦ったのは池田軍や高山軍や中川軍だった。

ただ、数が多いぞというのと、敵の不意を突くのには役に立つが、本格的な戦いになると疲れて兵はほとんど動けなくなる。

秀吉らしく数が多いぞ、おれは強いんだぞ、どうだ驚いたかという作戦だ。だが、そんな疲れた兵で戦いは芳しくなかった。

そんな時、大異変が勃発する。

柴田勝家に味方していた前田利家は、秀吉とは足軽の頃から親しくしていた。そのため裏で深く通じていた。

突然、利家が戦いを拒否するように戦場から軍を引き揚げたのである。

敵前逃亡というか、敵前引き上げというか、布陣していた茂山《しげやま》から姿を消した。

これではもう戦いにならない。

こういうことが起きるといきなり形勢が逆転する。

前田軍に引きずられるように陣形が崩れて、佐久間軍も総崩れになり、勝家も支えることができずに勝てる戦いを捨てて総撤退になった。

大軍が北に逃げる。それを羽柴軍が追撃した。

近江から越前まで追って行った。

その羽柴軍にいつの間にか前田利家がいるのだから、二人はだいぶ前から腹合わせができていたとしか考えられない。

それがわかっても柴田勝家は前田利家を咎めなかったという。何もいわず利家の人質を返したのである。心やさしい勝家だった。信長の側室を殺した秀吉とはちがう。

織田家の筆頭家老として身の不徳と思ったのだと思う。まさに柴田権六郎勝家は信長の忠臣だったが秀吉と戦える力量はなかった。

四月二十四日に勝家がお市姫と北ノ庄城で自害する。

お市姫は秀吉を嫌っていて三人の娘、茶々、初、江を残して、大好きな信長の傍に旅立っていった。

織田信雄

柴田勝家の死で反秀吉勢力は瓦解した。

すると信雄が「和睦したい」と、信孝を欺《あざむ》いて和睦を持ちかけ開城させる。

信雄には端から和睦などする気はない。三法師の後見をしている信孝が邪魔なだけなのだ。

それは秀吉も同じで、信孝は岐阜城を開くと捕らえられた。

その信孝は知多の野間に送られ、五月二日に信雄の命令で自害するが、これは秀吉の指図だったともいう。

秀吉は自分に逆らう者は、たとえ信長の子でも生かしてはおかない。信長の側室は磔にできても信孝はそうはいかない。そこで狡猾な秀吉は自分の手を汚さず信雄に弟を殺させた。

勝家を倒した秀吉は織田家を乗っ取り、丸ごと呑み込もうとしていた。

そこで邪魔になるのが信長の二人の子である。信雄も信孝も秀吉を織田家の家臣としか思っていない。

秀吉にしてみれば世間知らずの餓鬼がふざけるなだ。

さっさと二人とも片付けてしまいたい。だが、あまり露骨にやればどこから横槍が入るかわからない。

勝家を倒したとはいえ、秀吉の足元はまだ何も固まっていない。

ここまでは信長から与えられた軍団と度胸だけで勝ってきた。そこで考えの浅い愚かな信雄を利用して信孝を葬る。

切腹の際、信孝は自分の腸《はらわた》を床の間の梅の掛け軸に投げつけたという。騙されてよほど悔しかったのだろう。この時二十六歳だった。まだ若くこれからすべてを学ぶ織田家の人材だった。

信長に似ていたという信孝は、信雄よりはるかに伸びるよい素質を持っていた。そんな信孝を信長もようやく高野山包囲や、四国征伐など大きな仕事に使い始めたばかりだった。

秀吉と信雄はそれをわかっていて、信孝が生きていることを許せなかったのだろう。

信孝に秀吉も脅威を感じていたのかもしれない。

そういう危ない存在は早く殺してしまうに限る。

信長の子どもの中では顔も気性も、一番信孝が信長に似ていたというから秀吉は、「猿ッ！」と叱られそうでそれが嫌だったのだろう。

五ヶ国を手に入れた家康は、秀吉に茶入れ初花《はつはな》を贈り賤ヶ岳の戦いの戦勝を祝う。

この茶入れの初花は天下の名物中の大名物で、天下三肩衝《かたつき》という楢柴《ならしば》、新田《にった》、初花の一つである。

由来は唐の玄宗皇帝の妃である楊貴妃が、使っていた油壺だったといわれる名品だった。

その初花がどうして足利家にあったのかは不明だ。足利義政から茶人村田珠光の門人鳥居引拙《いんせつ》に渡り、京の大文字屋疋田宗観を経て織田信長に献上される。

信長から他の茶道具と一緒に中将信忠の手に渡るが、それが本能寺の名物拝見に初花が出てきた。信忠が持ってきたのかもしれない。

ところが本来であれば信長と一緒に、本能寺で焼けて消えてもおかしくないが、それがなぜなのか初花は無事に本能寺を脱出して、何んとも不思議なことに松平親宅《ちかいえ》のところに現れたのである。

本能寺から脱出した経緯はまったくわかっていない。

おそらく初花の価値を知っていた誰かが、本能寺の事件の時にいち早く持って逃げ出したとしか考えられない。

その初花が松平親宅から徳川家康に献上された。

親宅は三河長沢の代官で長沢松平家の人で、後に茶畑などを作っているから茶人だったと思われる。

この初花の出現には千利休も驚いたようで、博多の商人で茶人の島井宗室に知らせている。

秀吉はこの初花を人々に見せびらかすように、茶会には必ずといっていいほど出して自慢したという。

家康が初花肩衝を秀吉に贈ったのには大きな理由がある。

つまりこの初花を持つことは、信長から中将信忠へ、そして秀吉へと後継の正統性を表すのだ。

秀吉にはこれ以上うれしいものはない。

信長の同盟者の徳川家康が、信長の後継者として秀吉を認めたに等しいのである。

家康もどうしてどうして持ち上げ上手というか、秀吉の上を行く人たらしというかなかなかやるものだ。

やがて秀吉は楢柴、新田と天下の三肩衝をすべて集める。

一方、そんな中で本能寺の事件の折に、中将信忠が立て籠った二条御所を明智軍が攻撃した際、二条御所の隣に屋敷を持っていた近衛前久が、明智軍に屋敷の大屋根を貸していたのだ。

このことで近衛前久が明智軍に加担したと疑われる。

近衛家の大屋根から二条御所の中が丸見えで、この大屋根から光秀は弓矢と鉄砲を撃ち込んだ。

これが二条御所陥落の決め手になった。

それを咎められた近衛前久は京を脱出して、三河の家康との縁を頼って逃げてきた。その近衛前久を保護した家康は秀吉と前関白の帰洛を交渉する。

というのは家康が徳川への改姓を朝廷に願い出た時、近衛前久には一方ならぬ厄介をかけていた。

近衛前久がいなければ家康の徳川姓はなかった。

大恩といえるほどの大きな借りを家康は近衛家に作っていた。

この交渉はうまくいって近衛前久は一年後には京へ戻るのだが、秀吉と家康の間で小牧、長久手の戦いが起こると、近衛前久は再び京から奈良へ逃げることになる。

前の関白も忙しい。

その後、両者が和睦したのを見届けてから京に戻る。秀吉と信雄にとっては大屋根を光秀に貸した近衛前久は敵なのだ。

貸さなければ中将は光秀に殺されなかったかもしれない。

近衛前久にとっては何んとも厄介な事件なのである。何も好き好んで大屋根を貸したわけではない。

光秀に頼まれて仕方なく貸したまでだ。

戦いとはそんなもので、それを今さら四の五の言われたくない。

伊勢長島で頑張り続けていた滝川一益が、七月になって降伏し領地をすべて没収されると、京の妙心寺にて剃髪して出家する。

妙心寺では一益の息子が大住持になっていた。その名は九天宗瑞《くてんそうずい》という。

出家した一益は丹羽長秀を頼って越前に赴いた。勝家と信孝が死んではさすがの滝川一益も力尽きたのである。

伊勢長島の領地は信雄のものになった。

だが、この滝川一益は死にきれていなかった。間もなく再び伊勢、尾張方面に姿を現すことになる。

秀吉の天下になるにはまだ不充分だった。

八月十五日になって家康の次女督姫ことふう十九歳が、和睦の約束通り北条氏直二十二歳に嫁いだ。

家康は西の秀吉を警戒して東の北条家と手を結んだ。

この結婚は重要で、翌年に北条氏政は佐竹義重と下野沼尻で戦い、引き分けに終わるが戦後は北条家へ有利に推移する。

そのため、孤立しそうな佐竹家は秀吉に接近するようになった。

そこでこの戦いを最後に氏政は家督を嫡男氏直に譲ってしまう。信長の時には一旦落ち着いた関東が再び動き始める。

督姫を正室にして家康が後ろ盾であれば氏政も安心して隠居できた。

この頃、信長の後継者になった三法師は、焼け落ちた安土城の焼け残りに仮御殿を建てて住んでいる。

それまでは信孝に後見されて父中将信忠の城だった岐阜城に住んでいた。

それが秀吉の命令で安土城に移されたのだ。

焼け落ちた安土城に幼い三法師を入れるなど、日の出の勢いの秀吉といえども、織田家の旧臣たちの非難を浴びかねない。

事実、秀吉の織田家乗っ取りに協力してしまい、越前一国や坂本城をもらったとはいえ丹羽長秀は鬱々としている。

秀吉のやり方は織田家に対してあまりにも強引だった。

ましてや信長の孫である幼い三法師を、焼け残りの安土城跡に入れるというのは気に入らない。

だが、勢いづいている秀吉に背くことは最早できなかった。

織田家を乗っ取る秀吉は三法師に祖父信長と、父中将信忠の遺産ともいえる岐阜城を与えなかった。

焼け残りの安土城跡に置くというのはひどすぎた。

信孝の後の岐阜城は秀吉に協力した池田恒興に与えたのである。幼い三法師が岐阜中納言になるのは元服してからであった。

秀吉に力を貸した織田信雄は優遇され尾張、伊賀、伊勢など百万石の大大名になった。

だが、秀吉は甘くない。虎視眈々と信雄を潰す時を狙っている。そのことにすぐ気づくことになる。

信孝が亡くなり、事実上、織田家を率いているのは織田信雄になった。

その信雄は相変わらず猿の秀吉などは、織田家の家臣に過ぎないと思っていた。

その考えが危ない。

だが、暗愚さまといわれながらも、信雄は信雄で信長の後継者として振る舞っている。秀吉の危険性をわかっていない。

信雄は前田玄以を京の所司代に任命したり、三法師の後見人として安土城に入り、信長の安土城を再建しようとする。

そういう振る舞いが秀吉の逆鱗に触れた。

怒り心頭の秀吉から命令が出て、安土城からすぐ退去させられるなど、関係が急速に悪化した。

それが狡猾な秀吉の狙いだと信雄は気づかない。

秀吉にしてみれば安土城の再建などとんでもないことだ。

その頃、秀吉は信長の安土城に代わる巨城を石山本願寺跡に築城中だった。やたら大きいだけの大阪城である。

安土城のような優美さや思想性などない。

難攻不落という美しくもない防御のためだけの城だが、やがてそれは家康によって破壊される。

その秀吉が正月には大阪城へ挨拶に来るよう信雄に命じる。さすがに暗愚な信雄も秀吉の本心に気づいたようで拒否した。

秀吉にしてみれば織田家乗っ取りの仕上げは信雄も三法師も殺すことだ。

生かしておいては後々厄介なことになりかねない。信雄が家臣になるなら話は別で生かしておいてもいい。

織田信包や織田長益など信長の弟たちがまだ生きている。

秀吉はそういう視線を感じていて、あまり露骨に手荒なこともしたくはない。

正月になって近江坂本の三井寺で、秀吉と信雄の会談が持たれた。だが、信雄は秀吉に臣従することを拒否して話し合いは決裂する。

主君がいきなり家臣に家来になれといわれては無理なことだ。「猿ッ、冗談もほどほどにしろ！」と言いたい。

幾ら愚かな信雄でもそれくらいの矜持は持っている。だが、秀吉に逆らえばどうなるかはわかっていた。

このままでは秀吉に攻められると感じた信雄は急いで伊勢長島城に帰る。

するとすぐ家康に使者を出して同盟したいと申し入れた。

いくら頑張っても信雄が単独で秀吉と戦えば捻《ひね》りつぶされる。すぐ傍に父信長が同盟していた徳川家康がいるのに気づいた。

その家康は今や五ヶ国百二十万石を上回る大大名だ。

自分の百万石と合わせれば、秀吉に負けない勢力になるはずだと思う。ここまでの判断は実に賢い。

暗愚さまもやる時はやるものだ。なかなかである。

ここで家康はついに織田家の大騒動、大分裂に巻き込まれることになった。

家康は家康なりに秀吉の振る舞いには思うところがある。だが、その秀吉と戦うべき時かどうかを考えなければならない。

家康は秀吉を決して戦上手とは見ていなかった。ことに野戦で勝ったとは聞いたことがない。

むしろ、秀吉の本性は人たらしの狡い男と見ていた。謀略を仕掛けてくる男だ。織田軍という大軍を擁しての包囲戦や籠城戦には強いが、野戦でどこまでの指揮を執れるか未知数だと家康は見ている。

秀吉の戦いは信長に似ていて数を頼んでの戦いが多い。

その秀吉が野戦で戦った大きな戦いは、山崎の戦いと賤ヶ岳の戦いぐらいで、それも山崎では光秀の倍以上の四万の兵がいた。

賤ヶ岳でも五万の大軍で、岐阜城から大返しのような奇策を使った。

おそらく、前田利家がいなかったら、秀吉が勝っていたかわからない。それが賤ヶ岳の戦いだったのではないか。

家康は冷静に分析する。

それらを見て秀吉は決して戦巧者ではないというのが家康の見方だ。度量が大きく人たらしで勢いに乗って戦いをする。

その後ろにはいつも信長がいた。

信長のいない秀吉の戦いはこの二つだけだ。これをどう見てどう評価するかだ。

家康は信雄の要請を冷静に考える。

ここにきて家康には事態が難しい局面になってきた。

予測していたことだが織田家の内紛と見て、できる限り静観して家康は北に領土を拡大してきたが織田家の内紛に巻き込まれそうになった。

この状況下で秀吉と戦うのが得策かということだ。

織田信雄が秀吉に無理難題を言われて助けを求めてきた。その信雄を助けるために出陣する。

この大義名分があれば秀吉の方が悪者ではないか。信雄は秀吉の主家だといえる。

どこから見ても正義は家康にある。これは誰にでも分かりやすい。逆にここで信雄を助けなければ家康の名が地に落ちる。

家康は戦わずに逃げたとは言われたくない。

家臣を集めた軍議では戦うべしの声が多かった。家康もだいぶ狭くなってきている。こういう局面で信雄を利用しない手はない。三河に徳川家康がいると天下に名乗りを上げる時でもある。

「ここで秀吉に力を見せておくべきだ！」

「あの猿に織田家をみすみす乗っ取られるのは口惜しい」

「信長さまと同盟していたのは徳川家だ。秀吉に追い詰められた信雄さまを助けるのは当然である！」

「信雄さまをここで助けなければ三河武士が腰抜けだと笑われるわ……」

「そうだ。あの猿に笑われてたまるか！」

「美濃ぐらいは欲しいものだ」

などなど家臣たちにも意地や欲がある。

家康はそんな家臣たちを頼もしく思うが、秀吉の七万、八万という軍団は寄せ集めでもあなどれない。数が多いということは有利であるということでもある。

戦うなら野戦だ。

秀吉の大軍を尾張に引きずり出して野戦で翻弄する。その混乱の中で勝つ道を見つける。家康には自信があった。

家康が西で戦っても後ろの北条に心配はない。むしろ、北条氏直は自分も秀吉と戦いたいというかもしれない。

織田信雄軍、徳川軍、北条軍となれば遥かに十万を超える。

総動員すれば二十万にもなろうかという大軍団になるだろう。北条家は百五十万石近い、徳川家も百二十万石は充分にある。

一万石で二百五十人から三百人の兵の動員というのが通常だ。それだけでも三家で十一万人になる。

非常時にはその倍の兵を集めることが可能だ。

つまり織田、北条、徳川が結束すれば二十二万を超える大軍団になるということだ。だが、家康はそんなことは考えていない。

寄せ集めの大軍が必ずしも強いとは限らないからだ。

むしろ、大軍になればなるほど家々によって、軍律や組織が違い意思の疎通ができにくくなることもある。

大軍があっという間に崩壊することも考えられる。そういうことがあるのだ。

それゆえに戦いは数ではないなどともいう。だが、やはりある一定の数の兵がいなければ戦えない。

戦上手の武田信玄や上杉謙信は二、三万を連れて歩くことが多かった。最も動かしやすい、指揮を執りやすいのがそれぐらいということであろう。五万、六万となると厄介なことが多くなる。

ましてや十万、二十万となれば、軍律や組織の作り方が違ってくるだろう。例えば伝令の母衣をとっても十人、二十人でいいところが、百人、二百人になって、何がどこにどう伝わっているのかわからなくなる。

にわか作りの大軍はかえって統率を欠いて危ない。そういうことを平気でやるのは信長ぐらいだろう。秀吉はその真似をしているだけだ。たとえ十万人を集めても動かし切れないだろう。

家康は正月が過ぎると織田信雄を支援することを決める。

「秀吉殿、一戦お相手仕《つかまつ》ろう！」

家康の心意気だ。

ここで逃げれば周囲で見ている大名たちの信頼を失う。

天下に徳川家康という強い武将が、三河にいると知らしめる時だ。それだけでいい。もう信長はいないのだから。

東西の両雄が激突することになった。

いよいよ徳川家康の厭離穢土欣求浄土の戦いが始まる。その緒戦が飛ぶ鳥落とす勢いの秀吉であれば相手に不足はない。太原雪斎にも登誉天室にも見てもらいたい。独り立ちした家康の初陣である。秀吉には負けない。

信雄と決裂した秀吉の動きは早かった。

正月早々、秀吉は信雄の家老三人を懐柔しようと手を入れてきた。三人を秀吉陣営に引き入れようという魂胆だ。その秀吉の誘いに三人が応じるとそれに信雄が気づいた。

秀吉はこういう敵の中に手を突っ込んでくるのが得意だ。

これを人々は人たらしという。

信雄は同盟したばかりの家康に相談した上で、三月六日に秀吉と通じた家老三人津川義冬、岡田重孝、浅井長時らを処刑する。

これに秀吉が激怒した。

先に手を出したのは秀吉の方だ。

秀吉は信雄に対して出兵を決断すると、即刻、大動員が発令され大軍を集めることになった。

これに信雄の方も黙ってはいない。暗愚さまも戦う気力満々なのだ。

家康はもちろんのこと紀州の雑賀衆や根来衆、四国の長宗我部元親、北陸の佐々成正、関東の北条氏政、氏直などと連絡を取り秀吉包囲網を構築する。

四方から秀吉を圧迫しようという。なかなかいい考えだ。

秀吉の容赦しない織田家乗っ取りには、反発している大名たちがあちこちにいて少なくなかった。

この動きに本多平八郎も反秀吉の丹波衆を支援しようとする。

秀吉を成り上がり者と見ている人たちが反秀吉になるのは当たり前だ。

強引に織田家を乗っ取り、急に大きくなった秀吉には、こういう抵抗勢力が少なくないのである。

もちろん平八郎だけでなく家康の家臣たちがあちこちで動いていた。

ついに家康が出陣する。

徳川軍の厭離穢土欣求浄土の旗と金扇の大馬印が立った。

織田信雄を助けるという大義名分がある。信雄は安土城の再建を叱られ、正月には大阪城へ挨拶に来いと言われてむくれた。信長の子として当然である。

大阪城に行けば秀吉に臣従したことになる。

そこで信雄と秀吉は手切れになった。その信雄が助けを求めてきてここに家康の出番が回ってきた。乱世はまだ終っていない。

秀吉が調子に乗って急ぎ過ぎ、やり過ぎたように思う。

家康は徳川軍と一緒に三月十三日に清洲城に到着、信雄の織田軍と合流したがこの時の兵力が一万六千人だった。

すぐ織田軍と徳川軍の軍議が開かれた。

ところがこの日、信長と乳兄弟の池田勝三郎恒興が、信雄に味方すると思われていたが、突如、秀吉に寝返って尾張犬山城を占拠した。

この池田恒興に対抗するため、家康は十五日に信長が築いた小牧山城に向かう。

すると同日、池田軍と合流したい森長可が兼山城を出て、十六日に犬山城の前線の羽黒に突き出して布陣する。

この森鬼武蔵の動きは徳川軍の知るところとなった。

十六日の夜半、その鬼武蔵を狙って酒井忠次軍と、深溝《ふこうず》松平の家忠軍合わせて五千が密かに羽黒に向う。

翌十七日早暁、酒井軍が鬼武蔵軍に猛然と夜襲を仕掛けた。

酒井軍の先鋒奥平信昌が千人で鬼武蔵軍にぶつかって行ったが、数の多い森軍に押し返される。

そこに側面から松平家忠の鉄砲隊が攻撃。

森軍がたまらず後退し始めるとさらに酒井忠次軍が、左側面から森軍の後ろに回って退路を断とうとした。

それを見て森軍が一斉に敗走する。

緒戦は徳川軍の勝利だった。その結果、徳川軍の動きを見ていた犬山城の池田恒興軍は動けなくなった。

秀吉軍が来るのを待つしかない。

森鬼武蔵軍の動きが止まって、家康は十八日に小牧山城を占拠し、城の周囲に砦を築いたり土塁を築いたり、秀吉軍の襲来に備えて防備を固めた。

籠城戦をしようというのではない。

秀吉は三月二十一日に三万の大軍を率いて大阪城から出陣した。

二十五日には岐阜に到着、二十七日には犬山に到着、楽田《がくでん》方面に布陣するがその秀吉が来る前に、家康は砦や土塁の構築をすべて終わらせていた。

どこからでも攻めて来いという構えでいる。緒戦で森軍が負けたこともあり秀吉は慎重になった。

それに家康の力量がわからず迂闊なことはできない。

攻城戦の名人でも信長が築いた城に、家康が入っているのでは、さすがに易々とは攻め込めない。

秀吉は信長が信頼した家康が強いはずだと思っている。

それに何よりも行商をしている頃に、尾張人の気質と三河人の気質がまるで違うことを学んだ。

敵に嚙みついてでも倒そうとする三河武士の強情さは尋常一様ではない。

ついに秀吉軍も動きを止めて戦いは膠着状態になった。勢いのある秀吉もここは慎重にならざるを得ない。

大阪に巨城を築いて順風満帆のように見えるが、秀吉の足元が盤石なわけではない。家康には家代々の譜代の家臣が多い。だが、秀吉は針売りから身を立てたので譜代の家臣というのは一人もいないのだ。

一度でも戦いに負ければ味方が離散してしまいかねない。秀吉は勝ち続けなければならないのである。これがつらい。

そんな不安が秀吉にはある。

何んといっても信長の死後二年でしかなく、にわかに人たらしで寄せ集めて大きくなっただけだ。

その内情を知っているのは秀吉だけである。

いやもう一人、そんな秀吉を冷静に見ている男がいた。それは家康だ。

秀吉の大軍は張り子の虎とは言わないが、大人数で「どうだ！」と見せる要素が多分にある。

どれだけ機能的に動けるかは未知数だ。

この時の秀吉軍は羽柴軍、池田軍、森軍、堀軍などと、伊勢方面の蒲生軍、筒井軍、藤堂軍などを合わせると十万人近かったと思われる。

正確には十万人を超えていたかもしれない。すでに秀吉にはそれぐらいの動員力はあった。そんな大動員だった。

長久手の戦い

戦線は膠着したまま動かなくなった。

両軍が睨み合い、秀吉軍十万、家康軍三万は双方の出方を油断なく窺っている。

やはり秀吉は戦上手ではなかった。

そんな時、四月四日に秀吉の本陣へ池田恒興が現れた。

「秀吉殿、このままでは埒が明かない。それがしに中入りをさせてもらいたい」

「中入り？」

「さよう。三河はがら空きになっている。そこに攻め込んで各所に火を放ち、三河を焼け野原にすれば徳川軍も小牧にはいられないと思う。撤退すれば追撃すればいい！」

「三河を焼け野原にな？」

秀吉は威勢のいい話だが実現できるのかと思う。こういう作戦は成功すれば面白いが失敗することも考えられる。

その日、秀吉は恒興に返事をしなかった。

すると翌五日の朝に恒興は森長可を連れてまた現れた。

「秀吉殿、何んとしても中入りをさせてもらいたい。この局面を打開するには中入りしかござらぬと思う！」

「それがしは羽黒での敗北を取り戻したい。こんな恥ずかしいことはござらぬ！」

長可は緒戦に奇襲されて敗北したことが悔しい。それなら中入りという三河への奇襲で汚名を返上したい。

二人の熱心な説得に秀吉の心が動いた。

こういう奇策を秀吉は嫌いではなかった。だが、危険な作戦であることも知っている。このような奇策が成功するとスカッと気持ちがいいのも事実だ。秀吉はこういう人を食ったような作戦を何度も成功させてきた。奇策好きともいえる。

ついに秀吉は二人の献策にいいだろうと許可を与えた。

すぐ三河に中入りする奇襲隊の編成が行われた。それは大掛かりなもので二万人の大軍であった。

こう大掛かりになると奇策とはいえなくなる。

奇策というなら一万人以内だろう。

ところが先鋒に池田恒興と長男の元助、次男輝政の親子で兵は六千人、二軍が森長可で兵は三千人、三軍が堀秀政軍で兵は三千人、四軍が秀吉の甥の羽柴秀次で兵は八千人、四段構えの二万人で三河に中入りするという。これは中入りというより三河攻撃である。

先鋒の池田軍が四月六日の夜半に三河に向かって出立。

翌七日に秀次軍が篠木の上条城の辺りでもたついてしまい二泊したのがまず

かった。この時、秀次はまだ十七歳でこういう八千人も率いての隠密作戦は無理だった。

徳川軍の伊賀衆に動きを捕捉されてしまう。

秀吉軍の秘かな動きが家康の知るところとなった。この時、家康は秀吉の中入り作戦を見破った。

二万人も動いたら発覚する。

「小平太、聞いたか?」

「はい、秀次軍が篠木辺りでもたついているとか?」

「そうだ。おそらく三河に向かうつもりなのだ。行って小童を懲らしめてまいれ、わしもすぐ行く!」

「はッ、畏まって候!」

榊原康政が先鋒で秀次軍を引き受けた。この康政は冷静でなかなかの人物だった。

「地元に詳しい丹羽氏次に案内させろ!」

「承知しました!」

康政は水野忠重と大須賀康高など四千五百人の兵を率いて、八日の夕刻に小牧山城から出立して、戌の刻頃に小幡《おばた》城に入り周辺の状況を偵察する。

その戌の刻頃に家康と信雄の主力軍九千余人が小牧山城を出発した。その家康が深夜、子の刻頃に小幡城に姿を現す。

すぐ軍議が行われた。

そこで決まったのは兵力を二分して、各個に敵を撃破しようということだ。九日になった草木も眠る丑の刻、織田、徳川の連合軍一万四千人近くが、秀次軍を追って仕留めようと出発。

秀次軍は家康が小幡城に入った頃にようやく動き出している。

一方、池田軍と堀軍は九日の未明に、丹羽氏次の弟、氏重の守る岩崎城に襲い掛かっていた。

氏重は女たちを逃がし、粘って善戦したが一刻半ほどで落城、全滅する。

その頃、森軍は近くの一色城や長湫《ながくて》城を焼き討ちにしていた。この戦いに勝利して三河中入り軍は少し油断した。

徳川軍が動きだしていることも知らずに、長久手の辺りで行軍を止めて休息を取る。

その秀次軍、森軍、堀軍の背後に、家康が率いる織田、徳川軍がひたひたと近づいていた。

秀次軍八千人は白山林《はくさんばやし》という場所で休息していた。

九日の卯の刻に近い寅の刻、秀次軍の後方から水野軍、丹羽軍、大須賀軍が一斉に襲いかかった。

側面から榊原康政軍が襲いかかる。

この奇襲によって八千の秀次軍がたちまち壊滅させられた。

真夜中の猛攻に大将の秀次は自分の馬を見失い、供廻りの馬に飛び乗って逃げようとする慌てぶりだ。

その秀次を守る木下一族は秀次の逃げ道を作ろうと次々と討死する。

崩れた秀次軍は散り散りバラバラで、大将の秀次が辛うじて大混乱から脱出する有り様だった。

討死せずに秀次は逃げた。

その秀次軍の前にいた堀軍に、敗走を知らせたのは長谷川秀一の使いで、戦いから一刻も過ぎてからだ。

いかに秀次軍が大混乱していたかがわかる。

堀秀政はすぐ引き返して、秀次軍の敗残兵を拾い集め、桧ケ根《ひのきね》に陣を敷いて徳川軍の攻撃に備えた。

そこへ秀次軍を蹴散らして勢いのついた徳川軍が突っ込んできた。

こういう時は勢いに乗った攻撃が、手薄になり裏目に出ることがある。案の定、勢いよく堀軍に突進したが徳川軍が返り討ちにあう。

慌てて逃げると堀軍に追撃される。

ここからは攻撃したり攻撃されたり、追撃したり追撃されたり、何んとも忙しく厄介な戦いになった。

その頃、家康は長久手の色金山《いろがね》にいた。

そこで別働の榊原軍が勝ったり負けたりしていることを知る。寡兵の徳川軍には厳しい戦いになる。

だが、戦いに自信がないわけではない。

そこで家康は堀軍と池田軍、森軍の間に入って、連絡を遮断するという戦法に出た。この時、堀秀政は家康の厭離穢土欣求浄土の仏の旗と、金扇の大馬印を見てこの戦いは不利だと判断する。

敵の御大将との戦いに勝てないと思うのは当たり前だ。御大将が前線にいることなどない。それに秀政はあまりに若すぎた。

ついに堀軍が池田軍と森軍の援軍要請を無視して後退し始めた。

この家康現るの報が、池田恒興と森長可にも伝わると、池田軍と森軍が堀軍に引きずられるように引き返し始める。

この時、家康は富士ヶ根付近に陣を敷いていた。

右翼に家康自身が三千人で、左翼には井伊直政が三千人で、中央の少し下がったところに織田信雄が三千人で敵を迎え討つ陣形にしている。

そこに引き返してきた池田、森軍は、右翼に池田恒興の嫡男元助と次男輝政が四千人で左翼に森長可の三千人と、後方に少し下がって池田恒興が二千人で相対する陣を敷いた。

陣立てと兵力はほぼ互角だ。

夜が明けた九日の朝巳の刻頃、両軍が一斉に突撃して激突する。

戦いは一進一退で激闘が続いた。

押されれば引き、頃合いを見て押し返して行く、そんな繰り返しであちこちが大混戦になっている。

家康はそんな戦いの陣頭にいた。

その時、家康は前線に出て戦う元気のいい森鬼武蔵を発見、すぐ鉄砲隊に左翼の大将を狙撃するよう命じた。

この狙撃が良かった。

森長可に弾丸が見事に命中して、馬上でうずくまった長可が落馬してしまう。

そこに徳川軍が殺到して首をあげた。

猛将森三左衛門の長男鬼武蔵が討死する。

すると敵の左翼が大将を失いたちまち崩れて、徳川軍がグイグイ押し始めると勢いがついて優勢になった。

これを見た池田恒興が前に出て軍を立て直そうとする。

だが、戦闘中に不利になって軍が崩れ始めると、それを戦いながら立て直すのは至難の業だ。

その池田恒興の前に永井直勝二十二歳が槍を構えて立ち塞がった。

「御大将とお見受けするッ、見参ッ！」

「小童ッ、そこをどけッ！」

「逃げるかッ、卑怯者ッ！」

「ほう、強気だな小童、槍の錆にしてくれるわッ！」

猛将池田勝三郎恒興と永井伝八郎直勝の戦いが始まった。この伝八郎は永井荷風や三島由紀夫の先祖である。

伝八郎はなかなか強情な男だ。

三河碧海大浜生まれで生粋の三河武士である。

恒興を相手に一歩も引かない強気の攻撃をする。何んとも危ないがその伝八郎が恒興に槍をつけた。

鎧の上から伝八郎の槍が恒興の腹を深々と突き刺す。三河武士の強情一途な槍に刺されて恒興が馬から転げ落ちた。

その恒興に飛び掛かって伝八郎が首を取った。この戦いの一番首である。

戦いを勝利に導いた伝八郎の武功は、ケチな家康に首一つ五千石に評価され知行を頂戴した。

首一つ五千石とはなかなか豪勢だ。

このことが十年後に恒興の次男、輝政が家康の娘督姫を妻に迎える時に、永井伝八郎から顚末を聞いて初めて知り、「わが父の首がたったの五千石だったか……」と、ひどく悲しみ嘆いたという。

この輝政の発言は大問題である。

首一つ五千石では納得できないと言われては、その首を評価した家康の沽券にかかわる。

それを聞いた家康が伝八郎を呼び七千石に加増。

相変わらずケチだ。

だが、やがて一万七千石に加増、三万二千石と加増して、最終的には下総古河七万二千石にまで加増する。

それでも輝政は納得できなかったかもしれない。

この戦いでその輝政の兄元助も安藤直次に討ち取られている。

池田家の家督を輝政が継ぎ、督姫を妻に迎え徳川一門となって、池田一族は姫路城とその周辺に百万石を知行するのだから。

父の首一つ五千石では泣きたくなる。

この戦いで秀吉の三河中入りを進言した恒興とその嫡男の元助が討死した。

輝政は父と兄の姿を求めていつまでも戦場にいたという。この時、輝政は弱冠二十歳だった。

徳川軍に包囲されれば輝政の命も危ない。

「若殿ッ、お父上と元助さまはすでに戦場から離れられましたッ！」

輝政を逃がすため家臣が嘘を言う。

「誠かッ！」

「はッ、間違いございません！」

「よしッ、行こう！」

納得した輝政が家臣たちと戦場からの離脱に成功する。

ここにすべての大将を失った池田、森軍は崩壊、徳川軍に追撃され次々と兵たちが討ち取られた。

家康は戦場にとどまることなく全軍を小幡城に引き上げさせた。

この長久手の戦いは中入りを見破った家康の大勝利で終わった。深夜からの戦いで兵は疲れている。

この戦いで羽柴軍の犠牲は二千五百人ほど、徳川軍も五百人ほどの死者を出した。家康にとって五百人の討死は痛い。

その頃、中入りを見破られたことを知らない秀吉は、中入りを隠す意図もあって小牧山城に攻撃を仕掛けている。

すでに中入りに向かった四軍がことごとく壊滅したことを知らない。

その知らせが秀吉に入ったのは午後になってであった。それも白山林で秀次軍が戦いに敗れたという知らせだった。

中入り軍の崩壊ではなかったから、秀吉は救援のため取るものも取り敢えず、大急ぎで二万の兵を率いて戦場近くの龍泉寺に急行した。

するると前方に本多平八郎がわずか五百人ほどの兵で待っている。

平八郎は小牧山城の留守居だったが、徳川軍が不利な戦いになっていると聞いて飛び出してきた。

この時、秀吉軍と平八郎の間は五町ほどしかない。

二万対五百では戦わずに踏み潰される。だが、丸に本の字の旗を立てた蜻蛉切の猛将本多平八郎の武勇は天下の知るところだ。

秀吉は行軍を止めて様子を見る。

二万の大軍の前に立ち塞がって何をしようというのだ。大胆不敵、笑止千万だが大軍の方が虎に睨まれて動けない。

話は逆でなければならないのだ。

すると平八郎が単騎で馬を竜泉寺川に乗り入れ、悠々と馬に口を洗わせ二万の大軍にどこからでも来いと振る舞う。

これにはさすがの秀吉も痺れてしまった。

ここで戦って蜻蛉切に千人切りでもやられたら、秀吉は満天下の笑いものになることは必定だ。

そのつもりで平八郎は待っている。

「五百人を討ち取るのに千人切りをされたそうだな?」

「秀吉は何をやってんだよ!」

「相手が本多平八郎じゃな、仕方ないか?」

「それで平八郎に逃げられたんだと、馬鹿じゃねえか秀吉は?」

人たらしの秀吉はこういう噂を一番嫌う。自分の人気を平八郎に根こそぎ持っていかれるだろう。

成り上がりの秀吉の泣きどころでもある。

秀吉軍が二、三十人倒されただけで「平八郎の千人切りだ!」とか、「いや、おれが聞いたのは蜻蛉切の二千人切りだそうだ!」と、話に尾ひれがつくに決まっている。

西国に噂が届くころには、「すごいな。本多平八郎が蜻蛉切で一万人切りだと、聞いたか?」ということになりかねない。

賢い猿は川の中の平八郎を見て、今日の戦いはここまでだなと見切りをつける。

何もみすみす平八郎に名を上げさせることはない。二万の大軍が平八郎一人を恐れて迂回したのだから珍事というしかない。

のちに秀吉は平八郎を東国一の勇士とか天下無双の大将と称賛する。腹の太いところを見せれば秀吉の評判も落ちない。織田信雄は大いによろこんで平八郎に名刀法成寺を与えた。

この平八郎の振る舞いで秀吉は戦機を逸した。

夕刻になって秀吉に家康が小幡城にいると知らせが入る。そこで翌早朝の攻撃を命令し支度に入った。

ところが家康と信雄は夜になると、密かに小幡城を出て小牧山城に戻ってきた。動きが早い。

この家康の動きを秀吉は翌朝に知る。

この時の猿顔を見てみたいものだが、家康にしてやられたりと、猿が頭を掻きながら苦笑するしかないだろう。

攻撃しようにも敵が消えていない。

すべてが後手、後手で家康に翻弄されてしまった。

これだけで秀吉の戦下手とは言い切れないが、野戦では明らかに家康の方が一枚も二枚も上のようだ。

この戦いの秀吉軍の総兵力は十万とも十六万ともいわれる。大軍は総身に知恵が回りかねたともいえよう。野戦では全軍が躍動しなければ戦いには勝てない。家康軍は一万六千とか三万といわれる寡兵だった。

だが、機敏に動いて秀次軍、池田軍、森軍、堀軍を撃破する。局地戦では徳川軍の小回りが利き、家康が陣頭に立ったこともあって圧倒的に強かったといえよう。

秀吉軍は家康を追って楽田方面に戻ってきて陣を敷いた。

ここで戦いは再び膠着してしまう。特に秀吉は二度の敗北は許されず全く動けなくなってしまった。

局地戦でも大敗するとこういうことになる。

秀吉と家康の対決はそんな調子で決戦にならずにすれ違った。

だがこの頃、伊勢方面でも戦いが始まっていて、秀吉の弟羽柴秀長が信雄の松ヶ島城を落としていた。

伊勢では信雄に殺された三家老の一族が反乱を起こしている。

これが厄介で秀長、蒲生氏郷、筒井順慶、藤堂高虎らがその反乱を支援していた。

伊勢だけでなく森長可を失った東美濃には、三河から徳川軍が侵攻し味方の遠山利景が明智城を奪還する。

戦いの火の手はあちこちであがり始めていた。

信雄の秀吉包囲網が動きだした。和泉では雑賀と根来衆が秀吉の留守を狙い、堺や大阪方面にまで攻め寄せてきた。

その雑賀と根来には信長でも手古摺《てこず》った強力な鉄砲隊がいる。

岸和田城にも攻撃を始めたが、秀吉方の中村一氏が戦って何とか守り切った。

こうなると秀吉が不利だ。

秀吉は雑賀と根来衆に大阪を荒らされてしまう。

膠着した尾張の戦場を離れて六月、七月、八月、十月と度々大阪城に戻らなければならなくなる。

なんとも厄介な秀吉包囲網だった。

関東では家康方の北条氏直と秀吉方の佐竹義重、宇都宮国綱、長尾顕長、佐野宗綱、由良国繁とが戦いを始めた。

越後の上杉景勝も秀吉の命令で信濃に侵攻してきた。

北条軍は六万からの大軍で、家康の小牧長久手の戦いに、援軍を出そうという余裕すらあった。

四国では長宗我部元親が動き出し、十河存保《そごうまさやす》の十河城を落とし讃岐を平定する。家康は元親に使者を出して、四国の他に淡路、摂津、播磨など三ヶ国の領有を認めるから、渡海して摂津や播磨を攻撃してもらいたいと要請した。

この元親の動きが気になった。秀吉は後方を攪乱されて、大阪城に帰ってばかりいるようになる。

小牧陣中に秀吉が不在で、大軍だから何とか持ちこたえている状況になってしまう。

そんな中で六月になると、越前にいるはずの滝川一益が現れる。

信長存命の頃から親しい九鬼嘉隆の安宅船で、九鬼水軍三千人を率いて尾張の海に出てきた。

信雄の伊勢長島城と清洲城の中間にある蟹江浦に入った。

滝川一益はかつて伊勢長島城や蟹江城の城主だった。蟹江城を守る前田長定は一益の調略を受け入れる。

一益は信雄ではなく秀吉に味方していた。

蟹江城は大野城、下市場城、前田城と連携している城で、前田長定の弟長俊の下市場城、長定の長男長種の前田城も秀吉方になった。

大野城の山口重政だけは、母親を人質に取られていたが調略に応じない。一益は大野城を攻撃して落城寸前まで追い込んだが、伊勢長島城にいた信雄が二千の兵で大野城に駆けつける。

清洲城にいた家康も六月十七日には大野城に近い戸田村に陣を敷いた。

大野城攻撃に失敗した滝川一益は蟹江城に入り、九鬼嘉隆も兵と下市場城に逃げて籠城した。どこも一進一退で戦いが進展しない。

翌十八日には家康と信雄が二万の大軍で蟹江、下市場、前田の三城を包囲する。その中でも特に下市場城に猛攻を加えて落とし、激戦で城主の前田長俊を討ち取ってしまう。

この肝心な時に秀吉は尾張の陣中にいなかった。

大阪城に帰還して後方の攪乱の雑賀と根来衆や、長宗我部元親の動きに対応しようとしていた。戦いでは後ろに敵をおくのがもっともまずい。

翌十九日には舟入の戦いで九鬼軍を破る。

即、家康は海上からの支援ができないよう、船を出して海上を封鎖してしまう。

このように家康は攻城戦もなかなかうまかった。

二十三日には前田城が落城する。

翌二十四日になってようやく秀吉が、一益の蟹江城攻略を知るような有り様でもたついていた。

明らかに秀吉の動きがおかしかった。

この時の主戦場がどこなのかわからなくなっているようだ。

二十九日には蟹江城の一益と和平交渉が始まり、七月三日には家康に蟹江城を引き渡し一益は伊勢に逃げて行った。

五日に家康は桑名城に入る。

この時の秀吉のもたつきは家康と戦いたくないようにさえ見えた。

十二日に秀吉は滝川一益に三千石を与え、一益の次男一時《かずとき》に一万二千石を与えた。これが滝川一益出陣の約束だった。

秀吉は一益を使わなければならないほど苦しかったのである。

七月十三日に家康は悠々と清洲城に戻ってきた。この頃、家康には千賀の他に戦場へ連れている側室がいた。

それは阿茶局《あちやのつぼね》という。須和《すわ》である。この時三十歳だった。

武田家の家臣神尾《かんお》忠重に嫁ぎ二人の男子を産んだが、忠重が天正五年（一五七七）七月に死去するとすぐ家康に召された後家である。

なかなかに才知のある人で家康に信頼され戦場にも度々供をした。

家康に召されて七年になるが子はできなかったのだが、この小牧、長久手の戦いの最中に懐妊して家康を大いによろこばせた。

ところが家康が戦いに出ている間に流産してしまう。

清洲城で家康を迎えたのは千賀だった。

須和が懐妊していると知っている家康は、迎えに出なくても気にしないで「所望……」と千賀につぶやいた。

千賀を見ると家康はホッとする。

その千賀は家康の幼馴染、初恋の人、戦友、恋人、愛人、妻、側室、そして友だちといったところだ。

その夜、寝所に来た千賀が、暑い夜で素っ裸になって家康の傍に潜り込んだ。

いつまでたってもお転婆娘の千賀だ。「須和の具合はどうか？」と家康が気にしていることを聞いた。

「そのことはお方さまにお聞きいただきたく願いあげます」

「そうか、では須和を呼んでまいれ！」

「えッ！」

素っ裸になったばかりなのにと千賀が家康をにらんだ。

「須和をここに……」

「はい！」

家康は千賀の言葉から須和に異変を感じ取った。

その家康に捨てられた千賀が、身支度をして寝所から出て行くと、千賀に寝衣を着せられて須和が現れた。

うつむいてそっと家康の傍に横になる。

「須和……」

家康が名前を呼んだだけなのに、須和が両手で顔を覆ってワッと泣き出した。

「お許しを……」

寝返りを打つと家康に平伏してそう言った。咄嗟に家康はすべてを悟った。

「そうか、よい、こんな戦場では無理もない」

「ごめんなさい……」

「謝ることはない。それで、そなたの具合はどうなのだ。大丈夫なのか？」

「はい……」

「子はまたできる。ここへ……」

「はい……」

傷心の須和がやさしい家康に抱きしめられた。

この後、二人の間に子はできなかった。

ただ、夭折した姫がいたともいう。その辺りのことははっきりしない。

その姫のために須和が京の下京に上徳寺を建立する、流産を夭折とは言わないからやはり姫が生まれたのだろう。

その夜あぶれてしまった千賀は大いに不満だ。家康を須和の方に取られてしまった。

だが、すべてを心得ていて悋気するようなことはない。可哀そうな須和を千賀も心配していた。

その頃、秀吉は尾張に西から総攻撃を仕掛けようと考えていた。

伊勢に羽柴秀長、丹羽長重、堀秀政など六万二千の大軍を集めて、攻撃を七月十五日と決めていた。

だが、蟹江城の戦いは終わってしまい間に合わない。

結局、兵は集めたが総攻撃の計画は実行されないで終わってしまう。秀吉の打つ手はちぐはぐであり後手でうまくいかない。

家康の居場所すらわからない体たらくなのだ。

先手、先手と動く家康を正確に捕捉できなければ、討ち取れないばかりか戦いにすらならない。

六万二千もの大軍を集めても動けないのは当然だ。

長久手の戦いの汚名を返上する絶好の機会だったが、秀吉は後手、後手に回り戦うことすらできなかった。

秀吉軍は大軍だが寄せ集めでまとまりがない。

その上、信雄の秀吉包囲網が効果を発揮して、九州の島津家まで動き出してはまったく話にならなかった。このままでは天下大乱に戻ってしまう。

挙句にこの年は日照りが続いて、秀吉軍の兵糧に影響が出ていた。

大軍は兎に角、兵糧が不足するとたちまち動きがおかしくなる。大軍が一番怖いのは敵ではなく食い物、つまり兵糧不足なのだ。

おかしな戦いになった。

後の世に、家康の天下取りの戦いは関ヶ原ではなくて、この小牧、長久手の戦いこそが、事実上の天下分け目の戦いだったと高く評価される。

この戦い以後、家康は秀吉にも負けない武将として恐れられるようになった。

天下に名を上げたのはこの時といえる。

秀吉と家康の直接対決はなかったが、この戦いは家康の完勝といえるもので、秀吉は認めざるを得なかった。

七月二十九日に秀吉は美濃大垣城から大阪城に帰還して動きを止める。

秀吉は万事うまくいかず、手も足も出せなくなって、大阪城に引き上げたというのが正しい。信雄と家康の作戦はここまではうまくいっていた。ここからおかしくなる。

さすがの秀吉も万策尽きたかに見えたが、そこは秀吉で戦いで勝てなければ外交戦だ。

得意の人たらしと脅しの秀吉がまだ残っている。

家康は手ごわく一筋縄ではいきそうもない。そこで狙いは暗愚さまの信雄ということになる。

秀吉の戦いは信雄の伊勢方面になった。

伊勢では秀長、蒲生氏郷、筒井順慶、藤堂高虎らの猛攻を受けて、信雄の峯城、松ヶ島城、戸木《へき》城などが次々と落城していくことになる。

秀吉は家康と信雄を切り離す作戦に出た。

暗愚な信雄がどんな男か、信長に叱られてばかりいたことを秀吉は知っている。

秀吉は八月十六日にまだあきらめていないというように、大阪城から尾張楽田城まで出てきて陣を敷いた。

その動きに応じて家康は二十八日に岩倉城に着陣する。

だが、小競り合いだけで大きな戦いにはならない。戦機はすでに去っていて双方が激突する気がない。

秀吉と家康の意地の張り合いのようになっている。

九月になると家康に呼応して佐々成政が能登の末森城を、一万人ほどの兵力で総攻撃して落城寸前まで追い込む。

だが、前田利家の反撃にあって撤退した。

九月十五日には伊勢の戸木城にいた木造具政《こづくりともまさ》が、秀吉方の蒲生氏郷と合戦に及んで敗北する。

秀吉と家康の戦いはすでに半年以上が過ぎた。

双方が疲労困憊の状況で、秀吉軍には厭戦気分も広がり始めた。もともと秀吉軍には戦いの大義名分がない。

秀吉の命令に従わず信雄が正月の挨拶に来ないとか、三法師の後見として安土城を再建したいと言ったとか、秀吉の信雄いじめだと誰もが思っている。

その程度のことから始まった秀吉の戦いで、家康は信雄に助けを求められたから戦っているといえた。

誰が見ても秀吉の織田家乗っ取りに、家康がちょっと待てといった形なのだ。

その戦いに寄せ集められた大軍が、戦いが長引いて戦うのが嫌になるのは至極当然のこと。

秀吉は決断をしなければならない。

いつまでもだらだらと続けることは得策ではなかった。味方からいい加減にしろと反発が起きるのが最もまずい。

そこで秀吉は和睦という本格的な外交戦を仕掛けることにする。

関白

秀吉に狙われたのがもちろん織田信雄である。

十一月十二日に秀吉は信雄に和睦の条件を提示した。

それは伊賀一国と伊勢半国を秀吉に割譲しろという。戦いは五分以上に家康と信雄の方が勝っていた。

それなのに秀吉が勝者で信雄は敗者のような条件だ。

ここが狡猾な秀吉の戦術なのだ。何も知らない愚かな織田家の御曹司が、誰よりも先に戦いに倦《う》んでいる。

もう嫌になっていると見越しての高圧的な交渉だった。

ところが信雄は家康に相談もなく秀吉の和睦条件を、十五日に無断で了承してしまうのだからこの男が暗愚殿といわれるはずだ。

信雄に協力した者は全員屋根に上って梯子を外された。

この時の家康の動きが早かった。

信雄の単独講和が成立したとわかると、二日後の十七日には全軍に撤退命令を出して三河へ帰還してしまう。

家康が尾張にいる意味がない。

戦いは終わった。信雄が負けたと認めたことに等しい。だが、家康はそんな秀吉のごまかしを認めない。

この信雄の裏切りによって雑賀と根来衆や長宗我部元親、佐々成政ら信雄方が孤立した。やがて紀州方面も四国も秀吉に平定される。

信雄の秀吉包囲網に加担した者たちは梯子がなくなり狼狽するしかない。

佐々成政は秀吉に降伏し、九州征伐で肥後一国を与えられたが、不始末があって秀吉に腹を切らされる。

その際、腸を天井に投げつけたともいう。

この暗愚殿は二度と人々に信用されることはなかった。

やがて秀吉に改易させられるが家康の取り成しで、大和に一万八千石をもらい辛うじて大名として残った。織田家の凋落である。

秀吉の死後、元和元年（一六一五）には家康から大和に五万石を与えられる。

こうして長い戦いは終わった。

だが、重大問題が一つ残った。それは秀吉と家康の講和をどうするかだ。休戦状態のままでは具合が悪い。秀吉は勝ったつもりだろうが、家康は負けたとは思っていない。

こうなると話は一気に厄介なことになる。

秀吉は滝川雄利《かつとし》を浜松城へ使者として送り込み、家康との講和を行おうと試みた。

家康を臣従させたい。

だが実は、この年の前、天正十一年（一五八三）頃から大雨や地震に見舞われ、その上、秀吉との戦いで負担が重なり、家康の領国は深刻なことになっていた。領国に手当てをしなければならない。

働き手を兵に動員されたため、その打撃は大きくなっていた。田畑の荒廃が激しく飢饉に陥る村々が出る有り様だった。

そんな村に残った老少の者たちが自ら命を絶ったという。

家康の油断だ。

これ以上、秀吉との戦いを継続することは難しくなっていた。領国の者たちにもう負担は無理だと家康は判断する。

戦いに夢中になり人々の困窮に手を差し伸べなかった。痛恨である。

家康は子のいない秀吉の養子にすることで、次男の於義丸《おぎまる》を大阪城に送り出し講和を行った。

だが、上洛して秀吉に臣従する気はない。

家康にも信長の同盟者としての矜持がある。

戦いに負けたわけでもなく、秀吉の家臣になるいわれはない。五ヶ国の領主として家康は自立している。

一方の秀吉は家康を討伐すると口にする有り様だった。

西国や九州を平定したい秀吉は後ろに家康がいては西に行けない。それに戦いに負けたままのようで秀吉は納得できないのだ。

何んとしても家康と再戦したい。

これまでこんな負け方をしたことのない秀吉だ。

家康と和睦したにもかかわらず秀吉はこれから一年をかけて、家康との再戦のために大垣城へ、十五万人分の兵糧をせっせと運び込む。

例によって圧倒的兵力で家康を押し潰そうという魂胆なのだ。

その家康は天正十三年（一五八五）の年が明けるとすぐ、荒廃した領国を立て直さなければならなくなった。

秀吉との再戦など言語道断である。領民が死んでしまう。

民百姓を苦しめたのは大雨や地震だが、それに加担したのが領主の家康なのだから責任は大きかった。

そうはいいながらも一方では秀吉に油断ができない。

秀吉は家康の上洛を強く望んでいる。

それは信長が朝倉義景に上洛しろと言ったのと同じで、臣従しろ、家臣になれといっていることだ。

だが、それには応じられない。

年が明けた正月に秀吉は毛利輝元と国境を画定して正式に講和する。

秀吉と輝元は九年近くも戦闘状態にあった。

その秀吉が尾張で家康と戦っていた時、毛利軍が大阪城に攻め込んでこなかったのが不思議だった。

おそらく、秀吉と通じていた毛利家の外交僧、安国寺恵瓊が出陣を押さえていたのだろう。

実は、秀吉と勝家が戦った時、双方が毛利軍に味方を要請した。この時、足利義昭は勝家に味方したのである。

そのため秀吉との間が少しこじれている。

一方、朝廷も正親町天皇の譲位を巡って体制をどうするかもめていた。

前年の十二月に関白左大臣の一条内基が二条昭実に関白を譲り、左大臣一条内基、関白右大臣二条昭実、内大臣近衛信輔の体制で朝廷は落ち着くはずだった。

だが、そうすんなりいかないのが朝廷の官位官職だ。

正親町天皇の譲位に絡んで、秀吉が仙洞御所を完成させたが、譲位問題は信長の頃からの懸案である。

それが実現する運びとなり論功行賞の必要が出てきた。

朝廷の論功行賞は官位官職の昇進である。

ちょうど、秀吉政権ができそうになっていて、秀吉の官位官職をどうするかも問題になっていた。

こういうことは実に厄介だった。どこかに不満が残りやすい。

秀吉の望みはもちろん征夷大将軍だが、それは足利義昭が手放す気がないのだから無理である。

となると中納言とか大納言しかない。大臣の席は埋まっている。

こういう官位官職の問題は秩序があってなかなか難しい。秀吉のように横から入ってこられるとその秩序が乱れる。昇進する順番がずれてしまう。

ことに野心家の秀吉が中納言や大納言で納得するはずがなかった。

何んとか内大臣は欲しいところだ。

場合によっては信長と同じ右大臣になりたいなどと言い出しかねない。

紆余曲折があって出てきたのが関白二条昭実、左大臣近衛信輔、右大臣菊亭晴《きくていはる》季《すえ》、内大臣羽柴秀吉という考えだ。

その上で菊亭晴季が辞任して秀吉が右大臣に昇進するということだった。

ところがこの右大臣の打診を秀吉が拒否した。その言い分がいかにもずる賢く秀吉らしかった。

「主君だった信長が右大臣を極官に光秀に殺害され、右大臣は縁起が悪いので右大臣ではなく左大臣をお願いする」

信長の右大臣より上の左大臣になりたいという。こういうことを平気で言うのが秀吉なのだ。

この男の図々しさは天下一品。ここまではっきり言われると朝廷も拒むことができない。

朝廷もこういう男の扱いは頭が痛い。

譲位問題で仙洞御所を用意したのだから功績は大きかった。

そこで天下人と認め、秀吉は内大臣では不足だろうと考え、朝廷は信長と同じ右大臣を打診したのだ。

だが秀吉はその上に行きたいという。

秀吉の希望によって左大臣は避けられなくなった。ここで悶着は起こせないから任官させるしかない。

これを聞いた左大臣近衛信輔が穏やかではない。信輔は前関白近衛前久の息子だ。

そこで近衛信輔は関白になったばかりの、二条昭実に関白を譲るよう迫った。秀吉の横槍で摂関家が関白の取り合いになって大混乱だ。

こうならないよう朝廷は春と秋の除目《じもく》で調整している。

信輔は秀吉に左大臣を譲る前に関白になりたい。一旦無冠になってから関白になる例は近衛家にはないという。

すると二条昭実は二条家には、関白を一年以内に辞任した例がないと拒否した。

つまり近衛信輔の関白要求は理不尽であるから退けるようにという。

この論争が徐々に泥沼化して決着の見通しが立たず、近衛信輔と二条昭実が大阪城に秀吉を訪ねて自分の正統性を訴えた。

二人は秀吉がどんなに狡い男かわかっていない。

すると秀吉はすぐ前田玄以を呼んだ。秀吉の狡猾さは織田家を乗っ取ったように並外れている。

「妙な話を持ち込まれて困っているのだ」

「関白の件でございましょうか？」

「そうだ。そちはどう思う。あの二人のどっちが関白に相応しいか？」

「似たり寄ったりではないかと思います」

「なるほど……」

「摂関家とは厄介なものでございます」

「うむ、玄以、一人関白に相応しい者がいるのだが？」

「関白に相応しい……」

「さようじゃ、眼の前にな」

「あッ！」

前田玄以は秀吉の言いたいことを理解した。

「いるであろう？」

「御意ッ！」

「どうする。誰に言わせる。自ら言ってはまずかろう？」

「き、菊亭殿では？」

「晴季か、吹き込めるか？」

「はい！」

前田玄以は晴季を説得する自信はある。関白は秀吉が良いと言わせるのだ。いざとなれば黄金で晴季のほっぺたをピタピタやればいい。

むしろ問題なのは秀吉が関白になるとすれば、摂関家の人にならなければならないということだ。つまり藤原一族に秀吉がなるという大技を使う。

摂政関白になれる家は五摂家といって決まっている。

藤原不比等の一族ですべて藤原北家であった。その五摂家は近衛家、鷹司家、九条家、二条家、一条家と決まっていた。

この五摂家以外から関白職に昇ることはできない。

ましてや秀吉のようにどこの出自かはっきりしない男が、易々と就任できるような地位ではないのだ。

だが、図々しくも本人がなりたいというのだから仕方がない。

それにはそれなりの方法がある。

まず前田玄以は菊亭晴季に相談を装って、「秀吉さまを関白にする方法はないか？」と、難題を持ちかけて反応を窺った。

「秀吉殿を？」

「無理ですか?」

「いや、無理ということはない。信長さまの時に三職推任というのがありましたな、あれでございます」

「可能か?」

「はい、少々厄介ですが不可能ではございません」

「うむ、実現できれば恩賞を秀吉さまに申し上げますのでよしなに……」

ほっぺたをピタピタするということだ。

黄金の力はすごい。すぐ話がまとまって、秀吉と菊亭晴季と前田玄以の話し合いが持たれることになった。

なかなか強引ではあるがこういうことは強引に限る。

秀吉の関白就任を話し合う三人の秘密会議だ。摂関家から関白を取り上げる荒業だから大謀略だ。

菊亭晴季は前田玄以との話し合いで秀吉の本心を知った。

秀吉が右大臣や左大臣では満足できず、あろうことか身分不相応な関白になりたいのだと察している。

「この度の近衛家と二条家の関白問題は、双方の家の慣例がありすぐの解決は難しいかと思われます。強引にすればいずれかに恨みを残しましょう。ここは思い切って羽柴殿が関白になられてはいかがでしょう」

秀吉と玄以の意を汲んで菊亭晴季が肝心なことを切り出した。

「そのようなことができるのか？」

「できます」

「よし、それを聞こう」

秀吉は関白になりたい。玄以はならせたい。菊亭晴季はなれるという。

「羽柴殿が摂関家の猶子になれば、関白になられても何ら問題はございません」

「おう、猶子な……」

秀吉の猿顔が何んとも嬉しそうだ。

「五摂家のいずれかに話を通して猶子になられますよう」

「相分かった」

秀吉の頭に、その五摂家のうちに大きな貸しがある家が浮かんだ。

それは近衛家だ。本能寺の事件の時、近衛前久は明智光秀に二条御所内が丸見えの大屋根を貸した。

そのために狙い撃ちされて中将信忠が戦いに敗れた。

まだその決着がついていない。狡猾な秀吉は近衛家を脅そうというのだ。関白になれるならなりふり構わない。

「近衛前久の猶子ではどうだ？」

「近衛さま？」

「うむ、例の大屋根問題が決着していない。それとの取引だ」

「なるほど……」

菊亭晴季が大いに納得でうなずいた。

「将来、わしの関白は近衛家に返すという条件だ」

「信輔さまに？」

「うむ、それであれば当面、関白問題は解決だ。どっちにも傷はつかぬであろう」

「御意！」

上機嫌な秀吉に前田玄以がうなずき納得した。

「なかなかに結構かと……」

菊亭晴季も自分の手柄だといわんばかりだ。公家にはこういう手柄が大事なのだ。秀吉からの恩賞が楽しみである。砂金なのか大判金なのか。

「それでは早速、近衛家に？」

「うむ、首を縦に振らない時は脅せ、天下を治める関白はわししかおらんと説得せい！」

「畏まってございまする」

この時、秀吉は義昭がいる限り、征夷大将軍にはなれないだろうと思っていた。そこで将軍よりはるかに上位の関白を狙う。

秀吉は関白をつかんだら易々と近衛家に返す考えなどない。事実、秀吉の関白は甥の秀次に譲られることになる。

この猿顔の男は狡猾で大嘘つきなのだ。

為政者は大なり小なり嘘つきが多いが、秀吉の大嘘は格別でやがて自分は天皇の落胤だとまで言い出す。

誰も本気にしないお笑い種《ぐさ》というか、まことにもって言語道断、無礼千万なのだ。だがそういうわかりやすい大ほら吹きだからこそ、この猿顔の男は人々に好かれたのかもしれない。

その上、針売りの商人だった秀吉は、黄金にものを言わせる術を知っていた。

秀吉の猶子話はとんとんと運んで、七月十一日には藤原秀吉に関白宣下が行われた。驚天動地というしかない。

信長の死からわずか三年で秀吉は極官の関白に昇った。

秀吉に相談に行った近衛信輔と二条昭実は、欲深ではなかったが結局虻蜂取らずのような格好になった。

最も相談すべきでない人に相談してしまったようだ。

こうなっては指をくわえて見ているしかない。不満など言えばその首がポロッと体から落ちかねない。

してやったりの秀吉は関白殿下だ。

関白とは天皇の補佐というか代行者ということだから恐れ多いことである。

妻のお寧さんに言わせれば、「おみゃさまが関白殿下、おっ魂消《たまげ》たなも！」ということになる。

秀吉が関白ならその妻のお寧さんは北政所ということになる。

北政所とは三位以上の公家の正室の呼び名だが、摂政関白の正室が特にそのように呼ばれることが多い。

それは大きな邸宅の北側に、正室の住まいがあることが多く、北の方とか北政所という。

「へえ、あたしが北政所かなも……」

やがて秀吉は天皇から豊臣の姓を賜って豊臣秀吉となり、お寧さんは豊臣吉子の名を賜り従一位に昇る。

その秀吉は正一位の神階に昇って、豊国大明神という神さまになってしまう。

この秀吉の関白就任によって、近衛信輔と二条昭実と菊亭晴季の三人には従一位が授けられた。

近衛家に千石、他の摂家には五百石が加増された。

もちろん大功労者の菊亭晴季への恩賞は、関白殿下の秀吉から格別に個人的な別口があった。

秀吉の左大臣、右大臣への昇進は見送られ、近衛信輔と菊亭晴季が継続した。

関白というのは律令に定めのない官職で、征夷大将軍と同じで令外官であった。古い頃に律令の外に新設された官職ということだ。

秀吉の関白就任で天下は落ち着くかに思われた。

だが、そういかないのもまた天下である。その頃、信濃小県や上野沼田の辺りが落ち着かない状況にあった。

この辺りは信玄と謙信の頃から奪い合っていた場所だ。

そこに今では真田昌幸が絡んでなんとも厄介な地域になっている。

謀略家の真田昌幸は北条に属したり、上杉に属してみたり、信長や徳川の傘下にいたこともある。

立場の難しい人だった。

それは領地がなかなか確定しないことにも原因がある。

以前は武田、北条、上杉の争いだったが、今は北条、真田、徳川、それに上杉が絡むという構図なのだ。

結局、こじれの根本は領地の取り合いだった。

信長の死から始まるのだが、信濃、甲斐、上野が信長の死によって、急速に空白地帯となったことにある。

滝川一益が逃げ、森長可が逃げ、河尻秀隆が殺された。

その空白となったところに上杉景勝、北条氏直、徳川家康が領地獲得のため殺到した。

甲斐を制した家康は南信濃へ侵攻、景勝は北信濃に侵攻、氏直は上野を制して東信濃へ侵攻する。

この時、東信濃と西上野に勢力を持っていた真田昌幸は北条傘下にいた。

その真田昌幸を徳川方の依田信蕃が寝返らせた。

後に北条と徳川が和睦すると、真田昌幸の上野沼田領と北条氏直の信濃佐久領が交換される。

真田昌幸が信濃上田城を築城、信濃が安定するかと思われた。

だが、そうはならずに沼田領や吾妻《あがつま》領を巡って争いが続いたのである。それにはわけがあった。

というのも昌幸の父真田幸隆は、上野箕輪城の長野業正の傘下にいて、上野方面にも深く根を張っていた。

だから真田家は交換した沼田領などは北条に取られたと思っている。

この後の秀吉の北条征伐の切っ掛けになるのが、真田の上野名胡桃《なぐるみ》城と北条の上野沼田城の攻防なのだ。

東信濃と西上野は国境でもめ事が絶えない場所となる。

この年、徳川家康は甲斐に着陣すると、真田昌幸に約束通り沼田領は北条に引き渡すよう交渉した。

不満ならその代替え地を用意する。とまでいって家康は妥協したが、どうしても西上野への未練を捨てきれない。

そこで真田昌幸は家康の提案を拒否する。

その上で昌幸は敵対していた上杉景勝と通じた。交渉に失敗した家康は七月には浜松城に帰ってきた。

このまま真田昌幸を放置しておくことはできない。

八月になると家康は真田昌幸を攻撃することを決めた。

鳥居元忠、大久保忠世、平岩親吉の三人に七千八百人の兵を預けて、真田の本拠地である上田城に向かわせた。

家康と昌幸の最初の激突だ。このことが後々まで禍根を残すことになる。

徳川軍は信玄の棒道を使って、甲斐から諏訪へ一気に北上、北国街道に入って上田の信濃国分寺方面に布陣する。

これに対して昌幸は上田城に、長男信之は砥石城に、その従兄弟の矢沢頼康は上杉の援軍と一緒に矢沢城に籠城した。

この時、鳥居元忠、大久保忠世、平岩親吉の三人が昌幸のことをどれだけ知っていたか。

おそらく三人とも真田昌幸が、信玄の折り紙付きの戦上手だったと思っていなかったのだろう。

閏八月二日に徳川軍は上田城に攻撃を仕掛けた。

徳川軍の攻撃は順調で二の丸まで侵入に成功する。というよりも昌幸の罠に引き込まれたという方が正しい。

やがて城内からの猛反撃が待っていた。

あちこちから弓矢、鉄砲を撃ち込まれては逃げ場がなく、徳川軍が次々と倒された。

城から撃退された徳川軍が逃げた。その横っ腹に砥石城の信之隊が突撃してくる。たまらず徳川軍が崩壊。

そこに折り重なるように矢沢隊が突進してきた。

徳川軍は崩壊しててんでバラバラに逃げるしかない。そこに上杉の須田満親の援軍が突っ込んできたからたまらない。

二段、三段、四段の攻撃で徳川軍は何がどうなっているのかわからなくなった。

逃げれば当然のごとく真田軍に追撃される。

容赦なく三途の川の六文銭に散々ぱら追いまくられて、徳川軍は神川《かん》まで追い詰められてしまう。

そこが徳川軍の三途の川だった。

渡河して逃げようとしたものが次々と溺死する。何んとも言葉にもならない大惨敗であった。

さすがに清和源氏貞保親王流と昌幸を褒めるしかない。

徳川軍がこのような大敗北をしたのは、信玄と戦った三方ヶ原以来のことである。家康も想像すらしていなかった。

まさに「お見事！」というしかないだろう。

徳川軍七千八百人に対して、真田軍は千二百人とも二千人ともいう小人数だった。真田昌幸恐るべしだ。

死者は徳川軍千三百人、真田軍二十一人という。

この上田合戦というのは関ヶ原の時にもう一度行われるが、この時も徳川軍は大敗北を喫して家康を震え上がらせる。

この時はもっとひどく徳川軍三万八千人に、真田軍はわずか三千人で立ち向かったのだから恐ろしい。

兎に角、この昌幸という男はただ者ではなかった。

徳川軍の動きに合わせて北条軍は沼田城を攻撃、この攻撃は翌年まで続いたが昌幸の叔父矢沢頼綱によって撃退される。

何んとも恐ろしいのが六文銭だ。

この戦いで真田軍が徳川軍と北条軍を撃退したことで、真田昌幸は東信濃と西上野に自立した大名として認められる。

その後ろには上杉景勝と関白秀吉がいたことは間違いない。

その関白秀吉は家康を潰し北条家を潰したいと考えている。着々と大垣城に兵糧を運び込ませていた。

その秀吉がついに徳川家に直接手を突っ込んできた。

十一月十三日に徳川家の二本柱ともいえる酒井忠次と石川数正のうち、石川数正が突然に秀吉のもとに出奔。

二本柱の一本が逃亡したのだから徳川家はひっくり返りそうになった。

数正は重臣中の重臣だから徳川家の秘密をすべて知っている。中でも絶対秘密の軍制を知っているのがまずい。

秀吉にその秘密が筒抜けになってしまう。

小牧、長久手の戦いは終わって講和が成立した。だが、事実上は休戦状態でいつ戦いが再開するかわからない。

そんな時に石川数正が秀吉に走ったのは痛い。

数正は小牧、長久手の戦いの講和を、秀吉と交渉してまとめ上げた男だ。それだけに狙われたのかもしれない。秀吉はこういうことを平気でやる男だった。

数正の出奔の理由は定かではなかった。

秀吉との交渉の中で何か取引があったとしか考えられない。数正は秀吉から河内に八万石を与えられ家臣になった。

裏取引の可能性は高い。

その名も改めて石川出雲守吉輝と秀吉から吉の字をもらった。

この後、家康が関東に移ると、石川数正は秀吉から信濃深志城十万石に加増され、深志城こと松本城を築城する。

数正の正確な出奔の理由は永遠に謎かもしれない。

噂では信康の切腹に絡んで家康と不仲になったとか、講和交渉の中で秀吉の器量に気づいたなどという。

秀吉の恩賞に籠絡された。

秀吉と内通していると平八郎たちに疑われたともいう。

狡い秀吉に、家臣になれば家康との戦いを回避してもいいといわれたなどさまざまだ。

中でもおもしろいのは、家康と数正が話し合った上で、荒れて苦しい徳川家の領内を救うため、秀吉の攻撃を止めようと、わざと数正が犠牲になったというのがある。

真相は藪の中だ。

兎に角、数正が軍事的な機密を握っている以上、何はさておいても素早く徳川軍の軍制を改める必要があった。

そこで家康は信玄の軍制を取り入れようと考える。

その軍制を知っている男がいた。

信玄の家臣だったことのある奥平信昌だ。家康の長女亀姫の夫でもある。

秀吉がいつ攻めてくるかわからず、徳川軍の陣立てなど軍制をそっくり変えてしまう必要があった。

そんな忙しい中で家康の梯子を外した織田信雄が、叔父の織田長益や滝川雄利、土方雄久《かつひさ》を派遣して上洛するようにと家康を促してくる。

この信雄という男は、自分が何をしでかしたのかわかっていない。苦労知らずの困った織田家の御曹司なのだ。

すっかり秀吉に臣従して、矜持などどこかに捨ててきてしまったようだ。

その秀吉は関白になり少し考えに変化が出てきた。

もし家康と戦って小牧、長久手のようなことになったらまずいと考える。万に一つ、秀吉が負けるようなことがあれば、関白を宣下した天皇の権威に傷がつきかねない。

天皇の権威の代行者である関白にはそれだけ重い責任がある。関白秀吉が戦う時は、何があっても必ず勝たなければならない。それに従わないから叩き潰すでは、関白たる者の政治ではない。それは猿顔の秀吉のやることで関白は違う。

秀吉は関白になって権力とは違う権威とは何かに気づいた。三河の大将一人説得できなくて天下の関白といえるか、臣従した信雄を使って家康を何とか懐柔して上洛させる。

秀吉にではなく関白に臣従させると考えた。

家康と戦って必ず勝てるという自信もなかった。違う手を使うしかない。どうだ。関白だぞ。従えということだ。そのためであれば秀吉はどんな犠牲でも払う覚悟になった。

勝つか負けるかわからない危なっかしい戦いはできない。

関白たる者の戦いはいつも威風堂々でなければならないのである。

三河で家康が秀吉に反旗を翻している以上、秀吉はそれより先の東国には手を出せないのだから何とかしたい。

天下は三河の先の東国や奥州や出羽まである。

秀吉の実力を認めず棚から牡丹餅で、織田家を乗っ取った成りあがり者、と見ている大名が決して少なくない。

秀吉はそれが気に入らないのだ。何とかしたい。

その一人が秀吉の前に立ち塞がった。それが信長の同盟者である家康だと秀吉は思っている。

最も厄介な男だ。

他にも鎌倉以来の九州の島津や小田原の北条、出羽の伊達などがそうだ。

こういう大名は信長とは誼《よしみ》を通じたが秀吉とは嫌だという。島津などは下賤な秀吉は嫌だとまで露骨にいうのだから困る。

にわかに関白になったから上洛して、早々に臣従しろといわれてもそれは難しい。

そんな時、大地がグラッと揺れ、グラグラと天地がひっくり返りそうになった。

その前触れは十一月二十七日にあり、二十九日に大揺れがきて、三十日にも大余震があった。

どこが震源でどれが本震かわからない巨大地震だ。

激しい揺れが十二日間にもわたり、まさに青天の霹靂、驚天動地、南無阿弥陀仏、南無妙法蓮華経だ。

五畿内から東海、北陸、阿波などが大規模に揺れた。

その被害は北の若狭湾から南の三河湾まで、あまりにも広範囲でその実態がよくわからない巨大地震である。

飛騨では帰雲城《かえりくも》が山崩れで埋没。

城主内ヶ島氏理《うじまさ》と一族が全員行方不明になり内ヶ島家は滅亡した。周辺の集落数百戸が城と一緒に埋まった。

白川郷では三百戸が倒壊し大揺れに呑み込まれる。

美濃では大垣城が全壊し焼失、蓄えていた秀吉の兵糧が煙になって消えた。恵那《えな》では山体崩壊が起きて山が消える。村が消えてそのあたり一面に広大な大沼が出現した。

越中では木舟城が倒壊し前田利家の弟前田秀継夫婦と多くの家臣が死んだ。尾張ではよく洪水被害のある清洲城が液状化の被害、海に近い蟹江城はあっという間に倒壊してしまう。

伊勢では織田信雄の長島城が倒壊し桑名宿が壊滅した。

京では東寺の伽藍が破損、三十三間堂の仏像六百が倒れて破損する。他の詳しいことはわかっていない。

近江の琵琶湖では長浜城が全壊して、城主の山内一豊の娘与祢《よね》姫と乳母が圧死する。

家老夫婦は亡くなったが一豊の妻の千代さんは助かった。長浜城周辺の村々が液状化で水没、湖の水に呑み込まれて姿を消した。

酷かったのが津波で若狭湾や伊勢湾、琵琶湖の湖北でも発生して、その津波によって家々はすべて押し流され死者無数という。

津波は越前、越中などでも発生し溺死者多数。

この津波は東海地方から北の三陸まで達しその記録が残された。地震のためか焼岳《やけだけ》が大噴火を起こす。

この天正大地震が切っ掛けのようになって、文禄、慶長期には大地震が十年ほどの間に八回も頻発する。

この大地震だけはいかんともしがたい。

地下の大鯰が暴れて一度巨大地震を起こすと、その後、何度も大きな地震を引き起こす癖があった。

そんな大混乱の中で秀吉は京に絢爛豪華な城を築城しようとする。

その黄金の城は聚楽第という。

天正十四年（一五八六）の年が明けた二月から築城が始まった。秀吉は関白としての権威を人々がその眼で見られるようにしたい。

この男の考えることはそういうことなのだ。

一度見たら誰もが忘れられない権威の城が必要である。なめられてたまるかという関白秀吉の思いだ。

成り上がり者とは言わせない。

誰もがひれ伏すものは黄金だと秀吉は思う。だから茶室や茶道具などすべてを黄金にする。なんともわかりやすい猿顔の関白さまである。

それと大名たちが官位官職を、喉から手が出るほど欲しがるはずだと秀吉は知っていた。

やがて秀吉による官位官職のばらまきが始まる。

その手始めが聚楽第でキラキラと光り輝く、黄金の城が御所のすぐ西隣に姿を現すことになる。

にわかに偉くなると急ぎ過ぎてこういうことが起こりやすい。

四月になると九州豊後からキリシタン大名の、ドン・フランシスコこと大友宗麟が大阪城の秀吉の前に現れる。

九州では薩摩の島津義久が大きな力を持ち始めていた。

島津軍と戦っても勝てない宗麟は秀吉に臣従するかわりに、軍事的に支援して欲しいと懇願しに出てきた。

その大友宗麟をもてなしたのが秀吉の異父弟の秀長だった。

秀長は黄金の城や黄金の茶室を作る秀吉とは逆で、地味で真面目で正直という男、狡猾な秀吉の兄弟とは思えないほど真反対である。異父とはいえこんなにも兄弟が違うものかと思う。

それを秀吉もわかっていて秀長の話はよく聞いたという。

その秀吉が大友宗麟につぶやいた。

「内々のことは宗易に、公儀のことは宰相に談ずべし……」

宗易とは千利休であり宰相とは秀長のことである。この発言は重大で豊臣政権内の大きな権限を秀長が持っていたということだ。

身内の少ない秀吉が弟の秀長を、相当に信頼していたということである。

後に家康は「秀長殿が天下さまならわしは天下を望まなかったであろう」と、漏らしているほどなのだ。

ということは家康が秀吉に不満で相当早い時期から、次に天下を取るのは自分だと思っていたことにもなる。

九州は大友、龍造寺、島津の三家の均衡がとれていたのだが、島津家の勢いによって脅威が増大しその勢力拡大で均衡が壊れた。

宗麟は秀吉に九州へ出陣して欲しいのだ。

だが、秀吉は三河の家康のことがあり、豊臣軍を遠い九州へ連れて行ってまで使いたくない。まだそういう無理をする時ではないと思う。

そこで黒田官兵衛と相談して四国、西国筋の大名の軍勢で九州を押さえようと考える。

秀吉は西国や九州だけでなく東国の北条や伊達など敵を抱えていた。ここは何としても東海を支配している家康を味方にしなければ何も始まらない。

関白にもなり九州の動きによって局面が大きく変わった。

最早なりふり構わず、家康を豊臣政権に引きずり込まないと、先へ進めないと判断することになる。

秀吉が考えたのは最後の手段の抱きつき戦法である。

つまり敵にベタッと抱きついてしまうのだ。関白秀吉に抱きつかれると相手は身動きができなくなってしまう。権力者がよく考えることだ。

戦って勝つ自信がないのだから抱きついてしまうということである。

何んとも恐ろしいことを考えるもので、秀吉は家康に正室がいないことに目をつけた。

だいぶ前だが家康は瀬名を処分したため正室がいなかった。側室は何人もいるが正室をもらわなかった。

そこを秀吉に狙われた。

なんでもありの秀吉はなりふり構わず禁じ手を使う。

秀吉は兄弟が少なくその一族も少なかった。姉の智《とも》に秀吉と弟の秀長に妹の旭《あさひ》の四人しかいない。

その上、秀吉には子どもがいなかった。

そこで秀吉は妹の旭を家康の正室、瀬名が正室だから事実上の継室にしようと考えた。だが、旭は夫持ちだった。

妹は秀吉が偉くなる前に、尾張の百姓に嫁いでいて、秀吉は出世するとその旭の夫を武士の身分にした。

今はその名を佐治日向守という。

その佐治日向守と旭を無理矢理に離婚させる。その旭を家康に嫁がせるというのだから、秀吉のやることは乱暴で無茶苦茶だ。

この時、妹の旭は四十四歳になっていた。いくら後家好きの家康でも頭を抱えてしまいそうな話である。

この後、佐治日向守は自刃したというが定かではない。

実は、この結婚話はすでに二月に行われていた。旭が離婚させられるとすぐ、二月二十二日に信雄の家臣で前に家康の上洛を説得しに行った、滝川雄利と土方雄久の二人が三河吉田に派遣されてきた。

そこで二人は酒井忠次に話をしてから家康に縁組の話を通す。何とも言いようのない秀吉の捨て身の抱きつきだ。秀吉は妹を離婚させてまで家康と縁組したいという。それも四十四歳というのだからまいった。

ここで家康が断れば即開戦になるだろう。面子が丸つぶれになり秀吉はなりふり構わず、明日には大軍を集めて三河に攻めかかってくる。

大地震で五畿内から東海まで痛んでいるのにここで戦いはないだろう。それが家康の判断だ。痛んでいる領民をこれ以上苦しめることはできない。家康は旭姫との結婚を了承する。

ついにベタッと秀吉に抱きつかれた。

家康四十五歳、旭姫四十四歳、年恰好はぴったりだと言いたいが。二人が結婚すれば家康は秀吉の義弟ということになる。領民にとっては戦いが回避されたことで実にめでたい。

榊原康政が家康の代わりに上洛して結納が行われた。

家康は結婚が決まったからといって易々と上洛はできない。秀吉の軍勢に取り囲まれて殺される危険がある。

秀吉は何をするかわからず信用できない曲者なのだ。

四月二十三日に秀吉は上洛を拒み続ける家康に対して、実妹の旭姫を三河に行かせることにして大阪城から京の聚楽第に移した。

この聚楽第で旭姫は母親のお仲こと大政所と過ごし別れをする。

秀吉の母お仲は気の強い人で気に入らないと、関白になった秀吉の頭を叩いて叱ったという。

痛い痛いと逃げる秀吉をお寧さんが笑って見ていたというから親子とはおもしろい。微笑ましいというよりは滑稽である。

秀吉は母親のお仲に頭が上がらなかった。

五月になると浅野長政が奉行をして、百五十余人の花嫁行列が聚楽第を出立して三河に向かった。

途中で織田長益と滝川雄利が行列に加わる。

旭姫の行列は十一日に三河に入り、十四日に浜松城に到着し、すぐ結婚式が行われ旭姫は徳川家の人になった。有り体に言えば抱きつき戦法だが、秀吉が家康に人質を差し出したということになる。

関白秀吉が三河守に過ぎない家康に、屈したといっては少々言い過ぎかもしれない。だが、似たようなものだ。

それでも家康は上洛しようとはしなかった。

迂闊に上洛すれば二度と三河に帰れない危険性がある。秀吉にとって家康はサッサと処分したい男である。

こんな厄介な男に肝心の東海道を、押さえられていてはたまったものではない。

そんな秀吉の気持ちがわかっているだけに、旭姫をもらったからといって家康もなかなか上洛はできない。

ここは秀吉と家康の虚々実々の駆け引きになった。

何んとか家康に抱きついた秀吉に軍配は上がりそうだが、そこは家康も結構狡くなってきて、秀吉をじらせば値が上がるとわかっている。

秀吉の足元を見ていた。

どこまでその値が上がり手一杯なのか、本当に安全を確保できるかなど慎重に考えて動かない。

ここでバタバタすれば値が下がる。狡くなった家康は高値を見ていた。

六月になると越後の上杉景勝が上洛、秀吉に人質を差し出して臣従。その時、越中や信濃や上野の領地の領有を放棄する。

そのかわりに越後の北部や出羽庄内の切り取りを秀吉が許可した。

その上、秀吉の官位のばらまきで、景勝は天皇に拝謁して左近衛少将を賜った。なかなかの高位である。

九月九日には秀吉が正親町天皇から豊臣の姓を賜った。

関白豊臣秀吉となった。信長の死からわずか四年である。いかに信長による天下統一の地ならしが済んでいたかということだ。

秀吉は織田家を乗っ取ってすぐ天下人になったに等しい。

同じ頃、黄金の城が完成する。

聚楽第とか聚楽城、聚楽邸などと呼ばれるその城は、白壁と金箔瓦で覆われ威容は光り輝いていた。

その周囲は六百間とも千間ともいう大きさで、堀の幅が二十間に深さが二間という。禁裏の西隣に黄金の城など秀吉以外誰も思いつかない。

秀吉の頭には本能寺の事件のことがあって、誰にも攻められないように大きく頑丈に作ったと思われる。

それは大阪城の大きさとその頑丈さにもいえた。

大きく煌《きら》びやかで豪華にして人々を威嚇し、頑丈な作りでどこからでも攻めてこいというのが秀吉流なのだ。

まずこの絢爛豪華な聚楽第を家康に見せたい。

どうだこんなものをおぬしは作れまいと胸を張ってみたいが、その家康が強情で禁じ手を使ってまで妹の旭を与えたのに上洛しない。

だが、ここで短気を起こすとすべての苦労が水の泡になる。

実は、秀吉の恐ろしいところはここからなのだ。禁じ手の上に禁じ手を重ねてまで家康に抱きついてきた。

この頃、家康は旭姫を浜松城ではなく岡崎城に住まわせていた。

十月十八日に秀吉が母親の大政所お仲を、旭姫の見舞いという名目でその岡崎城に送り込んできたのである。

大政所は二十三日に岡崎城に到着する。

さすがの家康も秀吉のなりふり構わない、抱きつき戦法に思わず腰がふらついた。というよりまいった。まさかまさかで、そこまでやるかということだ。

妹を嫁がせその母親までを送り込んでくるとは、家康も考えていなかったことで大不覚だった。

明らかに秀吉に先手を取られた。

ことここに至っては覚悟するしかない。それでも家康が上洛を拒否すれば何を言われるかわからない。

「関白殿下が妹を嫁がせ、母親まで見舞いに行かせたというのに、三河の徳川殿は満足な挨拶もできないとみえる。なんとも小心なことではないか、関白殿下に礼を失するにもほどがある」

「そこまで関白を恐れるとはのう」

「三河殿も何を考えているのやら……」

秀吉に近い口さがない京の公家辺りから、関白の気持ちを忖度してそんな噂が飛び出すかもしれない。

これ以上、動かないとまずい状況になった。

家康が秀吉の捨て身の戦法に追い込まれたといえなくもない。

秀吉のことだから「三河守は臆病者だ」くらいのことは、言いそうな状況になってきたのである。

だが、上洛すれば家康の命の保証はない。

秀吉は妹と母親を人質に三河に差し出した格好だが、それがどこまで家康の命の保証になるかだ。

極めて重大な局面になった。

酒井忠次以下の家臣たちは上洛するべきではないと家康に申し入れる。

この上洛が危険なことは誰もがわかっていた。この上洛こそが家康にとって最大の危機だった。

殺されずに秀吉に臣従すれば、天下が確定して家康は生涯秀吉の臣下に置かれる。

家康にとってそれは耐えがたいことだが、今こそ太原雪斎禅師の教えの如く、忍辱《にんにく》の鎧を着る時だと覚悟した
厭離穢土欣求浄土の時はまだ遠いと思う。

この時、家康は家臣にこう言ったと伝わる。

「一死もって万民を救うはいまこの時なり、上洛せずんば手切れとなるであろう。敵が百万騎で攻めてこようとも討ち果たす自信はあるが、民百姓を野山に殺すことになる。それはできない」

家康は覚悟を決めた。なんとも美しい言葉だが、例の完全無欠の大権現さまの匂いがする。

この時、家臣たちは泣いて同意したという。大歌舞伎の嘘っぽい話だ。

大政所が岡崎城に入った翌日、十月二十四日の早暁まだ暗いうちに、家康は上洛するため浜松城を出立した。

間髪を容れずに家康は動いた。

これはよく語られる秀吉と家康の直接対決だが、これは例によって徳川家の正史ともいえる物語にあることだ。

つまりこの話も大盛りなのではないかということである。

実は、九月の時点で家康は三位中将に上階していたという疑惑がある。というのは一ヶ月より少し前の九月七日に、家康が三位中将藤原家康と署名した書類三通が発給されているという。

まだ秀吉と会う前で家康の身分は従五位下三河守のはずである。それが三位中将と署名したのはおかしなことである。

あまり大権現さまを飾るとこういうところからぼろが出るのだ。

大政所のお仲が岡崎城に来る前に、秘密裏に秀吉と家康の話がついて、家康に秀吉の官位ばらまきがあり朝廷から三位中将が贈られた。

なんでもありの秀吉だからその可能性が浮上してくる。この辺りが正直な相場のようだ。

家康にとって三位はあまりに凄い高位高官なので、まだ秘密なのだがあまりにうれしくて、はずみで三位中将藤原家康と署名しちまった。

その三位中将への昇進が危険だと家康はわかっていたと思える。

それでも昇進を受け入れたのは交渉の中で、家康に何らかの安全の担保があったということだろう。

それが大政所の人質ということではなかったかということだ。

つまり家康は事前にすべてを知っていた。

そうなると大政所の岡崎城訪問があって、家康が上洛して上階したのではなく、すでに上階が先に決まっていて、上洛の安全担保に秀吉が大政所を三河に向かわせたということになる。

つまり大歌舞伎はなかった。二人の間で話ができあがっていた。

やはりこの方が交渉としてはしっくりくるし、三位中将の文書発給の謎も解ける。誰が仲介したか、近衛前久か、石川数正か、それとも榊原康政か。

確かに納得できるが三位中将が物語から消えたのは、神君の大権現さまが高位高官に眼が眩んだと取られそうで消したのだろう。

それほど高位高官というものは芳香を放ち威力があり魅力的だった。

おそらくこの辺りのことは、上洛して結納を取り交わした榊原康政しか知らないことであろう。

康政は武勇では平八郎に劣るが、指揮能力では平八郎に勝るといわれる優将だ。小牧、長久手の戦いの時、康政は秀吉を織田信孝を殺し、織田家を乗っ取ったと激しく非難して檄文を書いたことがある。

それを見た秀吉は激怒して康政の首に十万石を与えると宣言。

ところが秀吉と家康は和睦になった。

すると秀吉は家康からの最初の使者に榊原康政をと指名したという。その上でそなたのような武将を持つ三河守が羨ましいといったという。

康政の旗は無の一字を記した旗で、その意味ははっきりしないが無欲無心とか、常に無名の将でありたいとの志だと伝わる。

秀吉に気に入られ康政は家臣としては破格の、従五位下式部大輔の官位を贈られて、その祝宴まで賜ったという。従五位は貴族身分である。

この辺りに真相がありそうだ。

普通の大名は三河守、尾張守、美濃守、甲斐守などという。これは従五位下相当でここから叙爵と呼ぶ。

他に頭、督などもこの従五位下相当である。

その従五位下より下の六位、七位、八位、初位は叙爵に対して地下《じげ》と呼ぶ。

征夷大将軍の官位は低く正五位下相当である。侍従が従四位下相当、少将が従四位上相当、中将が正四位上相当であった。

家康の三位中将は従三位中将ということだろう。

従三位から公卿と呼ばれる。

参議が宰相と呼ばれやはり従三位相当なのだ。つまり家康はいきなり秀長と肩を並べたことになる。

これぐらいの取引は秀吉なら平気でやる。

それを整え取り次いだのが榊原康政ということであれば大いに納得だ。

ちなみに従三位からは上と下がなくなり、従三位の上が正三位となるから上と下のある従五位下から見上げると、従三位は八階級の特進ということになる。この上階は家康の度肝を抜いた。

つまり秀吉は家康を豊臣政権の重臣として迎えると約束した。

それが家康の三位中将という高位だ。

その上は中納言の正三位相当、大納言の従二位相当、内大臣及び関白の正二位相当、太政大臣、左大臣、右大臣は従一位相当になる。

正一位とは神階と呼ばれ稲荷大明神などの神さまの位だ。

やがて秀吉も家康も、だいぶ遅れて信長もこの神階に昇ることになる。それは天皇から神号を授かることをいう。

神階を授ける天皇とはなにか。

源頼朝は白幡という神号で白幡大明神、秀吉は豊国大明神、家康は東照大権現、信長は明治になって建勲《けんくん》を賜ることになる。

家康を秀吉は豊臣政権に迎え入れる約束をして、母親の大政所を安全の保障にしたことになる。

おそらく榊原康政が交渉で秀吉と直に整えた約束だろう。その中に大政所のことも含まれていた。

康政に抜かりはない。それゆえに家康は信じた。

この方が地味で芝居がかっていないが大人の交渉だ。秘密の交渉は冷静な康政らしい。

家康が一か八かの賭けに出るとは考えにくいし、いくら秀吉でもそんな無茶な難題を突き付ければどうなるかわかっている。

つまり正史の裏で秘密裏に二人は握っていた。当然の交渉だ。

ただ、旭姫の輿入れまでは家康も考えていなかった。こういう度肝を抜く手法が秀吉の得意技なのだ。

家康は今川の軛《くびき》から桶狭間で逃れ、信長の軛から本能寺で離れたはずなのだ。ところが今度は秀吉の軛が待っている。

家康のこんな苦難の人生を太原雪斎は思い浮かべて、忍辱の鎧を着なさいと教授したのだろうか。

その泣き虫竹千代がついに天下に飛び出す時がきた。

急ぎに急いだ家康一行は、十月二十六日に大阪に到着すると、宰相豊臣秀長の屋敷に入った。

するとその夜、大阪城から秀吉が訪ねてきて、家康の手を取り大いによろこんだという。

ここから二人の大歌舞伎が始まる。大いに臭い芝居だ。

実に嘘っぽい。

例の秀吉に家康が陣羽織を所望して、「殿下の代わりに家康が天下平定の戦いをいたします」といって、秀吉をよろこばせると、秀吉がその言葉を諸大名の前で披露してくれと言ったとかいわなかったとか。

この狐と狸の二人の大芝居、小芝居は一度眉に唾をつけてから、聞いたり読んだりしないと信用できない。

天下に二つとない大見世場だ。

秀吉は秀吉で大きく見せたい男だし、家康は後に大権現さまになったので、改竄や創作がちりばめられても何ら不思議はない。歴史は勝者によって作られ、正史は勝者によって書かれるのだ。嘘が書かれるのは当然なのである。

神さまになった人を後の人々が、思いっきり煌びやかに装飾しても罪ではない。たのしみながら褒めるべきだ。

二百六十年の泰平を招くための大芝居、大嘘であれば騙された方がめでたく有り難いのではなかろうか。

それを根掘り葉掘りするのは歴史家の醍醐味のような気がする。

その翌日に家康は満座の大名の前で、秀吉との前夜の約束通り「陣羽織所望！」の大見得を切ったことにしよう。

関白殿下に謁見することが、臣従することなのだから小芝居など必要ない。

家康の臣従には交渉にすら応じない北条家の扱いのことがあった。もちろん秀吉は家康と氏直の関係を知っている。

秀吉にとって家康の臣従は実に大きかった。

妹を離婚させてまで嫁に出し、母親の大政所を人質にしてまで、家康に抱きついた秀吉の戦法は見事に成功。

抱きつかれた家康の腰が砕けた。政治にはこういうことが必要である。

だが、秀吉がそこまでしなければならないということは、裏返せば豊臣政権がそれだけ脆弱だともいえる。

秀吉には弟の秀長以外身内で信頼できる人がいない。

妹の旭をむごいが政略結婚に使うしかなかった。

だが、その結果は実に大きく、豊臣政権の安定感がぐっと高まった。これこそが秀吉の狙いだった。

それでいて抱きつかれた家康も従三位中将という公卿だから悪い気はしない。

十一月一日に家康は京にのぼり、十一月五日に家康はいきなり正三位に昇進する。ということは三位中将の話は真実だったことになる。

さすがは無の人、榊原康政である。

何んとも驚きだ。正三位まで話を整えたとなると、徳川家でこういう裏技のできる人がいたことになる。

康政は能筆家で家康の書状も代筆していたという。

この秀吉と家康は狐と狸なので、気をつけないと裏で何を画策しているかわからない。

第八章

石田三成

九州平定

十一月十一日に家康は三河へ無事帰還すると、翌十二日には大政所を秀吉に送り返したという。

家康が上洛していた間、家臣たちが大政所と旭姫の住まいの周りに柴を、大量に積んでいつでもすぐ焼き殺せるようにしていた。

などとまことしやかに語られるが、家康が殺されたら五ヶ国の支配は終わる。後に誰かがおもしろく加筆したようだ。こういう嘘はすぐ発覚する。康政がそんな危なっかしいことをやるはずがない。

従五位下から正三位まで整えた上での話で、女二人を殺しても家康が殺されたら柴など積んでも意味がない。

こういう三文芝居が大権現さまの話にはちりばめられている。年寄りの大政所や継室の旭姫を殺してもなんの意味もなく、家康と二人の女ではまったく釣り合わない。

この頃すでに家康の存在はそれほど大きなものになっていた。もし、家康が大阪城で秀吉に殺されたら、腹いせに大政所と旭姫を焼き殺すなどというのは、物語の小芝居としてはおもしろいが、かえって家康をその程度の小人物にしているに過ぎない。

四十五歳になった家康はそんな軽率な男ではない。もっと狡く賢くなっていた。

家康はすべての準備を積み上げ朝廷に手を回し、秀吉よりは信頼できる秀長の方に慎重に話を通して上洛を掛け合っている。

二重三重の手を打っていた。

万全の支度をして大阪城の九尾の狐に化かされないよう、充分な親和を秀吉に約束させてから堂々と上洛した。

それぐらいなことは易々と整える家康になっていた。

そのために康政がいる。

貧乏狐の成り上がりよりも、苦労狸の辛抱強さの方が上だったように思う。それがやがて花開き天下の方から家康に近づいてくる。

辛抱の木には大輪の花が咲き大きな実がみのった。

その第一歩がこの秀吉と家康の出会いだったといえる。おそらく、秀吉は自分に子がなければ次に来るのは家康の天下だと感じたはずだ。

それぐらい敏感に感じなければ秀吉を天下人とは言えまい。

秀吉は派手好き黄金好き女好きでどうしようもないが、決して愚かな男ではないし鋭い勘を持っていた。

むしろ人一倍勘の鋭い人たらしで、人気取りの上手な為政者というべきだ。その上、狡猾で大ほら吹きだからつかみどころがない。

小牧、長久手で直接対決はなかったが、大軍をぶつけ合った二人にしかわからない呼吸がある。

だからこそ互いにどんな男かはっきり感じたはずだ。そこで秀吉は戦う姿勢を見せながらも、家康に一歩も二歩も譲り引いたのだ。

その感触を家康もつかんでいた。

秀吉という異才の男が何者であるかを見抜いていたと思える。

それがなくて天下など取れるものではない。天下の真の重さをこの二人だけはよく分かっていた。

それは万民の命を支える途方もなく重いものなのだと。

家康は京から戻った半月後の十二月四日に、十七年間住み慣れた浜松城を出て駿河の駿府城に移った。

今川家の城で家康が人質暮らしをした城だ。

駿府城は今川家の没落以来ずいぶん荒れていた。それを家康は前年辺りから徐々に修復していた。

そこには幼くしてすべてを学んだ太原雪斎の臨済寺がある。

家康の原点は織田信長とこの寺の太原雪斎にあるのだから、ついに戻ってきたと思ったことだろう。

泣き虫竹千代に戻れる場所はここしかない。

それゆえに死ぬまでこの駿府城が家康の家になる。江戸城ができても住むことはなかった。

家康の駿府城移転は徳川軍や浜松城の秘密など、全てを知っている石川数正が秀吉のもとに出奔したことによる備えでもあった。

臣従したからといって、家康の秀吉に対する警戒心は少しも緩んでいない。むしろ臣従したということは家康が油断すれば、秀吉がいつでも家康を殺せるようになったということでもある。

徳川家の軍制も甲斐の信玄流にすべて改めた。

何んといっても家康は安祥松平家の九代目で、譜代の家臣団が安祥譜代七家酒井、大久保、本多、阿部、石川、青山、植村、他に平岩も入る。

岡崎譜代十六家井伊、榊原、鳥居、戸田、永井、水野、内藤、安藤、久世、井上、安倍、秋元、渡辺、伊丹、屋代、ここに平岩が入るともいう。

そこに駿河譜代の板倉、藤堂、稲葉、高木、西尾、土屋、奥平、小笠原、朽木、諏訪、保科、三浦、西郷、柳生、牧野、遠山など三十数家があり、その基盤には十八松平の本家、分家、連枝一門衆が揃っている。

家康にはこの分厚い家臣団がいるのだから、何も持たない秀吉にはうらやましい限りだろう。

少しはこっちに回せと五人や十人は抜きたくなる。

その上に旧武田家の家臣たちが千人を超えて折り重なっているのだから、徳川家はいつの間にか人材の宝庫になっていた。

まさに信玄がいうように人こそ城なのだ。

この静かに雪のように積み重なった家臣団を、家康がつかんだからこそ二百六十年の泰平が出現したといえる。

家康一人の力など微々たるものだ。移転でたちまち駿府城下は人々で溢れた。

信長や秀吉が持ちえなかったこの分厚い家臣団こそ、家康の生命線といえる。

秀吉は黄金と官位官職で人々を惑わしたが、家康は信長の時代から秘密裏にせっせと人材を集めてきた。

秀吉の黄金対家康の人という対決になる。

実は、その人こそが家康に、秀吉が手にした十倍の黄金を、もたらすのだから実におもしろいといえる。

秀吉の遺産金は七百万両、家康の遺産金は六千五百万両である。

だが、その両者の莫大な黄金も二代目の秀吉の子秀頼と、三代目の家康の孫家光が使い果たしてしまう。結局、徳川家に最後まで残ったのは譜代の家臣たちなのだ。黄金は使えばなくなるが人材は使えば使うほど成長する。

その上、新たに五代目綱吉の譜代、八代目吉宗の享保譜代、十一代目家斉の寛政譜代など家臣が積み重なっていく。

他に田沼や間部《まなべ》や柳沢なども別口の譜代になった。

その分家や支流などを考えると旗本八万騎は、徳川譜代の大軍団だったのではないかとさえ思える。

家康は五ヶ国の領主になると同時にこのような徳川家を手にしていた。

にわかに寄せ集めた秀吉の家臣団とは、質や量において格段に違っていたのが家康の譜代たちだった。

この差は実に大きい。

やがて譜代の足軽たちは幕府の同心となり、足軽大将は幕府の与力衆となり、武将たちは大身旗本となり旗本八万騎になる。

この視点から見ると位は関白秀吉の方が上だが、その実力においては拮抗しているかむしろ家康の方が上と見えなくもない。

その家康を味方にした関白秀吉の鼻息が荒くなるのは当然だ。

秀吉が家康に期待しているのは北条家の懐柔と、奥州や出羽の仕置きのことで力を発揮してほしいということだ。

場合によっては関東、奥州征伐も考えなければならなかった。

この頃、すでに九州方面が騒然となっていて、奥州征伐よりは九州征伐の方が先の局面だった。

　薩摩の島津家は戦いが強く義久が勢力を拡大している。

　九州の名門大友家や龍造寺家や相良家、有馬家を下して、阿蘇より北の九州全体の制圧を目前にしていた。

　そこで追い詰められた大友宗麟は、秀吉に救援の要請をしに大阪城に出てきた。

　秀吉は朝廷の権威をもって、停戦命令を出したが停戦の気配がない。島津家は秀吉を成り上がり者と見下している。九州の名門島津家の家祖島津忠久は、源頼朝の落胤という源氏の直系だった。

　秀吉が大軍を九州まで連れて行くのは容易な仕事ではない。

　武器弾薬や兵糧の支度から、荷を運ぶ大量の船が必要になる。

　それを西国の毛利家に協力させるにしても、軍船から荷物運びまでその計画は半端ではない。

　近頃、秀吉の子飼いの家臣で石田三成という若い男が頭角を現していた。

　検地などをさせると抜群の天才で数字に明るかった。

　秀吉も家康と同じで領地が大きくなると、どうしても数字に明るく文治に才能のある男が欲しくなる。

そこに出てきたのが石田三成ともう一人の秀才長束《なつか》正家だった。三成は二十七歳、正家は二十五歳だった。もう一人、四十二歳と年長の増田《ました》長盛という男もいた。

石田三成は秀吉が関白になると同時に従五位下治部少輔に昇進した。またこの年、長束正家は本多平八郎の妹栄子を正室に迎えている。正家は三成に劣らず頭のいい男だ。

徳川家から見ると圧倒的に少ないが、豊臣政権にも若い文治の人材が集まりだしている。

この頃、勢いに乗る名門島津家は、秀吉を成り上がり者として相手にせず。関白としては礼遇しないという。

これに怒った秀吉が島津征伐を決めた。七月十日のことだった。

軍監を命じたのは黒田官兵衛で、九州攻撃に当たっては豊臣軍をできるだけ使わず、すでに秀吉に臣従している西国の毛利輝元、吉川元春、小早川隆景や四国の長宗我部元親、宮部継潤《けいじゅん》、十河存保の軍を使うよう指図した。

その上で、豊臣軍の出陣のことも考え、各地の城の整備や補強、兵糧蔵の増設を命じた。

豊臣軍が動くことになれば十万を超えて十五万や二十万の大軍にはなる。

二十万の兵が食う兵糧は半端ではない。

その兵糧は二十万石を超えるだろうから、どこにどれくらい備蓄して、運ぶのはどれほどになるかの計算が必要だ。

兵糧が不足すると大軍はすぐ飢える。

その大軍が略奪に走れば見るも無残なことになりかねない。

秀吉は関白の権威で、島津家が奪った領地を大友宗麟に返還するよう命じたが効き目はなかった。

薩摩軍は勢いよく肥後、肥前、筑後と九州を北に攻めてくる。

その勢いで豊後、豊前、筑前までをも奪われ、大友宗麟が九州から追い出されるようでは困ったことになる。

そうなる前に手を打つ。

秀吉は大友宗麟を支援するため仙石秀久を軍監に、長宗我部元親や信親親子と十河存保らの四国軍を先に九州へ派遣した。

ところが十二月十二日に豊後戸次《へつぎ》川において、島津義久軍と交戦した仙石秀久が作戦を失敗、長宗我部信親や十河存保が討ち取られる大敗北を喫してしまう。

薩摩軍は兎に角強い。

そこでキリシタンの大友宗麟はポルトガルから輸入した、国崩しの異名がある石火矢《いしびや》を使う。

フランキ砲、ハラカン砲という大砲である。

口径は三寸ほどだったというから、結構大きな威力のある弾丸をぶっ放した。

踏ん張る大友軍と勢いの島津軍の間で、攻めたり攻められたり一進一退の攻防が繰り広げられた。

そんな中で遂に秀吉がうごいた。

秀吉は三十万人分の兵糧米と、馬二万頭分の飼料を一年分調達するよう命じ、各地から尼崎の湊に輸送して集結させるようにと命じた。

ついに豊臣軍が動くことになった。

その動員兵力数は二十万人から二十七万人という。これまで最大の兵力を集めたのは、鎌倉の源頼朝が平泉藤原を攻めた時だ。

その奥州合戦の鎌倉軍が二十九万人だというからほぼ匹敵する。

秀吉のことだから奥州合戦を知っていて、「わしは武家の棟梁鎌倉殿を超えたぞ！」といいたかったのだろう。

そういう大袈裟なことが大好きな秀吉なのだ。

その兵糧奉行を務めたのが石田三成と長束正家、それに秀吉の落胤といわれる大谷吉継だった。

三十万石の兵糧米が尼崎の湊に集結。

それを各地に配分して大軍が飢えないように手配するのが仕事だ。単純に七十五万俵の米を運ぶ。

船の数から荷車、それを動かす人の数などすべて計算する。

その上、馬の飼料から武器弾薬、草鞋の手配までやることは山ほどあった。

それらを三成や正家がてきぱきとこなして行く。戦いは武将だけがいても始まらないのである。

こういう大軍になるとその動きを正確に想像する頭脳が必要だ。

兵糧も弾薬も草鞋もすべてが膨大で半端な数ではない。その頭脳を石田三成は持っていた。

秀吉が唯一頼りにする男だ。

兵が二十万として一年間で食う米は、兵一人一日六合と勘定する。

一日で千二百石を食う。一ヶ月では三万六千石を食い、一年では四十三万二千石を食うことになる。

百八万俵の米を食う。三十万石では足りない。足りない分は現地調達する。

これを運ぶには五百石積の弁才船《べざいせん》で六百隻、大型の千石積でも三百隻が必要だ。そんな数を揃えるのは容易ではない。

米の他に運ぶ物が多い。馬に食わせる飼料なども膨大だ。

暮れの十二月二十五日に関白秀吉が太政大臣に任官、ここに秀吉の豊臣政権が名実ともに確立された。

名の方は立派だが実の方は少々怪しいものがある。

天正十五年（一五八七）正月元旦、秀吉は年賀の席で九州征伐を諸大名に伝える。

実際の兵力は二十万人を超えていたようだ。二十七万というのは頼朝を意識しているようでちょっと眉に唾をつけたい。

だが、兎に角大軍だった。

その豊臣軍の編成は関白秀吉軍の肥後方面と、宰相秀長軍の日向方面で東西の二軍編成となった。

朝廷の征西軍ということだ。

九州の西を薩摩に向かう総大将は関白太政大臣の秀吉である。一段の毛利吉成から二段の前野長康、中川秀政、細川忠興、丹羽長重、池田輝政、長谷川秀一、堀秀政、蒲生氏郷、前田利家、豊臣小吉秀勝の十一段構えである。

東を薩摩に向かう総大将は宰相秀長である。一段の黒田官兵衛、二段の小早川隆景、毛利輝元、宇喜多秀家、番外に九鬼嘉隆、長宗我部元親、筒井定次、脇坂安治など五段構えである。

この九州遠征軍に家康の徳川軍は招集されなかった。秀吉が出陣して空になる畿内を、東の北条や伊達に攻められないようにと家康を残したのだろう。

正月二十五日には備前の宇喜多秀家が出陣、二月十日には宰相秀長が出陣するなど続々と大軍が九州に向かう。

秀吉は三月一日に大阪城から出陣した。

威風堂々たる関白太政大臣の九州平定の旅である。

二十万を超える軍勢と二万頭を超える馬、それらを支える莫大な数の人足がザワザワと西に向かう。

山陽道の風光明媚を楽しみながら、備後鞆の浦で足利義昭と対面する。

二人は親しく酒を酌み交わしたというが、秀吉は従一位関白太政大臣、義昭はまだ将軍だが従三位権大納言と数段格下である。

十数年ぶりの対面は戦国乱世のうつろいそのものだった。

その頃、義昭は九州の島津家に対して、秀吉と和睦するよう勧めていたが、その説得を島津家は受け入れなかった。

三月に入って先発した秀長軍が九州豊前小倉に集結している。

そこに毛利輝元軍や宇喜多秀家軍、宮部継潤軍らが続々と合流して十万の大軍に膨れ上がった。

これによって、島津軍に侵略されていた九州の武将たちが息を吹き返す。

たちまち志賀親次、佐伯惟定、妙林尼などが次々と勢い付き、豊前、豊後の土豪、肥前の龍造寺政家や鍋島直茂らが軍を率いて豊臣軍に合流してくる。

一ヶ月もかけて三月二十九日に秀吉軍十万が豊前小倉に着陣、豊臣軍は二十万を超える総兵力に膨らんだ。

そんな中、宰相秀長軍は南下して豊後から日向に攻め込んで行った。

秀吉が小倉に着陣した日には日向松雄城を陥落させ、四月に入ると島津の家臣山田有信がわずか三百人の兵で籠城する高城《たか》を包囲した。

この有信が強情な男だった。

秀長は島津軍が救援に現れることを想定して、高城の南の根白坂に砦を築いて迎え討つことにする。

かなり大きな砦で空堀や板塀まであった。

四月十七日の夜半、島津軍三万五千がその根白坂の砦に夜襲を仕掛ける。この時、秀長軍は八万だったという。

島津軍は猛攻を仕掛けたが根白坂を突破できなかった。

戦いは膠着するが兵力差は大きく、藤堂軍、宇喜多軍、宮部軍、小早川軍、黒田軍に挟み撃ちにされ敗退する。

九州の西を南下する秀吉軍には戦わずに次々と武将たちが降伏した。

金瓢簞の秀吉の大馬印に戦意喪失だ。

秀吉軍は四月二十五日に肥後葦北、二十六日に肥後水俣、二十七日には薩摩国内に進軍して入った。

大軍にしては素早い動きだ。

島津一門が守る出水《いずみ》城、宮之城が次々と降伏、海からは小西行長や九鬼嘉隆、加藤嘉明、脇坂安治が出水城下や薩摩川内《せんだい》に進攻、秀吉は薩摩の本願寺信徒に気を遣って顕如光佐を連れてきていた。

その頃、根白坂で敗北した島津軍は戦いの限界を悟り、四月二十一日に人質を差し出して宰相秀長に和睦を申し入れる。

兎に角。八万の大軍に囲まれてはどうにもならない。

二十六日には高城を明け渡すことが決まり、強情に頑張っていた有信が二十九日に高城を出た。

秀吉軍に攻められても踏ん張っていた平佐城の桂忠詮《ただのり》に義久から書状が届く。

これ以上の交戦は和睦に不利だから降伏しろとの命令だった。無念だが大将の命令では仕方がない。

忠詮は有信の降伏と同じ二十九日に、脇坂安治に人質を出して降伏する。

それを聞いた秀吉は五月一日に出水から薩摩阿久根に軍を進め、三日には川内の泰平寺に本陣を置いた。

そこに桂忠詮が現れ秀吉に拝謁、機嫌よくその武勇を褒めて、秀吉は奥州で作られた名刀宝寿丸を下賜する。

島津義久は一旦鹿児島に戻ってから六日に鹿児島を出発、途中で伊集院雪窓院に立ち寄って剃髪、名を龍伯《りゅうはく》と改めて五月八日に泰平寺に現れた。

秀吉の前に出て正式に降伏すると上機嫌の秀吉は、「墨染の衣とは一命を捨てるか、赦免しよう」と言って義久を許したという。

この時の秀吉の島津家に対する処分は、薩摩を義久に大隅を弟の義弘に与え、日向の一郡を義弘の子に与えるというもので、島津家を潰すことはしなかった。島津家は鎌倉の御家人で頼朝から薩摩、大隅、日向の地頭に任じられた。家祖の忠久は近衛家の島津荘の荘官であった。

従って島津家は摂関家の近衛家とも深いつながりがある。

この秀吉が安堵した二国一郡を島津家は明治まで守り抜くことになる。

薩摩と大隅は島津家の金城湯池《きんじょうとうち》となり、徳川幕府も二百六十年間まったく島津家に手出しできなかった。

ここに秀吉の九州平定が終わった。

九州の諸国は武功のあった大名たちに論功行賞として与えられる。

聚楽第行幸

九州は平定され静かになったが大問題が勃発した。

それは秀吉が薩摩から筑前箱崎こと博多に戻って、七月二十四日に発した伴天連追放令である。

実は、前年の三月十六日に大阪城において、秀吉はイエズス会の宣教師ガスパール・コエリョを引見、話を聞いた上で同年五月四日には、イエズス会にキリスト教布教の許可を発給していた。

それが九州に来て一転し伴天連追放令となった。

その理由は長崎がイエズス会の領地のようになり要塞化されているとか、キリスト教の信者以外の者たちが奴隷として連れ去られ国外に売られている、などの話を、秀吉が天台宗の僧施薬院《せやくいん》全宗《ぜんそう》から聞いて激怒したからだ。

全宗は秀吉の従軍医師でもあった。

ポルトガルの貿易商ドミンゴス・モンテイロと、宣教師のガスパール・コエリョが呼び出され、貿易は自由だが宣教師は退去という命令になった。

南蛮貿易はしたいがキリスト教の布教は困ると秀吉は考えた。おそらく秀吉は九州に来て、ポルトガルとスペインの日本を植民地にしようという計画を知ったのであろう。

それはキリシタンが神道や仏教を迫害していた。キリシタンが一向一揆のような反乱を起こしかねないということだ。キリシタンが神道や仏教を迫害していた。

九州のあちこちから売られた奴隷がマカオやインドのゴアなどにいる。

秀吉が女を所望したがその女がキリシタンで拒否した。秀吉のキリスト教布教許可に仏教界が猛反発した。ポルトガルとイエズス会に日本侵略の意図がある。などなどと下賤な女の話から国家侵略まで、伴天連追放令の原因があれこれ語られることになる。

確かにキリスト教の布教には侵略し植民地にする計画があった。

スペインやポルトガルはキリスト教を植民地政策の先兵として使った。メキシコなどがそうだ。

そのように植民地にされた国は少なくない。

コエリョという男には問題があって、明を植民地にするためキリシタン大名や、莫大な日本の武器と兵を使うと語るようなところがあった。

軽薄で思い上がっていて、九州の秀吉に、スペイン艦隊は自分の指揮下にあると脅したともいう。

秀吉が激怒するのは当たり前だ。

一介の宣教師にそんな力がないことは秀吉にはわかっている。そんな秀吉の前に大砲を積んだ船を連れてきてぶっ放したともいう。

キリシタン大名の高山右近や小西行長がコエリョのところへ飛んで行って、大砲など船ごと秀吉に献上するよう説得したが聞かなかったともいう。

大馬鹿者だ。

そのためコエリョは巡察師のアレッサンドロ・ヴァリニャーノに更迭される。

イエズス会にもザビエルやオルガンティノやフロイスのように、日本をよく理解して適応主義を取る人々と、コエリョのように南蛮流を強引に押し付けようとする二派があったといわれる。

兎に角、秀吉はかんかんに怒った。

京の南蛮寺は破却され、各地の教会も壊された。ところが秀吉という人は実に変な人だった。

怒ると何を言い出すかわからない。

南蛮貿易の利益の大きさをわかっていて、南蛮貿易商との仲介にイエズス会の宣教師を通訳に使う。

自ら伴天連追放令を平気で破り、あまつさえ秀吉はその首にロザリオを吊るし、派手なひらひらのついたポルトガル服を着て、黄金の聚楽第の中を自慢げにぶらぶら歩き回っていたという。

この関白さまの頭の中がわかるのは大政所と北政所しかいない。

だが、この秀吉の伴天連追放令がやがてキリスト教禁止令になった。

多くのキリシタンの殉教事件が発生し、二代将軍徳川秀忠は二港制限令によって鎖国をするのである。

その鎖国後もキリシタンの信仰は続いた。

人々の信仰をどんな権力でも封じることはできない。それは神に召される殉教という思想があるからだ。

九州から秀吉が戻ってくると、家康は駆けつけて九州平定の慶賀を言上する。

八月八日には秀吉の推挙で家康が従二位権大納言に叙任。家康は駿河大納言と呼ばれるようになる。

その上、秀吉から羽柴の姓をもらう。ちょっと変だが羽柴家康になった。

その秀吉が九州平定や聚楽第造営を祝して、朝廷や庶民にまで関白の権威を示すため大茶会が計画された。

京や大阪や堺の茶人には朱印状が出され、京の五条大橋には京の人々向けにも触書が出された。

この計画を取り仕切る奉行は前田玄以である。

九月に入るとその大掛かりな設営が始まった。大茶会の場所は北野天満宮の天神さまだった。

九月十三日には京の黄金の城、秀吉の煌びやかな聚楽第が、残されていた建物などすべて完成する。

大茶会の触書には、北野の森で十月一日から十日間の大茶会を開き、関白の手にある名物茶道具を披露するとあった。

茶の湯数寄者は町人百姓を問わないという。

釜、釣瓶《つるべ》、呑物《のみもの》なんでも一つあればよい、茶道具のないものは代わりになるものを持参すればよい。

座敷は北野の森の松原に畳二畳分とし、席次や衣服、履物など一切問わない。

日本人を問わず数寄者は南蛮や明からも参加するべし。この茶会に参加しない者は今後茶の湯を行ってはならない。

どこまでも秀吉流で強引である。

十月一日に北野天満宮の大茶会に家康も出席した。

北野天満宮の拝殿に秀吉自慢の黄金の茶室が出現、名物の茶道具が並べられ拝見が行われた。

大茶会への参加者は千人を超え、会場のあちこちで野点《のだて》が盛んにおこなわれる。

千利休、津田宗及、今井宗久の茶の湯三名人が揃い人々をもてなした。

そんな中に利休の茶は人に媚びていて、おもしろくないという風変わりでおかしな男がいた。

利休の友人で乞食坊主の丿貫《へちかん》である。

直径一間半もある大きな朱塗りの傘を立てどこからでも人目を引いた。

その茶席に目を留めた秀吉は大いによろこんで、丿貫は以後諸役免除の特権を賜ったという。

山科の森のあたりに住んでいてブラブラ手取り釜を下げて京に現れる。

上京の坂本屋の生まれで、曲直瀬道三《まなせどうさん》の縁者だという。茶の師匠は武野紹鷗《たけのじょうおう》で正統派の茶である。

清貧の極みと言われる変な人だった。何でも手取り釜一つで済ませてしまう。ノ貫の茶はいつも手取り釜一つに、高価な茶器は使わず、がらくたのような茶碗で茶を喫する。あるがままの天衣無縫の茶であった。それはノ貫だけの明鏡止水の境地であろう。

利休に言わせれば詫び過ぎて貧乏くさい。ノ貫に言わせれば利休の茶は世間に媚びた茶でおもしろくないとなる。それでいて二人は友人なのだ。

利休を茶席に招いて、庭の落とし穴に落としてノ貫が大よろこびする。その利休を沐浴させてから新しい着物に着替えさせ、ノ貫自慢の貧乏茶でもてなしたという。

この後、利休が秀吉に切腹させられると、ノ貫は一条戻り橋に晒された利休の首を覗き「利休のいない京はおもしろくないわ……」と嘆き、手取り釜を下げて京を出ると、薩摩の臨済僧南浦文之《なんぽぶんし》を頼って姿を消した。

天竺に近い薩摩で亡くなったと伝わる。ノ貫は仏さまのいる天竺に行きたかったのかもしれない。

「閻魔さんと奪衣婆《だつえば》さんよ。わしのうまい茶だぜ。いっぱいどうかね？」

ノ貫は三途の河原でも火を焚いて、手取り釜で貧乏茶の湯をやるような男だ。

ちなみに雪駄という履物は、雪の日に滑らず茶室に入れるよう、ノ貫が考案したものだと伝わる。

ところが、秀吉の北野天満宮大茶会は翌二日に突然中止になる。

その理由は平定してきたばかりの九州肥後で、一揆が起きたとの知らせがあり秀吉がひどく不快になったからだという。

本当のところはあまりに大人数を相手に茶の湯をして疲れてしまった。

秀吉はもう五十二歳になっていて、元気な気持ちに体がついて行かなくなっていた。そんなところが真相のようだ。

この頃、備後鞆の浦から将軍足利義昭が毛利軍に守られて京に帰還する。

信長と槇島城で戦い、破れて追放されてから十五年の歳月が流れていた。その間、京に足利将軍が不在だった。

家康が京から戻ると十一月には駿府城の修築が完成する。

どうしてなのかこの駿府城は火事が多く、家康は何度も何度も駿府城を建て直すことになるが、その度ごとに駿府城は巨大化することになる。

建て直して一ヶ月ほどで燃え落ちるなどということも起きた。

暮れに入ると十二月三日に関白秀吉が、九州に続き関東奥州にも惣無事令《そうぶじ》を発する。

この惣無事令は大名間の領地争いは私闘として禁止、秀吉は家康に関東や奥州や出羽などの監視を託した。

東国にはまだ秀吉に従わない北条家があり、この北条家は東国の諸大名常陸の佐竹を圧迫したり、奥州の伊達、出羽の最上などと親しくしている。

その北条家の嫡男氏直に家康は次女督姫を嫁がせていた。

秀吉にしてみれば戦わずに何とかならないかということだ。そこで家康は秀吉と北条氏直との間を仲介することにした。

氏直は秀吉との戦いも想定して軍備を増強している。

関白秀吉と北条家の関係はなかなか難しい。どうしても家康が間に入らなければならなかった。

だが、北条家は名門の大名家で迂闊なことはできない。

十二月になると足利義昭は大阪城に赴き関白秀吉に臣従する。

秀吉は山城の槇島一万石を義昭に与えた。もう足利将軍家はその程度の価値しかないということだ。

何んとも将軍家が一万石とは寂しい限りだ。

栄枯盛衰とはこういうことである。

もうすぐ年が明ける十二月二十八日に家康は左近衛大将に任官した。

この近衛大将は大きな名誉で、摂関家や大臣家の者や天皇の外戚の者、源氏を賜った皇子や皇族が任じられる。

近衛大将を務めた者は間違いなく大臣に昇進するといわれる。

古くは正三位の官位相当といわれた。

大納言より上と認識されていて、誰でもなりたがるのが左右の近衛大将だった。

家康は秀吉からも朝廷からも、高く評価されていたということになる。それが左近衛大将への昇進だ。

天正十六年（一五八八）の年が明けるとすぐの正月十三日に、足利義昭は秀吉と一緒に参内して征夷大将軍を朝廷に返上する。

朝廷はその義昭に准三宮を与えた。皇族として遇したのである。

ここに足利幕府が正式に終焉した。

その後、義昭は出家するが秀吉に厚遇され、官位は低いが家康や輝元よりも上位の席次を与えられる。

席次だけは高くして足利家の体面をつぶさない。

三月になると、秀吉から完成した聚楽第に後陽成天皇の行幸を仰ぐとの通達があって、家康が上洛した。

天皇が臣下の武家の屋敷に行幸されるのは百五十年ぶりという。

九州平定はしたが一揆が起きるなど不安定だった。関東、奥州方面も未だ臣従の気配がない。

そんな中で秀吉は天皇を黄金の城に招き、関白の権威を誇示したいのである。

その秀吉の思惑は誰もがわかっていた。だが、不穏な動きの見える九州に領地をもらった黒田官兵衛や加藤清正、小西行長、それに薩摩の島津や毛利や龍造寺などは九州から動けない。

越後の上杉景勝も北の見張りで上洛できなかった。

四月に入ると二日に秀吉が、いつの間にかイエズス会の領地になっていた肥前長崎を没収する。

長崎を勝手に植民地化政策の拠点にされてはたまらない。

もし、キリシタンが反乱を起こせば秀吉は間髪を容れずに叩き潰す。それが関白として国を守る者の務めだ。

一方で南蛮貿易を睨みながらだから、伴天連追放も不徹底になりがちだった。

何んとも痛しかゆしである。

イエズス会はそれでもザビエルの影響もあって神妙だが、この後、遅れて渡来するドミニコ会は黒衣の修道会とか托鉢修道会といわれ、清貧を好み神学を好む修道会で殉教のために、渡来するようなところがあった。

こうなると布教が強情になる。死んでもいいのだから困った者たちだ。禁止されても殺されても次々と秘密裏に入国、徳川幕府が禁教令を出して長く弾圧することになる。

この頃の秀吉も家康もキリスト教のことをよく分かっていなかった。

四月十四日に後陽成天皇の聚楽第行幸が五日間の予定で盛大に始まる。まず、秀吉が正装して聚楽第から禁裏に参内、行幸の支度がすべて整ったことを奏上して厳かに儀式が始まった。

聚楽第は秀吉が築いた御所の西に聳《そび》える天守を持つ黄金の城である。

その聚楽第に天皇の絢爛豪華な行幸が行われることは、秀吉にとっては豊臣政権の威勢を天下に示す儀式でもあったが、乱世が終わって泰平の世が到来したことを宣言する儀式でもあった。

秀吉は当然といわんばかりに北条氏政、氏直の列席を要求したが応じなかった。娘の督姫を北条家に嫁がせている家康の立場が難しくなる。京に北条征伐の噂が広がったのである。

それに応じて北条家も臨戦態勢に入った。

そこで家康は北条家に起請文を書いて説得する。

家康は北条親子のことを、秀吉に讒言しないし北条家の領地を一切望まない。今月中に兄弟の誰かを京の秀吉のもとに派遣してもらいたい。もし豊臣家への臣従を拒否する場合はまず督姫を離別してもらいたいということだ。

つらい立場の家康は誓詞をもって北条家に申し入れた。

天皇の聚楽第行幸は順調に行われ、家康は織田信雄、豊臣秀長、徳川家康、豊臣秀次、宇喜多秀家と三人目で天皇に供奉《ぐぶ》する。

御所を鳳輦《ほうれん》で出られた天皇が聚楽第に向かい、その天皇を招いた秀吉がお迎えするというのがしきたりだが、秀吉は何を考えているのか牛車に乗り、三百人もの家臣を並ばせ天皇の行列に加わってしまった。

そのため、聚楽第に到着された天皇が、秀吉の到着を待つかたちになった。

この猿顔の関白は真面目なのか、とぼけているのか訳が分からない。賢いのか大馬鹿者なのか困ったことだ。

この時、後陽成天皇は聖寿十八歳であられた。

正親町上皇は七十二歳だった。

後陽成天皇は誠仁親王の第一皇子で上皇の孫である。誠仁親王は天皇になる前に亡くなっている。

そこで皇位は孫が継承した。

秀吉に臣従した家臣団が居並ぶ聚楽第に、百官に供奉された天皇がお入りになると儀式と接待が始まる。

秀吉は考えられるありとあらゆる珍品名物で天皇をもてなした。

天皇に献上されたものが半端ではなかった。

銀が五百五十両に米が二千俵、黄金に刀剣に馬、衣服に至っては女官の隅々にまで行き渡るように、大きな櫃に五十竿もあった。

秀吉の力の入れようはこれでもかというほど際限がない。

そんな盛大な天皇の聚楽第行幸だから、東国の諸大名は列席こそしなかったが、家康の取り次ぎに応じて使者を派遣してきた。

だが、肝心の北条家だけはその使者さえも派遣しない。

後陽成天皇は大いに楽しまれて還幸されたが、家康の手前何も言わないが秀吉は北条家におもしろくない。

秀吉は天下泰平にけちをつけるのかと怒っている。

それがわかる家康は五月に入ると氏直に書状を送り、氏政の兄弟の誰かを上洛させるべきだと説得を続けた。

後陽成天皇の聚楽第行幸は秀吉には大切な行事だったが、家康にとってもこの聚楽第行幸は重要だった。

それはこの行幸の後から、家康は藤原家康から源家康と署名するようになったからだ。

正確に何月何日からとはわからないが、家康は若い頃からの念願だった源氏に名を連ねることに成功する。

それがこの天皇の聚楽第行幸の後ぐらいからで、家康は大納言源家康と署名した。

足利義昭が上洛して征夷大将軍を朝廷に返還したことも、家康にとっては大きな出来事になった。

やがて足利家ではなく家康が源氏長者となるからだ。

この後、家康は源氏の名門三河の吉良家から、足利源氏の系図を借り受けて、新田源氏の徳川を系図上整えることになる。

そういうことからこの聚楽第行幸は、家康にとって源氏となる機会となった。このことを近衛前久は、家康が征夷大将軍への任官を視野に入れて計画していることだと感じていた。つまり家康の将軍狙いに最初に気づいたのが近衛前久であった。

それは近衛前久の文書に明記されている。

家康はかなり早い時期から征夷大将軍となって、徳川政権を樹立したいと考えていたことがわかる。

もちろんそれは徳川家の秘中の秘であった。

そんなことが発覚すれば家康は間違いなく秀吉に殺される。

その頃、秀吉は天正十三年の大地震を契機に、奈良東大寺の大仏にならって京の東山、方広寺に巨大な大仏の建立を始めていた。

高さは十間余りで木製金漆塗大仏坐像である。

その大仏の大仏殿の造営が五月十五日に始まった。高さ二十七間、南北四十八間、東西三十間という巨大なものだった。

だが、この大仏は開眼することなく慶長伏見大地震で倒壊する。

「おのれの身さえ守れないのかッ！」

激怒した秀吉が大仏の眉間に矢を放ったと伝わる。

その後、秀吉亡き後に大仏殿が完成して、大仏さまのいない大仏殿で開眼法要が行われたという。

何んとも豊臣家の暗雲を予期させるような出来事だった。

一旦帰国した家康はすぐ大政所の病の知らせを受け、その見舞いのため旭姫を連れて六月に急遽上洛する。

旭姫の顔を見て安心したのか大政所は快方に向かう。

その旭姫は九月に駿河に帰国したということになっているが、帰国せず聚楽第に住んでいたことも事実のようで、二年後の天正十八年（一五九〇）一月十四日に病で死去するまで、母親の大政所と聚楽第で過ごしたとも考えられる。

政略に使われた旭姫は大政所より早く四十七歳で亡くなる。前夫の佐治が妻を連れて行ったのだろう。

秀吉は惣無事令の一環として、七月には海賊禁止令と刀狩令を発する。

乱世であちこちに出回った武器を回収するということだ。僧侶や百姓が刀や槍を持っていてもよいことは何もない。

それは兵農分離を明確にすることでもあった。

海賊禁止令も同じような目的で行われ、水軍と称して海賊をする者たちに武装を解除させた。

小田原征伐

西国の雄、毛利輝元が上洛して秀吉に謁見し正式に臣従した。

八月二十二日には家康の仲介によって、北条氏直が父氏政の弟の北条氏規《うじのり》を上洛させて秀吉と会見させる。

北条家は一旦家康の顔を立てて秀吉に服属する意思を表した。

秀吉は東国の雄である北条家を重視して、この後に起こる北条家と真田家の領土紛争でも、秀吉は北条家よりの和解をしようとする。

家康の苦労で豊臣家と北条家が、うまくいくかに思われたがそこが難しい。

秀吉は氏政か氏直親子のいずれかの上洛を要求した。つまり完全なる秀吉への臣従を求めたのだ。
だが、北条家は頑なにその要求には応じない。
薩摩の島津家と同じように、名門北条家にも成りあがり者の秀吉に臣従するこ
とを、おもしろくないと思う者たちが少なくなかった。
名門意識は身に沁みついている。なかなか解消されない。こういうことを言う
者に限って威勢がいい。
困ったことになるぞとわかっていながら解決できない。
この頃の北条家は秀吉に対して、穏健な立場を取る氏直や氏規に対し、父の氏
政や叔父の氏照などが強硬姿勢だった。
北条家が豊臣政権にどういう態度なのか二つに割れていたことになる。
こうなると家康は秀吉にも氏直にも話のしようがない。老人の意地の張り合い
というか大人の喧嘩で厄介だった。
氏政は氏規が上洛すると政治向きには口出しをしなくなった。
九月になって家康は駿府城に帰還。
この頃、家康の前に現れた僧がいる。以前からその名を家康は知っていた。
その僧侶は信長によって比叡山延暦寺が焼かれた時、命からがら甲斐に逃げて

きた天台僧の随風である。

随風は生まれ故郷の蘆名盛氏に招聘され、甲斐から黒川城こと会津若松城の稲荷堂に住していたが、この頃は上野の長楽寺まで出てきていた。

その随風が上野長楽寺からこの年、天正十六年に淳和天皇の御世天長七年（八三〇）の勅願によって、関東武蔵に創建された天台宗の大古刹、川越無量寿寺の北院に入り天海を名乗った。

星野《せいや》山無量寿寺は大きな寺で北院、中院、南院とある。

中院は法華宗の日蓮が伝法灌頂《かんじょう》を授かり日蓮宗を開いた寺でもあった。

この寺の開祖円仁《えんにん》こと慈覚大師は平泉の中尊寺や毛越《もうつう》寺、浅草の浅草寺などをも開いた高僧である。

そんな無量寿寺も平将門の乱や、鎌倉の御家人比企家の没落、上杉家と北条家の河越城での度重なる戦いなどによって衰退していた。

その北院に天海が現れた。

やがて北院はその天海によって喜多院と名を改め大きくなる。

この後、天海は江戸崎不動院の住職も兼務した。

常陸の天台宗江戸崎不動院は、医王山不動院東光寺ともいうが蘆名家の庇護を受けていて、天海はここで天正十九年（一五九一）から十七年間も住職を務める。

江戸崎不動院や川越無量寿寺は、同じ天台宗の金龍山浅草寺とも深いつながりがあった。

この天海五十三歳が、家康だけでなく秀忠や家光など、徳川家に大きな影響を及ぼすことになる。

その天海の大きな仕事は、家康の参謀でありながら慶長十二年（一六〇七）からは比叡山探題として、信長に焼き払われ荒れていた比叡山の南光坊に住んで、延暦寺の再建に力を尽くしたことであろう。

そのことから南光坊天海ともいう。

無量寿寺北院を再興したり、日光山の貫主を務め、江戸に寛永寺を創建するなど、百八歳まで長寿を生きたというがその功績は大きかった。

この頃、家康はもう一人の高僧と出会っている。

それは秀吉の政治顧問というべき臨済僧で西笑承兌《せいしょうじょうたい》という。京の相国寺を再建し中興の祖といわれる。

やがて家康の参謀にもなる。

家康には家臣団だけでなく、参謀や軍師と呼ばれるような人々が集まり始めていた。やがて家康の知恵袋になる人たちだ。この後、その家康は徳川二百六十年の基礎を作り上げてくれる天才の臨済僧と出会うことになる。この高僧なくして家康の後半生は語れない。

天正十七年（一五八九）の年が明けて間もない二月五日に東海地方を大きな地震が襲った。

このところ大小の地震が頻発している。天正十三年の巨大地震以来、地下の大鯰が暴れっぱなしだった。

地震が続くというのは人々を不安にさせ困ったことだ。

そんな中で家康は三河、遠江、駿河、甲斐、信濃の五ヶ国の総検地を行った。総石高は秘密にされるが検地は大切なことだ。

そんな時、聚楽第の南外門と徳川屋敷の間で事件が来た。

何者かが夜陰に紛れて南外門の白壁に大きな落書きをしたのだ。いつの時代もこういうことの好きな者がいるようだ。

どんな内容の落書きかは定かではないがこんなものだったといわれる。

「大仏のくどくもあれややりかたなくぎかすがいは子たからめぐむ」

大仏の功徳があって茶々が懐妊したのは、刀狩りの刀や槍を釘や鎹《かすがい》にしたからだとの皮肉である。

たわいもない落首だが聚楽第という場所が悪かった。

怒った秀吉が警備不行き届きで、警備担当十七人の鼻を削ぎ、耳を切り落とし磔の処刑にした。

何んとも惨いことをする秀吉だ。警備担当が気の毒だ。

すぐ犯人探しが行われ尾藤次郎右衛門入道道休という男が容疑者になった。

その道休が本願寺に逃げ込んで匿われているらしいとわかる。そこに石田三成と増田長盛が引き渡せと現れた。

顕如光佐は道休と匿った顕悟の二人を、自害させるとその首を秀吉に差し出した。

事件はここで終わるかと思われたのだが、秀吉の怒りは収まらずに二人の住まいを取り潰す。

その上、二人を匿ったと因縁をつけてその区画を焼き払い、道休の妻子の他に大阪天満の住人六十三人を犯人隠匿といって捕縛、京の六条河原に連行して磔にした。

そのため本願寺は京に移転させられることになった。

またこの事件の黒幕として斯波義銀《よしかね》と細川昭元が捕縛される。当然二人は無実ですぐ放免される。

斯波義銀は清洲城にいた尾張守護斯波義統の息子で、武衛家といわれ信長に庇護された超名門、細川昭元は信長の妹で、乱世の楊貴妃といわれたお犬姫の夫ということれも超名門なのだ。

秀吉はどんな名門、名家でも容赦しないと力を見せつけたかった。

この頃、秀吉は側室の茶々が懐妊したことで、年甲斐もなく気持ちが高揚して少し変になりかけていた。

この頃から秀吉のぼけが徐々に始まっていたと思える。

気持ちの高揚は仕方ないことで秀吉五十三歳の子なのだ。後継者のいない秀吉には男子誕生が悲願であった。

その悲願の男子が五月二十七日に淀城で生まれた。

秀吉は「棄《すて》」と名をつけた。棄てた児は育つと信じられていたからだ。

だいぶ以前に秀吉には石松丸という子がいたが、三、四歳で亡くなったといわれており定かではない。

近江長浜城にいた頃の話である。

それ以来の子だから本当に秀吉の子かと疑われるところだ。「棄」はすぐ鶴松と改名された。

鶴松に対する秀吉の力の入れ方は尋常ではない。

男子誕生に秀吉は歓喜し舞い上がる。秀吉の生涯で一番うれしかったのはこの時だったようだ。

何んとしても豊臣家の後継者に無事、育ってもらわなければならならないのだ。

生後四ヶ月で鶴松は淀城から大阪城に迎えられ、天皇から太刀を賜るなど関白秀吉の後継者として扱われた。

そんなめでたい中だったが北条家と真田家の間で問題が起きた。

上野の利根川と薄根《うすね》川の合流部の北東の段丘に、五十数年前に沼田顕泰が築城した沼田城がある。

この城は厄介な場所にあって最初は沼田家のものだった。

やがて上杉家のものになり、北条家のものに移ったり、武田家のものになるなど、奪ったり奪われたり忙しい城だった。

その沼田城は謙信の死後、北条家のものになり家臣の猪俣邦憲が入っていた。

そこに甲斐の武田勝頼と上杉景勝が同盟すると、景勝が武田の家臣真田昌幸の攻略を認め、猪俣邦憲を追い出して真田家が手に入れた。

この沼田城を取り返そうと沼田顕泰の子景義が真田と戦うが敗北して滅亡する。

ところが武田家が滅ぶと、織田家の滝川一益が信長から、上野一国をもらい支配することになった。

その信長も本能寺で倒れ、滝川家の城だった沼田城は、武田の遺領であることから北条家に降伏した真田家のものになる。

あっちへこっちへと厄介のかたまりのような沼田城である。

その後、信長が亡くなった後の天正壬午の乱で、武田家の遺領の中の沼田領の帰属が、徳川家なのか北条家なのか問題になった。

そんな中で真田昌幸は徳川でも、北条でもなく上杉の傘下に入ると言い出した。

いつも乱を好む昌幸らしい振る舞いで、真田家はこのことによって以後、北条家からも徳川家からも攻撃されることになる。

沼田城も厄介だが真田昌幸も厄介な男だった。

この問題における秀吉の裁定は、北条家を重視して沼田城を、北条家に引き渡せと真田家に命じた。

さすがの昌幸も秀吉を敵には回せない。

沼田城は北条家に割譲され、家臣の猪俣邦憲が城代に復帰したが、この猪俣邦憲という男が大問題だった。

真田昌幸に沼田城を奪われたことがよほど悔しかった。

その真田家が祖先の墳墓の地であると主張して、沼田領の一部である名胡桃城だけは真田家のものと認めてもらった。

その名胡桃城に謀略を仕掛けて、あっという間に猪俣邦憲が占拠してしまう。

このことが大阪城に知れると、秀吉の逆鱗である惣無事令違反となった。

秀吉が大名同士の私闘を禁じているのに、北条家の猪俣邦憲が真田家から名胡桃城を奪った。

誠にけしからんということになる。

九月に秀吉は諸大名の妻子を京に滞在させるように命じた。

聚楽第の周囲には各大名家の大きな屋敷がずらりと建てられていた。そこに妻子を住まわせろという。

大名の妻子が秀吉の人質になるということだ。

十一月になると北条家と真田家の間に起きた名胡桃城占拠事件を、秀吉の言うことを聞かないで領地拡大をする北条家の、惣無事令違反の私闘であると断定した。

鶴松の誕生で体の隅々にまで力の入る関白秀吉に生気が蘇り絶好調である。

息子の鶴松のためにも豊臣家に弓引く者は生かしてはおかない。いつでも鶴松に家督を譲れるようこの国のすべてを平定する。

風雲が急を告げた。

十一月二十四日に秀吉は北条氏直に宣戦布告。

家康は大急ぎで上洛する。

だが、秀吉の宣戦布告を撤回させられないことはわかっていた。すると秀吉が家康につぶやいた。

「督姫のことは心配するな。考えてある……」

「殿下！」

「督姫を殺すようなことはしないから……」

「誠に有り難く存じます」

「うむ、わかっておる……」

秀吉は家康が氏直の妻督姫のことを心配しているとわかっていた。

絢爛豪華な大行列で大阪城に入った鶴松が、天正十八年（一五九〇）の年が明

ける と諸大名の年賀を受けた。

秀吉は鶴松を見るだけでうれしくて仕方がない。

鶴松が傍にいるだけで関白秀吉の機嫌は上々吉なのである。単純明快。

「お前は天下さまだからな……」

生まれたばかりの赤子を天下さまだ。関白さまだと秀吉は大はしゃぎなのだ。

老人は少しおかしくなっている。

そんな正月十四日に病の旭姫が聚楽第で大政所に見守られて死去した。

翌正月十五日に十二歳になったばかりの家康の三男長松丸が、秀吉に拝謁して秀の字を賜り元服して秀忠と名乗った。

この長松丸を巡って秀吉と家康の間に約束があった。

それは旭姫が家康の子を産んでも嫡子にはしないこと、長松丸を秀吉の人質にしないこと、万一、家康が死去しても秀吉は徳川領の五ヶ国をそのまま長松丸に安堵すること。この約束を取り付けてから旭姫を継室に迎えている。

榊原康政に一分の隙もないとはこういうことだ。

だが、この度、家康が長松丸を上洛させ秀吉に謁見させた裏には、北条征伐を目前にして嫡男を秀吉の前で元服させて、人質に差し出しますと秀吉に家康の決意を見せる効果を狙った。

徳川家も秀吉に蹂躙されないよう結構踏ん張っている。

機嫌を損なうと何を言い出すかわからない秀吉で、家康は秀吉が少々おかしくなりかけていることに気づいていた。

人は歳を取れば誰でも少々おかしくなるものだ。怒りっぽくなったり、堪え性がなくなったりする。

その頃、家康不在の駿府城では家臣たちが集まって、北条征伐の出陣の軍議を開いて支度が検討されていた。

箱根山を挟んで小田原城と対峙している駿府城は重要な場所にある。

大軍の秀吉軍が三河、遠江、駿河と通過することになると、道の整備から秀吉が休息する茶屋の支度までしなければならない。

戦いのことより秀吉をどのように迎えるかが大切になる。

徳川家の不首尾で大軍の動きが止まったなどと、みっともないことは絶対にできないからだ。

秀吉の機嫌だけは損じることができない。

その上、徳川家は督姫のことがあって北条家を攻めるのはつらい。

北条家では大軍で押し寄せるだろう秀吉軍に備えて、一月十五日までに参陣するよう領内に大動員令が発せられた。

秀吉と戦う構えを取った。

その北条家は名胡桃城主が寝返ったのであって、強引に奪い取ったものではないと弁明した。

だが、一方で北条氏邦が下野の宇都宮国綱を攻めたりしていて弁明にならない。

そんな言い訳に耳を傾ける秀吉ではなかった。鶴松のためにいうことを聞かない北条家は潰すと決めている。

北条家だけではなかった。奥州津軽まで平定しなければ気がすまない。

すでに豊臣軍の編成は天才石田三成や長束正家、増田長盛、大谷吉継らによって綿密に計画が練りあげられている。

大軍の動員は九州征伐で経験済みだった。

豊臣軍総動員という計画である。

総大将関白太政大臣豊臣秀吉二百万石、内大臣織田信雄百万石、権大納言徳川家康百二十万石、権中納言羽柴秀次四十万石、権中納言上杉景勝五十万石、参議毛利輝元百十万石は京の留守居、参議前田利家八十万石などが大将格である。

秀吉の弟大納言豊臣秀長百万石は病のため畿内の留守居となった。総兵力二十一万人といわれる大軍で、関東方面からの参陣があればかなりの人数に膨れ上がる。

これらの大動員が短期間でできるのは三成や正家がいるからだ。

この豊臣軍を迎え討つ北条軍は十七歳から七十歳まで、領内に大動員をかけて八万人を超える大軍で構える。

二十万人で攻め切れるか、八万人で守り切れるかという戦いだ。

北条家は相模、武蔵、下総、上野など関東一円に多くの城を抱えている。本城の小田原城を守っている城だ。

大小の城を数えれば二、三十は超える。

それを一つ一つ潰して行かなければならない。他に北条氏直は奥州の伊達政宗と同盟を結んでいた。

戦上手の政宗が大軍を率いて北条軍の援軍に南下してきたら厄介だ。

二月一日に豊臣軍が先発隊から動きだした。

「鶴松よ、お前のためだから、ととはやるからな！」

秀吉はまだ寒いのに大阪城から鶴松を聚楽第に連れてきた。秀吉のやることはすべて鶴松のためなのだ。

鶴松が生まれて秀吉は蘇生したように元気がいい。やることすべてが鶴松のためなのだからこんな強い味方はない。だが、その鶴松は病弱で時々高熱を発した。

母親の茶々は心配で鶴松の傍から離れられない。

二月十日には毛利水軍が動きだした。

二十日には兵庫湊に水軍が集結する。その数は九鬼水軍を始め来島《くるしま》、脇坂、加藤、長宗我部、宇喜多、毛利など千隻を超えていた。

兵糧米二十万石以上を満載にして、軍船に守られながら駿河清水湊に向かう。

なによりも大切な兵糧米が先回りして大軍を待つ。千隻が次々と出航する。

二十四日には駿府に集結した徳川軍三万が動き東駿河の長久保城に入った。南に黄瀬川を望む伊豆との国境に近い。

箱根山がすぐ近くだ。越えればすぐ小田原城がある。

北条軍との戦いの前線基地になる。同日、織田信雄が駿河狩野《かの》川河口の三枚橋城に到着した。

長久保城と三枚橋城は西から小田原城をにらむ場所にある。

伊豆は北条の領地だから、北条家の中山城や韮山城と対峙するのが二つの城ということになった。

二十五日に家康は駿府城に戻ってきた。

二十七日には兵庫湊を出た千隻が続々と清水湊に到着。そのうちの水軍が秀吉の到着を待たずに伊豆下田方面に南下して行った。

小田原城は富士山の溶岩が海に雪崩出した溶岩の山塊の上にある。海に突き出した巨大な山塊の上に築かれた堅城で、海側は断崖絶壁になっていて攻撃は不可能だ。

一ヶ月遅れの三月一日に秀吉は天皇から太刀を下賜され、鶴松に「いい子で待っていろよ」というと、赤子の口を吸い聚楽第から大軍を率いて出陣した。

三日には秀次や氏郷が駿河に着陣して秀吉の到着を待った。

その秀吉が大軍と共に駿府城に現れたのは三月十九日だった。それを迎えたのが家康である。

豊臣軍の北条攻撃の支度はすべて整っていた。

秀吉軍は十五万余、九鬼、毛利の水軍が二万余、前田、上杉、真田など北からの軍がほぼ三万五千である。

その前田、上杉、真田軍が碓氷《うすい》峠に集結していた。

秀吉にとって北条攻めは天下統一の締めくくりである。関東、奥州を平定すれば秀吉に抵抗する勢力はなくなる。

この戦いは何んとしても勝たなければならない。

天皇から北条征伐の勅書は出ていなかったが、秀吉は天下泰平を招来させる天皇の代行者として振る舞う。

関白らしい堂々たる戦いでなければならなかった。

秀吉は三月二十七日に織田信雄のいる三枚橋城に着陣、総大将がいよいよ前線の城に姿を現した。

その翌日の二十八日には徳川軍が布陣している長久保城へ移ってきた。

すると出羽からは戸沢家、陸奥からは津軽家などが駆けつけて、秀吉方に参陣し北条攻撃に加わった。

問題なのは出羽山形城の最上家と会津城の伊達政宗だった。

最上義光《よしあき》は秀吉方への参陣を決めて知らせていたが、父親の最上義守が亡くなったばかりで、葬儀に手間取って出陣できないでいた。

最上家はそういうことだが、伊達政宗は北条家と同盟していて、秀吉の惣無事令など無視して戦いを続けている。

その領国は大きく出羽の南部や陸奥の南部から、会津方面まで戦い取って七十万石を超える大大名だった。

政宗はまだ二十四歳の青年武将で戦いが滅法強い。

後に独眼竜といわれる隻眼で無類の戦上手だった。この政宗を育てたのが臨済僧で快川紹喜の弟子の虎哉宗乙《こさいそういつ》である。

関白秀吉の師ともいえる天才南化玄興《なんかげんこう》の兄弟子だった。

人の邂逅は入り組んでいてこのように関係が結構近い場合が少なくない。

秀吉に言わせれば政宗という、出羽の小童が小賢しいということだが、その戦上手は放置してはおけない。

この頃、後に政宗毒殺未遂事件と呼ばれる事件が起きていた。

その真相はまったく不明なのだ。

ただ、ちょうどこの頃、四月七日に伊達政宗の弟、伊達小次郎政道が切腹したという事実だけが残る。

伊達家に何か重大な事件があったのだろう。

伝わるところでは政宗の母義姫は最上義光の妹で、隻眼の政宗よりも弟の小次郎を溺愛していたという。

どこにでもよくある話だ。

その母の義姫が政宗に毒を食わせたが、解毒が効いて政宗は死ななかったというのである。

小次郎はそんな母の罪をかぶり、二十三歳で陰腹を切って死んだというのだが、毒殺などというのはそう易々とできるものではなく、その後の政宗と義姫の関係からも信じがたい話だ。

政宗と伯父の最上義光は不仲だったからそういう話が作られやすい。

他にも政宗と小次郎の兄弟は不仲で、弟の小次郎が兄の政宗によって殺されたなどともいう。

ちょうどその時期は、秀吉が小田原城を包囲し始めた頃である。

つまり豊臣家か北条家かで、伊達家内に考えの対立や、事件が起きても不思議ではないともいえる。

東国から奥州にまで大激震が走ったのが秀吉の北条攻めであった。

翌二十九日に山中城の戦いが始まった。

城を守る籠城兵は援軍を含め四千人と多い。だが、大要塞の山中城を守るには四千人では全く足りない。

それに対して攻撃する豊臣軍は、右翼から池田輝政や堀秀政など一万八千余、中央から羽柴秀次軍一万九千余、左翼から徳川家康軍三万、後詰めに山内一豊、堀尾吉晴、稲葉正成、仙石秀久らが置かれた。

六万七千を超える大軍が、朝の五つ辰の刻に城へ殺到する。

北条軍が一斉に猛烈な抵抗を行う。突撃しては後退、突撃しては後退を繰り返し、北条軍は強かった。

豊臣軍が追われて逃げてくる。

だが、向きを変えて援軍で数を増やして豊臣軍が攻め込んで行った。

このような一進一退の攻防が続き、北条軍はあちこちで奮戦したが一刻が過ぎるころに出丸が陥落した。

羽柴秀次が秀吉の前で功を焦り、強引に大手から三の丸に突撃の命令を出して、力攻めに頼り過ぎ犠牲者を多く出す。

城攻めは犠牲を少なくするのが肝だ。

西の丸に向かった徳川軍は長久保城に入った時から、半蔵たちが山中城の弱点や籠城兵不足を調べ上げていた。

その徳川軍は攻撃を急がない。

軍議を開き、調べ上げた内容を考え攻略の糸口を探す。

その結果、築城時の縄張りに問題のあることを発見し、そこに猛攻を仕掛けて秀次の中央軍のような犠牲は出さなかった。

西の丸が陥落すると本丸の城主松田康長は、北条一門や弟の猛将松田康郷を城から逃がし、手勢の二百人ばかりと本丸に籠城したが、豊臣軍の怒濤の猛攻に櫓ごと堀に転落してほぼ全滅する。

北条軍の鉄壁の西の守りといわれた山中城が、大軍の攻撃に耐えられず一刻半ほどの正午頃に陥落してしまう。

その犠牲は二千人を超えていた。

秀吉軍の犠牲も少なくなかった。

だが、それ以上に小田原城では、あの西の守りの山中城が一刻半で落ちたのかと衝撃が走っている。

それは信じられないという落胆でもあった。

北条家では十日や半月は戦い続けられると考え、そのつもりで山中城の備えを強化していたのだ。

それがわずか一刻半で陥落してしまった。

その日のうちに家康は徳川軍の別働隊に、鷹ノ巣城を落とさせてそこに入り徳川軍の本拠とする。

山中城の陥落は周辺の城の北条軍の戦意を奪った。

足柄城など北条軍の西の守りである箱根十城が、次々と落城して小田原城の西は豊臣軍の勢力で溢れる。

大軍の威力とはこういうもので易々とは止められない。

まだ戦いは始まったばかりなのに四月三日には、豊臣軍の先鋒が早くも小田原城下に侵入していた。

そんな中で秀吉が不機嫌なのは、秀次が山中城の三の丸を力攻めした時、秀吉の最も古い時期から家臣である一柳末安《ひとつやなぎすえやす》が、銃弾に弾き飛ばされて討死したことだ。

かつて多くの武功を上げてきた秀吉の家臣だ。

秀吉は末安を犬山城主にしたり軽海《かるみ》西《にし》城主にしたり育ててきた。その死を聞いて秀吉が口を利かなくなったという。

秀吉は甥の秀次の戦下手を怒っていた。

逆に戦いが三ヶ月近くも続いた強情な城もあった。山中城と同じ三月二十九日から攻撃が開始された伊豆韮山城である。

城には北条氏規、朝比奈泰栄《やすしげ》、江川太郎左衛門ら三千六百余が籠城した。攻撃するのは右翼から蒲生氏郷、稲葉貞通ら八千四百余、中央から筒井定次、福島正則ら九千七百余、左翼から細川忠興、中川秀政ら九千余、後詰めに織田信雄一万七千余など総勢四万四千余の大軍だった。

江川太郎左衛門の嫡男江川英吉は、戦いが始まる直前に城から出て、徳川軍に入り攻撃軍に加わっている。

英吉は徳川家に何度も使いをして知り合いが多かった。

伊豆韮山城は豊臣軍の攻撃に耐えて落城しない。そのため後に、この韮山城の開城交渉は江川親子によって行われる。

四月一日には伊豆の南端下田城への攻撃が始まった。

城に籠城しているのは清水康英と六百余の兵だった。そこに襲いかかったのが海賊の水軍二万余と千隻の船だった。

下田城は猛攻に二十日間も持ちこたえたが、いかんせん二万対六百ではどうにもならない。

清水康英は脇坂安治と安国寺恵瓊の開城勧告を受け入れて、四月二十三日に降伏する。この伊豆下田城の降伏は重要だった。

豊臣軍は伊豆下田に水軍の湊を確保したことで、小田原城沖に千隻の水軍が展開しやすくなった。

海に敵の水軍が一面に浮かぶようになっては戦いがつらい。

この頃、山中城から逃げた北条氏勝は恥じて自害しようとするが、家臣の説得で七百騎ほどの手勢と自分の城の鎌倉玉縄城に戻ってくる。

それを追撃してきたのが徳川軍の本多平八郎だった。

この時家康の使者も一緒で、氏勝は、使者と大応寺の住職の説得で開城降伏する。

家康からの使者では話を聞くしかない。

それに氏勝は山中城から玉縄城にくる時、小田原城を迂回する格好になり、叔父の氏政になぜ小田原城に立ち寄らないのだと戦意を疑われていた。

戦いが緊迫するとこういうことが起こりがちだ。

その頃、秀吉は小田原城から見渡せる石垣山に城を築き始めていた。着手したのは四月一日という。小田原城から西に一里足らずの笠懸山の山頂に城を築き、完成すると周辺の木を伐って小田原城に見せた。

そのためこの城は一夜城として有名になるが、四万人を動員して八十日間の突貫で行われる。

その石垣山城の築城は秀吉の力を見せつけるものになる。こういう人を驚かせることが大好きな秀吉だった。

この頃、家康の陣中に二人の僧が現れた。

一人は武蔵浅草寺の住職忠豪と、もう一人は武蔵無量寿寺北院の天海だった。二人は従軍僧として家康に呼ばれたのである。

秀吉は小田原城の包囲が始まると京や大阪から、茶々や香の前など女衆や御伽衆などを呼び寄せた。

戦いの最中なのに関白さまはまことに豪勢なことだ。

千利休に茶会を開かせたり、本阿弥光悦や本因坊算砂も呼ばれて囲碁に興じたり、箱根の温泉で盛大に遊んだりする。

敵を馬鹿にしているというか、余裕というか秀吉らしい戦いになってきた。

もちろん戦いが順調に進んでいたからでもある。そんな中で利休の弟子の山上宗二が処刑される事件が起きる。

山上宗二は以前、不始末があって秀吉の勘気に触れ、高野山に逃げてから北条家に逃げてきていた。

宗二は利休から二十年も茶を学んだ高弟である。

それが北条方の皆川広照が降伏した時、宗二も降伏し利休の取りなしで秀吉の前に現れたのだ。

ところが、どうしたことか茶席でまたまた不作法があったという。

宗二はその場にいた北条早雲の息子北条幻庵に遠慮し、義理立てしたことを秀吉が気に入らず、四月十一日に鼻と耳を削ぎ落とし打ち首にした。

秀吉は利休の侘び茶と少々違う宗二の茶を、気に入っていなかったのかもしれない。

甲斐姫

豊臣軍の小田原城包囲は実に早かった。

それは鉄壁のはずの山中城があっという間に陥落したことが原因だ。

そのため小田原城に入るべき兵たちが動けなくなり、あちこちに留まって小田原城に入る機会を窺っていた。

それを聞いた秀吉が「城に行かせてやれ!」と、関所を開けて敵兵の通過を許したという。

関白秀吉らしい余裕である。城内の兵が増えれば蓄えの兵糧を早く食い尽くすとでも思ったのだろう。

松井田城の戦いも山中城攻撃と、ほぼ同じ三月二十八日から始まっていた。

籠城兵は二千余、攻撃するのは西から上杉景勝軍一万余、東から前田利家軍一万八千余、北から真田昌幸軍七千余の猛攻である。

だが、松井田城も落ちなかった。

山中城が半日もしないで落ちたのに、松井田城は落ちないのかと秀吉から督促が来る。こうなると攻める方が焦る。

上杉、前田、真田と三将が雁首を並べて何しているということになった。

だが、落ちないものは落ちないのだ。

三将は誰の発案なのか一つ一つ曲輪を落とし、水の手を絶ち、兵糧を焼き払ってから総攻撃を仕掛ける。

おそらく攻撃に犠牲を少なくしようと考えたのだろう。

何んとも丁寧というかやる気がないというか、ようやく松井田城が落ちたのは四月二十二日になってからだった。

戦いというのは大将によってそれぞれ思惑があるものだ。

秀吉は九州の南蛮人の奴隷貿易にも反対だし、近頃、聞くようになった遊女屋というものの人身売買も気に入らない。

秀吉は四月二十七日に人身売買禁止令を発した。

秀吉は行商をしている頃から売られる娘を見てきたのかもしれない。

五月九日に浅野長政の参陣要請により伊達政宗が会津から出陣、南に向かわず北の米沢に向かい、小国から大きく迂回して越後、信濃、甲斐と進んで小田原に到着する。

何を考えているのか戦いたくないというような動きで、何んともとぼけた男だ。

政宗は北条と同盟していたのだから戦いたくなくても仕方がない。その政宗に前田利家が遅参の詰問に現れた。

なぜ遅参したかと聞かれても遅参したから遅参したという。

その言い訳としては会津から北に行き西に行き、大きく迂回して信濃から甲斐に出たので遅れたという。

なんとも人を食った返答だ。

なぜそんなことをしたかとぐずぐず言い訳しても仕方ない。政宗は利家に千利休の弟子になりたいから仲介しろという。

何んとも人を食った申し状で怒りたくなるが、そこは利家も同じ大名として政宗の気持ちがわかる。

何で遅参したかなどと聞く方が野暮なのだ。政宗は戦いたくないのだから。

利家から政宗の言い分を聞いた秀吉が、自分と利休の関係を政宗が知っていて弟子入りを望んだと喜ぶ。

天邪鬼というか横着者というか、こういう政宗のような大生意気者が秀吉は好きだ。

秀吉は政宗と会見すると石垣山から小田原城を望み、「政宗、わしは小便をするからこの太刀を持っていろ！」と、政宗に太刀を手渡してシャーと立ったまま始めた。

「政宗、斬れるものなら斬ってみろ！」

そういう秀吉の大度胸なのだ。

さすがの政宗も立小便をしている関白は斬れない。

この後、秀吉は政宗の会津領を没収して、陸奥と出羽の本領十三郡七十二万石だけを安堵する。

会津を含めれば政宗の領地は、はるかに百万石を超えていたかもしれない。

秀吉の度胸と政宗の度胸はほぼ互角なのだ。政宗の方が上だったかも知れない。関白であろうが何であろうが政宗は平気な顔だ。

この時、政宗は弱冠二十四歳である。

隻眼の政宗があと二十年早く生まれていたら、天下の模様が違っていただろうといわれる所以だ。それほど大器だった。

五月十四日には武蔵寄居の鉢形城の戦いが始まった。

この城は北条氏邦と三千人が籠城する大きな城である。

氏邦は北条軍の軍議で小田原城での籠城に反対し、駿河まで出て野戦で豊臣軍と戦うべきだと主張した。

だが、誰も賛成する者がいなかった。

怒った氏邦は自分の鉢形城に戻ると、どこの城にも頼らず単独で戦う決意をして籠城する。強気な氏政の弟だ。

その攻撃軍は松井田城から回ってきた上杉景勝、前田利家、真田昌幸、浅野長政、木村重茲《しげこれ》、徳川軍の本多平八郎と鳥居元忠、弱冠十五歳の若き島田利正など三万五千余の大軍だった。

島田利正は後に江戸の二代目南町奉行に抜擢される。

その大軍を松井田城で降伏した大道寺政繁が案内していた。

豊臣軍の猛攻にも鉢形城は耐えに耐えて落ちない。

そのうち五月十九日には岩槻城でも戦いが始まった。戦いは関東各地に飛び火する勢いになっていた。

二十万余の大軍が八万を超える大軍で守る各地の城を落とす戦いだ。

上野の館林城でも戦いが始まり、石田三成、長束正家、大谷吉継らが玉縄城の北条氏勝に案内されていた。

先に落とされた城の大将が案内することは珍しくない。

豊臣軍は地の利に不案内だからどうしてもそういうことになる。

岩槻城の北条氏房軍二千余は豊臣軍の浅野長政、木村重茲、徳川軍の本多平八郎、鳥居元忠、平岩親吉など二万余の大軍に攻められ四日で落城した。

その徳川軍が鉢形城攻撃に向かう。

鉢形城はなかなか落ちなかった。その間の五月二十九日に館林城が先に落ちた。

すると館林城から石田三成たちが忍《おし》城に回って戦いが始まる。この忍城がまた厄介な城だった。

六月五日に忍城の戦いが始まる。

この忍城で石田三成は大苦戦することになる。

頑強に戦い続けた氏邦の鉢形城も上杉、前田、真田の猛攻に、本多平八郎が大砲を山に運び上げて城に撃ち込み甚大な被害を出す。

そのため氏邦は城兵の助命と交換に開城を決心する。

それを受けて前田利家は秀吉に氏邦の助命を嘆願、剃髪することを条件に秀吉は氏邦を許した。

六月十四日に鉢形城は開城、氏邦は菩提寺の正竜寺で出家し蟄居する。

その後、氏邦は前田利家預かりとなり、能登七尾に千石を与えられた。加賀金沢で氏邦は五十歳で死去する。その遺骨は、わざわざ金沢から武蔵の正竜寺に運ばれ法要が行われたという。

その法要に集まった人々は山を越えて列が続いたと伝わる。

武田信玄とも戦い武功を上げてきた勇将、北条氏邦を慕う人々は少なくなかった。

氏邦の死後、利家は京の大徳寺で喝食《かつしき》となっていた氏邦の末っ子を引き取り、北条庄三郎として還俗させると同時に元服もさせて、氏邦の知行を相続させる。その末裔は徳川家康に仕え紀州徳川家の家臣になった。

鉢形城は開城したが石田三成が攻める忍城は頑強だった。

武蔵忍城は藤原北家、藤原道長の子孫ともいわれる名門の成田一族の城である。鎌倉殿の御家人で武蔵七党ともいう。

今は成田泰季《やすすえ》が城主である。

この時、成田家の当主成田氏長は小田原城に籠城していた。

従って忍城を守っているのは氏長の叔父泰季とその息子の長親、それに氏長の娘の甲斐姫である。

頼りになるのは高齢の泰季ではなく忍城の守り神である甲斐姫だ。

その甲斐姫は東国一の美女といわれ、才色兼備で男子であれば成田家を背負い、天下に名を成したであろうといわれる賢い姫だった。

忍城の天女であり守護神であり旗印である。姫のいるところに成田軍の強兵あり。

姫の祖母の妙印尼は七十一歳にして北条軍と戦い、籠城の指揮を執ったという女丈夫で母親も武芸に秀でていたという。

そんな女武者の血を受け継いだ甲斐姫も武装して戦う美丈夫だった。

この時、甲斐姫は美しき十九歳。古《いにしえ》の巴御前と静御前を一緒にしたような華麗な女武者である。

こういう美しい守護神のいる城を落とすのは難しい。

姫を守ろうと異常に士気が高いのだ。こういう兵は厄介このうえない。

石田三成や長束正家らの豊臣軍二万三千が忍城に押し寄せてきた。その時、忍城の兵はわずか五百余だった。

ところが城下の者三千人が甲斐姫を慕って城に入って籠城する。

案の定、忍城の士気は高く、甲斐姫は忍城の守り神だという。美しく聡明な甲斐姫を家臣や城下の者は慕っていた。

こうなると甲斐姫のために死んでもいいわけだから困る。

ところがまだ戦いも始まらない六月七日に、城主の成田泰季が突然高熱を発して死去したのである。七十五歳だった。

その死は秘密にされ遺骸は隠密に城下の清善寺に運ばれて埋葬された。

忍城の大将は泰季の息子成田長親四十五歳がなった。

豊臣軍には佐竹義宣や宇都宮国綱、結城晴朝などの関東の諸将も加わっている。

その豊臣軍は忍城に攻撃を開始した。

だが、忍城は平地の平城なのだが周囲に沼や川が多く、それを堀としているため大軍を展開して攻撃するのが難しい城だった。

その上、数字の天才だが石田三成や長束正家などは戦いがうまいといえない。

秀吉はこの忍城と似た城を攻めたことがある。それは泥田の中の備中高松城だった。その高松城を秀吉は水攻めにした。

それを思い出したのか石田三成に対する秀吉の指図は水攻めである。

六月十三日に水攻めの命令を受けた三成は、急遽、川を塞《せ》き止めて水を溜める長大な堤の構築作戦に切り替えた。

この作戦変更がよかったのか問題である。

三成は後に石田堤と呼ばれる千五百間もの堤を築くことになった。

この水攻めのため忍城の戦いは長引くことになる。

その結果、石田三成は忍城を攻めきれずに、残念ながら戦下手の落印を押されることになってしまう。

秀吉は三成が可愛いから口出ししたのだろうが裏目に出ることになった。

その忍城攻撃の間に北条氏照が三千人で籠城した八王子城に、上杉、前田、木村、真田軍など一万五千余が襲いかかって六月二十三日に落とした。この戦いの時、氏照が城に不在だったのが八王子城の早い決着になった。この八王子城の戦いを見ていたのが、信玄の娘の松姫こと信松尼である。

一方、小田原城は大軍に包囲されていた。

関白秀吉は西の石垣山に出現した一夜城から小田原城をにらんでいる。得意満面の笑みさえ見られた。

さぞかし絶景だったことだろう。

海には早川河口に毛利水軍、九鬼水軍が浮かんで、小田原城への船の出入りを遮断している。

小田原の海には集結した水軍が溢れていた。

東の山王川河口には長宗我部水軍や、加藤嘉明の水軍が浮かんで不審な船は河口にさえ近づけない。

その東の酒匂《さかわ》川河口にも宇喜多水軍が浮かんでいた。

小田原城に海からの兵糧弾薬の補給は不可能である。山王川と酒匂川の間には西向きに徳川軍が陣を敷いている。

家康は酒匂川を背に本陣を置き、その前面に酒井忠次が陣を敷いて本陣を守る。周辺には大久保忠世、奥平信昌、榊原康政、井伊直政らが陣を敷いて西の小田原城をにらんでいた。

山王川を越えればいつでも城下の山王口、渋取口に殺到できる布陣だ。

その山王川沿いの北に織田信雄が陣を敷き、小田原城下の北を押さえるため黒田官兵衛、蒲生氏郷、羽柴秀次、宇喜多秀家、織田信包らが陣を敷いて、井細田口、久野口、荻窪口、水之尾口を押さえ込んでいる。

秀吉の石垣山城から見える西の早川沿いには、木村重茲、丹羽長重、長谷川秀一、堀秀政、池田輝政、細川恒興らが陣を敷いていた。

早川口や箱根口を見張り押さえ込んでいる。

秀吉得意の兵糧攻めの構えだ。

鳥取城や三木城など秀吉は兵糧攻めで落としてきた。

これだけの大軍に包囲されては、さすがの小田原城も静かに死んでいくしかない。

北条家と同盟している伊達政宗は、すでに秀吉に降伏しており援軍の望みは完全に絶たれている。

小田原城も苦しいが対陣が長引くと豊臣軍も苦しくなる。戦いのない兵は腐り始めるからだ。

豊臣軍の陣中に物売りや春を売る女まで現れ、風紀が乱れると乱暴狼藉を働く者が頻発した。

こういうことはどこの戦いでも起きる。

それを嫌う井伊直政が六月二十二日の夜半に、山王川を渡って小田原城の篠曲輪に夜襲を仕掛けて占拠した。

二十五日には蓑曲輪や捨曲輪などに攻撃を仕掛けたが、大きな戦いにはならない。そんな中でついに石垣山城が完成し、山の木が伐りはらわれると山腹に見事な城が姿を現したのである。

突然現れて、まるで一夜にして城ができたかのようだった。

これには北条家も衝撃を受け一気に戦意喪失する。そうなると小田原城内の統率も乱れてきた。

好き勝手なことをする者も出てきかねない。

七月二日には北条氏房の配下の広沢重信が、蒲生氏郷軍に夜襲を仕掛け氏郷と一騎打ちになった。

この夜襲が小田原城からの唯一の攻撃だった。

戦いは山中城を始め周辺の支城では華々しかったが、完全に包囲された小田原城は身動きができない。

北条軍も豊臣軍も低調であまり戦意が見られなかった。

一方、ただ一つ残った忍城も水攻めに作戦を切り替えてからは低調だ。長大な築堤が始まって戦いの気配が消えた。

戦いが一ヶ月、二ヶ月、三ヶ月と長引くと、兵たちは戦いに飽きて腐ってくる。上機嫌なのは石垣山城で茶々たちや千利休を相手に、余裕しゃくしゃくで遊びに興じる秀吉唯一人だけだ。

そんな中で五月の終わり頃から小田原城の開城が交渉されていた。

簡単にまとまる交渉ではない。それは北条家の関東の広大な領地をどうするかという難題があるからだ。

秀吉の命令で黒田官兵衛も交渉に携わったが、北条家が納得せずうまくいかなかった。

そのことを秀吉は報告を受けて、この頃から関東の北条領は家康に与えるしかないと考えたようだ。つまり北条家のあとを親戚の徳川家が引き受けるということである。
その領地は広大ではっきりはわからなかった。
だが、二百万石から二百五十万石ほどといわれている。
秀吉の領地は二百二十万石ほどしかないのだから、家康の方の領地が大きいと
いうおかしなことになりかねない。
だが、三河や遠江など豊饒な五ヶ国と交換だから大きくても仕方ない。
家康を箱根より東に追い払えるなら秀吉は納得だ。肝心の東海を押さえられて
いてはおもしろくない秀吉だ。
その秀吉には領地は大きいが辺鄙な未開の東国という頭がある。
六月になると北条家とかかわりの深い、親族ともいえる家康や織田信雄が乗り
出して和平交渉が始まった。
六月七日には信雄の家臣が小田原城に入って交渉したり動きが出てきた。
だが、家老松田尾張守憲秀のように、徹底抗戦を唱える者がいて易々とは話が
まとまらない。
降伏するか徹底抗戦かで北条家も混乱する。
月に二回重臣会議が開かれるのが北条家の常で、これを後に小田原評定などと

いった。

会議を開いても何も決まらず、延々と話し合いばかりをしている会議を、小田原評定というようになった。

正しくはこの時の降伏か抗戦かという決まらない会議をいう。

一向に結論が出ない小田原評定に怒った豊臣軍が、早いところ何とかしろと毎日鉄砲を城に向けて一斉射撃をする。

それでも小田原評定は続いた。

この一斉射撃に怒った北条氏房の配下が、七月二日に討って出たというのが真相だ。

大慌ての蒲生氏郷軍が奮戦して追い払ったが、これが切っ掛けで総大将の北条氏直と氏房が滝川雄利の陣に現れた。

氏直はこれ以上長引くとなにが起きるかわからないと判断した。

滝川雄利と黒田官兵衛を通して、自分の切腹と引き換えに、城兵を助けてもらいたいと申し出た。

この氏直の降伏はすぐ秀吉に知らされた。

「氏直に腹を切らせるな！」

秀吉は慌てた。氏直が腹を切ったら督姫が自害すると思った。すでに小田原城内で氏政の母と継室が自害したと聞いていた。督姫に死なれたら家康に合わせる顔がない。関白は約束を守らなかったと家康に臍《へそ》曲げられては困る。

「督姫のことは心配するな……」

秀吉は戦いの前に家康にそう約束した。

「なにがあっても氏直に腹を切らせるな。これは厳命だぞ！」

秀吉は家康を関東に移すためには、督姫を助けるという家康との約束を守らなければならない。

督姫に死なれたら一大事だ。

「関白は約束を守らない」

なにがなんでもそういわれたくない。督姫を生かすために氏直は殺せなかった。秀吉は氏直を殺さない代わりに、父親の氏政と叔父の氏照、松田憲秀と大道寺政繁に開戦の責任があるとして切腹を命じた。

七月七日に片桐且元、脇坂安治、榊原康政の三人を検使に、小田原城の受け取りに向わせる。

十日に氏政と氏照の兄弟が城を出て徳川の陣に入った。

二人は家康に別れに来たのだ。

その夜は家康と氏政と氏照の三人が別れの盃を交わす。家康は二人の気持ちをわかっていた。

氏直を頼むということだ。

翌十一日に氏政と氏照は城下の医師田村安栖の屋敷に移って、榊原康政や石川貞清ら検視役が見守る中で腹を切り、兄弟の北条氏規が介錯した。

氏規も腹を切ろうとしたが止められる。

氏政と氏照の首は京に送られ、十六日に聚楽第の橋に晒され、松田憲秀と大道寺政繁も切腹した。

秀吉は氏直の命を助け高野山に蟄居を命じた。

七月二十一日に氏直は家臣三十人と高野山に向かって出立、八月十二日には高野山に入った。

蟄居した氏直は翌年二月には、早々と家康を通して秀吉から赦免される。

その上で、五月には大阪に旧織田信雄邸を与えられ、八月には一万石を与えられ大名となった。

督姫はよろこんで大阪に駆けつけるが氏直は生来病弱である。家康や督姫の喜びもつかの間、十一月四日に死去してしまう。三十歳だった。折角、助かった命だったが氏直は督姫に二人の娘を残しただけである。

傷心の督姫は二十七歳になっていた。

氏直を失い不運な督姫は家康の元に戻ってくる。その督姫は三年後に秀吉の仲介で池田輝政に再嫁した。

小田原城は開城し降伏したがまだ戦いは続いている。

甲斐姫の忍城だ。

石田三成が水攻めで手古摺っている。

小田原城が降伏しているのに落とせないとはみっともない話だ。

関東勢の佐竹、宇都宮、結城、佐野、大田原、水谷《みずのや》、多賀谷軍などが続々と援軍に入ってきた。

そこに浅野長政、直江兼続、真田昌幸、真田信繁のちの幸村なども援軍で到着する。

利根川から水を引いての水攻めに、三成はもっと積極策をと秀吉に具申しても水攻めだという。

ところが利根川から流れ込む水が貧弱で、城の周りに充分な水がたまらない。何んとも情けない間抜けな水攻め作戦になった。そんな時、雨が降って利根川が増水するといい塩梅に水が増してきた。

そこへ忍城から出てきた人々が堤を壊して決壊させる。その泥水に豊臣軍が呑み込まれて大勢の溺死者が出る。石田三成の作戦は何をやっているのか全く効果がない。

情けないというか無様というか言葉がない。

堤が決壊して水が引くと城の周辺は大湿地となり、馬も人も入れないどろどろの状況になった。

攻めることはもちろん、城に接近することさえできない。

それでも秀吉は三成に水攻めにしろという。そこに続々と援軍が到着して三成は何をしているということになる。

見ればわかる通り泥の中で忍城は無傷のままなのだ。

忍城の天女、甲斐姫がいるだけに相変わらず城内の士気は高い。具足をつけ白鉢巻きに長刀を抱える甲斐姫を見ると、籠城している者たちが姫のためにと、奮い立つのだから始末が悪い。

おかしな戦いになり大軍で包囲してもどうにもならなかった。

そんなもたもたしているうちに小田原城が落ちてしまう。三成は情けないやらみっともないやらで身の置き場もない。

無念至極だが三成の責任というより、これは水攻めに固執した秀吉の責任だ。だが、口が裂けてもそうはいえない。戦下手の石田三成と陰口をたたかれるようになってしまう。

小田原城が落ちたことで成田氏長が戻ってきた。

その氏長が息子の長親と甲斐姫を説得して、落城しないまま七月十四日に開城することが決まる。

甲斐姫は甲冑を身につけたまま姿を現した。

白馬に乗って長親の奥方や妹の巻姫、敦姫らを連れ、大勢の城兵や城下の人々に守られて忍城の天女は城を去った。

ここにすべての戦いが終わって成田家は蒲生氏郷に預けられる。

その氏郷は東国の押さえとして、九月に会津に移封されると、預かっている成田一族も連れて行った。

成田氏長や甲斐姫は氏郷に大切にされた。

氏郷は会津領内の福井城を成田家に一任し、一万石を与えると甲斐姫を慕い旧臣たちが集まってきた。

氏郷も浜田将監と十左衛門という家臣を氏長に与えた。

ところが十一月に陸奥で一揆が起きると、伊達軍が攻めてくるとの噂が入り、氏長は蒲生軍の援軍として出陣する。

その時、福井城の留守居をしていた浜田兄弟が謀反を起こす。

本丸に攻め込んで氏長の奥方を殺し、成田家の譜代の家臣たちも殺してしまう。

これを聞いた甲斐姫が怒って武装すると十数人の家臣を連れ、浜田十左衛門と対峙するが敵は二百人を超えている。

多勢に無勢で甲斐姫は追い詰められた。

だが、甲斐姫は強く長刀で敵を倒し反撃に転じ、逃げる十左衛門を馬で追いつき、斬りつけて落馬させるとその首を上げる。

忍城の天女は健在だった。

城を出た甲斐姫は浜田将監が占拠する福井城には戻れず、氏郷の黒川城に向かうが、途中で氏長と出会い福井城に戻ってきた。

そこに蒲生軍が援軍で現れ、福井城を包囲すると浜田将監が逃げ出そうとする。

その将監の前に立ち塞がったのが甲斐姫だった。

「卑怯者ッ、逃げるかッ！」

「ふん！」

甲斐姫を甘く見た将監の隙を見逃さず、甲斐姫は一気に踏み込んで将監の右腕を斬り落とす。

忍城の天女は長刀を持つと実に強い。

その上、美人だけに怒るとその顔が怖かった。

浜田将監は甲斐姫に生け捕りにされ、磔の上に斬首となり、その首は福井城の外に晒された。

この話を聞いた秀吉が甲斐姫の武勇を気に入り召し出す。

秀吉の好きな美女だからすぐ側室にしてしまう。その後の甲斐姫の消息は消えるが醍醐の花見の折の歌が残るという。

大阪城が落城すると甲斐姫は、秀頼の娘天秀尼と鎌倉の東慶寺に入ったとも伝わる。

だが、その美しき姫の姿を見た者はどこにもいない。甲斐姫は忽然と姿を消してしまったのである。

おそらく大阪城の奥深で暮らし、鎌倉の東慶寺に現れたというのは本当であろう。

成田家の菩提寺にも甲斐姫の名はなく、東慶寺の天秀尼の墓の傍に、従者の宝《ほう》篋印塔《きょういんとう》が残されているのみだ。

実は天秀尼こそ甲斐姫の娘だったともいわれているが定かではない。

二人は母子であり鎌倉の地に眠ったのであろうか。

掌中の珠

家康は秀吉から三河、遠江、駿河、甲斐、信濃を召し上げられた。

その代替え地として北条の旧領である武蔵、伊豆、相模、上野、上総、下総、下野の一部、常陸の一部などの関東八州へ移封を命じられる。

この噂は小田原征伐の以前からあったが現実になった。

秀吉が家康を箱根の東に追い出したいというのは本当だった。秀吉は家康を恐れてもいた。

家康から五ヶ国の百二十万石を召し上げ、関東に二百五十万石を与えるというものでー見大幅な加増だ。

だが、家康にとっては父祖の地である三河を失うことはつらい。

その上、関東には北条の残党が多く、何が起きるか分からない不案内の土地だった。

なかでも家康が最も危惧したのは、北条家が四公六民という極めて低い年貢を採用していたことだ。

その年貢を家康がいきなり上げるということはできない。

あまり過激なことをすると、新しい土地で一揆が起きかねない。家康が二百五十万石をどうするのか秀吉が見ている。

こういう時は潔くすることだ。旧領に未練を残すことなくすぐ出立して関東に向かう。

家康は有り難く新領地を頂戴した。

八月一日に早くも家康は江戸に入った。その頃、秀吉は奥州平定とその仕置のために宇都宮城にいた。

そこに最上義光が妻と一緒に現れ小田原征伐への不参加を謝罪する。

秀吉は上機嫌で最上家の本領二十四万石を安堵した。

宇都宮城から会津黒川城に向かい、豊臣軍は奥州平定のため、伊達政宗を案内人に総大将羽柴秀次で津軽方面まで進軍する。

八月十二日に黒川城を発った秀吉は、駿府城や清洲城に立ち寄り、九月一日に鶴松の待つ京へ戻ってきた。

その頃、家康は江戸にいた。

江戸村は寒村で何もないところといわれるが必ずしもそうではなかった。例によって大権現さまが何もないところから作られたというのだ。

だが、平安期にはすでにその地名もあり、駒込には大きな馬牧場があり、牛込には大きな牛牧場もあった。

北条家が領国経営であちこちに手を入れている。

すでに浅草寺もあれば増上寺も神田明神も湯島天神もあった。日枝神社や法明寺の鬼子母神もあった。

何もないところなどではない。

武蔵野は広大で遥か彼方に山が見えるか見えないかだった。

山に囲まれた京など狭い地域から来た人は徒広《だだびろ》いとそう思うだけだ。

古くは秩父一族や上杉家の太田道灌や北条家などが支配し、鎌倉の頼朝の御家人たちが治めていて未開の地などではなかった。

江戸一族などが栄えた土地でもある。それを大改造し江戸城とその城下を作ったのが徳川家康なのだ。

その家康はまず有力な家臣を大名や旗本にして支城に配置する。

三千石、五千石の知行を与え、残りの直轄百五十石余には大久保長安、伊奈忠次、長谷川長綱、彦坂元正、向井正綱、成瀬正一、日下部定好など有能な家臣を代官として抜擢し統治させた。

いきなり百二十万石から倍の二百五十万石になったのだから大慌てだ。

大名として知行を与えられた者は上野箕輪十二万石井伊直政、上野館林十万石榊原康政、上野厩橋三万三千石平岩親吉、上野宮崎三万石奥平信昌などだ。

他には常陸土浦十万石結城秀康、下総矢作四万石鳥居元忠、下総白井三万石酒井家次などである。

上総大多喜十万石本多平八郎、上総久留里三万石大須賀忠政、相模小田原四万五千石大久保忠世、相模甘縄一万石本多正信などなど多くの家臣に与えられた。

その知行あてがいだけで一仕事だ。

ことに関東の北側に重臣たちを配置して守りを固める。

この頃、肝心の酒井忠次は隠居し、眼病のため目が見えない状況で京にいた。家督は家次に譲っている。

忠次は秀吉から千石を与えられ入道になっていた。

家康は三河以来の譜代の家臣には、旗本として一万石以内の知行を与えた。五千石以上の旗本は百人ほど、三千石以上が三百人ほどで、旗本の九割は五百石以下とされた。

ここに旗本八万騎とか六万騎といわれる軍団が形成される。

実際の旗本はそんなに多くはなく五千二百から五千三百人ほど、後に後家人と呼ばれる下級旗本を入れても二万三千人ほどで、八万騎というのはその家臣や一族郎党たちなどをすべて含めての数であった。

家康は新しい国づくりと同時に、新しい徳川家を作らなければならない。

この時、家康が見ていたのは鎌倉や足利の政権が、自前の武力を持たないためいかにもろかったかということだ。鎌倉の源家は三代で潰れ北条家にすべてを奪われた。足利は三代義満が絶頂期で、その後は応仁の乱が勃発、足利家は一気に無力化した。その原因は自前の兵力を持っていなかったからだ。

秀吉の次に天下を取るならそこが肝だとわかっている。

家康の石高が倍になるということは、何もかもが新しくなるということだ。その城と城下だ。そこで大軍団を育てなければならない。

大きな領地を与えられた家臣も四苦八苦だ。槍を持って暴れまわるのとは違う。

家康は新領地のこともあるが、四十九歳になって不調ではないが、このところ何かと疲れ気味なのだ。

なんでもよく食うものだから家康は太りやすかった。

「体に脂が溜まる……」

それが口癖で鷹狩りなどにもでかけるが、動けば動いただけ飯がうまいのだから困ったものだ。

小田原の戦場では阿茶局こと須和と千賀が世話をしていた。

家康はちょっと油断すると太ってしまう。千賀が眼を光らせている。

すぐ太る男も女も世の中には少なくない。何を食べても太らないのが須和で千賀もうらやましい。

余の中には何にを食べてもまったく太らないそういう人もいる。千賀も太らないように気をつけていた。

太ると動きが鈍くなるからだ。

そんな時、天海が一人の僧を連れて家康の前に現れた。この僧こそ家康を救い徳川家を救う軍師になる。

天海は小田原の陣の徳川軍に従軍していて、浅草寺の忠豪と一緒に家康の相談にあずかってきた。

「下野の足利学校九世の庠主《しょうしゅ》さまにございます」

この頃、校長はまだ能化《のうけ》と呼ばれていた。庠主となるのはこの後である。

「足利学校の？」

家康はその存在は聞き知っていた。足利学校の創建は定かではないが平安初期だともいわれる。

フランシスコ・ザビエルが坂東のアカデミーと世界に紹介したと伝わる日本の学校である。

北条家に庇護され生徒が三千人もいて庠主はなかなかの権威なのだ。日本の学問の中心でもあった。

「臨済僧にて三要元佶《さんようげんきつ》、佶長老とか閑室和尚などと呼ばれております」

天海が家康に紹介した。

「足利の元佶にございます。この度は天海さまのお陰にて初めて御意を得まする」

三要元佶が合掌して家康に頭を下げた。

僧らしく一見穏やかだが、天才らしく威厳と品がある。僧にしておくのはもったいない人材と家康はすぐ見抜いた。

家康はこの僧が足利学校を率いているのかと思う。

足利学校は学問の場所で、教えるのは禅僧だが宗教色を廃し学問に専念している。入学すると僧籍に入るが宗教は教わらない。

学校に寮はなく生徒は近在の民家に寄宿する。

生徒は自分の食べる分を学校の菜園で育てることになっていた。

学問は四書、六経、史記、文選、易学、兵学、医学、薬学など幅広かった。卒業すると生まれ故郷の大名家に召し出されることが多い。

北は津軽、南は琉球からも生徒が集まった。

その足利学校は上杉家の庇護を受け、北条家の庇護を受けてきた。

だが、小田原征伐によってその北条家の庇護を失ったのである。

そこに家康が関東の領主となったので、三要元佶は兼ねて知り合いの天海に家康との会見を相談した。

それが叶っての会見だった。家康は三要元佶が幼い日に出会った太原雪斎に似ているると思う。人の邂逅は奇蹟である。

「信長老、天下を取るに大切なことはなにか？」

その家康が雪斎に「何のために生まれてきたか」と、聞かれた時のようにぶしつけに聞いた。

「長生きすることにございます」

元信が即答する。

「なるほど、その長生きをするに大切なことは何か？」

家康がまた聞いた。

「それはただ一つ、薬草学を学び身の内に良い物だけを取り入れることにございます」

それにも元信は即答した。

「薬草学とは、漢方薬というものか？」

「はい、近頃は生薬などともいい、異国から取り入れておりますが、薬草はこの国にも多くございます。ただ、薬草には毒を含むものが少なくないため、無暗《むやみ》に生薬を使いますと死にます」

「薬草は毒か？」

「はい、少量であれば薬にございますので、その調合が微妙にございます」

「おもしろい。信長老はその薬草学をやるのか？」

家康は元佶の薬草学に強く引かれた。

学びたいと思う。そんな気持ちになるのは太原雪斎以来だ。雪斎も臨済僧だが元佶も同じだ。

「足利学校において四書五経を始め、易学、暦学、薬草学などを幅広く教えてまいりました」

「そうか、学僧が三千人と聞いたことがあるが誠か？」

「はい、足利学校の最盛期には三千を超えていたと聞いておりますが、現在は二千五百ほどかと思います」

「なるほど相分かった。北条家の支援をこの家康がそっくり引き受けよう」

「有り難く存じます」

元佶がまた合掌して家康に頭を下げた。

「わしにその薬草学というものを教えてくれるか？」

「生薬の製法を？」

「そうだ。是非、教えてくれ！」

「はい、畏まりました。よろこんで薬草の秘伝を伝授いたしましょう」

「よし……」

家康が張り切り顔だ。こういう時は危ない。

それを聞いて急に傍にいる家臣たちが、まずいことになるのではと心配顔になった。

近頃、家康の傍にいる鷹匠の本多正信などは露骨に嫌な顔をした。調合した薬をいの一番に試される。「飲め！」と命じられたら毒でも飲まなければならない。

それは年恰好が家康に似ている自分ではないかと咄嗟に思った。

毒の混じった薬の試し飲みなど誰だって嫌である。これは逃げ切れないかもしれないと嫌な気分になった。

家康は信長老と呼ばれ、足利学校の庠主を務める臨済僧に興味を持った。

やがてこの三要元佶が経典や易学や薬草学ばかりでなく、孫子の兵法などにも通じた天才であることを知ることになる。

雪斎に次ぐ家康の軍師が現れた。

その元佶から家康は薬草学を学び、生薬の製法に熱心になり暇さえあれば薬研を回す。

「殿に近づくと危ないぞ！」

「あの薬には毒が混ざっているそうだ」

などの噂が頻繁にささやかれるようになる。中には家康の生薬を飲んで亡くなったらしいといい加減な噂まで飛ぶようになる。

家康は興味を持つと何でもやりたいやりたがりなのだ。

その家康に飲めといわれれば断れない。何が入っているかは家康しか知らないのだから恐ろしい。

この生薬作りを家康は大好きになる。南無阿弥陀仏、南無妙法蓮華経、恐怖だ。

さすがに須和や千賀に飲めとはいわないが、二人は怖がってやめてほしいと心から願うようになる。

この時、元佶は四十三歳だった。知識と知恵の宝庫である。

このような僧が家康の傍にいるようになったことを秀吉は知らない。

佶長老を傍において家康は薬草学を学び、自ら薬研で薬草を砕き危ない薬を調合するようになる。

それを他人に飲ませて効力を試すのだから穏やかではない。

死ぬかもしれない厄介な薬を、家康が調合するのだから危ないこと甚しい。

だが、家康は大いに気に入っている。困ったことで信長老も余計なことを家康に伝授したものだ。

家康の知られざる大軍師といえよう。

その三要元佶がぴたっと家康に張りつき離れなくなる。やがて初代寺社奉行に抜擢される。戦いのときも家康の傍から離れない見えない軍師になる。

一方、京に戻った秀吉は鶴松、鶴松で鶴松がいなければ、夜も日も明けない有り様になった。

「鶴松、大きくなったか？」

昨日の今日で大きくなるはずがない。それでも毎日いう。歳取ってからの子だから、秀吉は大きくなるのがもどかしいのである。どうにもならないことだ。

秀吉がどんなに鶴松を溺愛しても急に大きくなることはない。

鶴松の傍でじっと見ている秀吉は、少し頭のおかしくなった親父のようだ。

ブツブツ独り言を言っては鶴松に話しかけ、にやにや笑ったり鶴松の口を吸ったり明らかに変なのだ。

関東で薬草学に夢中の家康もかなりおかしいが、京の秀吉も相当おかしくなっている。

鶴松が生まれたから養子はいらないとばかりに、秀吉の命令で家康の次男の秀康が、結城晴朝の養子となり結城秀康となった。

秀吉はそういうことをする男だった。このことがやがて豊臣家を滅ぼすことにつながってしまう。

天正十九年の年が明けてすぐの一月四日に、家康に六男辰千代こと松平忠輝が誕生した。

母は茶阿局《ちゃあのつぼね》である。

この辰千代の誕生には双子の兄か弟がいたという。その子は文禄三年（一五九四）の生まれとなっていて二年ほど後の誕生になることから謎の子とされる。

その名は松千代といい、長沢松平家の嗣子になった家康の七男というのだが、慶長四年（一五九九）一月に六歳で夭折した。

母親の茶阿局は名をお久といって大変な美人だった。

お久は最初、遠江金谷村の鋳物師の後妻となって娘の於八を産んだ。ところが美人のお久に代官が横恋慕して鋳物師の夫を闇討ちするという事件が起きる。

お久は美人で気が強く三歳の於八を連れ、殺された夫の敵討ちをしてもらおうを処罰する。

と、鷹狩りにきていた家康の前に飛び出して直訴に及んだ。

狩り場をうろついている母子は捕らえられるが、お久の話を聞いた家康は代官を処罰する。

お久の器量を見抜いて後日、お久を浜松城に召し出して奥に入れる。

そのお久はなかなか賢い女で、家康に信頼され気に入られると、お手付きとなって側室になった。

後家好きの家康の面目躍如というか、女を見る目は確かでなかなかのものである。後家は初な娘とちがい手がかからないというがなかなか賢い女も多い。

乱暴者の代官は長谷川八郎右衛門という者に斬られて処分された。天正三年（一五七五）頃の話だとも十年（一五八二）頃だともいう。

この辰千代こと忠輝の誕生については天正十四年だともいわれる。

いずれにしてもお久が辰千代と松千代の二人を産んだことは間違いない。後に辰千代の忠輝は伊達政宗の娘、五郎八姫《いろはひめ》を妻に迎えるのだが、なぜかひどく家康に嫌われ大問題になる。

その頃、秀吉の豊臣政権は重大な局面を迎えていた。

一月二十二日に政権の屋台骨ともいえる豊臣秀長が大和郡山城で病死する。五十二歳だった。

この死が豊臣政権の最初のぐらつきといえる。

一族一門の少ない秀吉が最も信頼し、耳を傾けてきたただ一人の実弟が死んだ。空を飛ぶ鳥が片翼を失ったようなものだ。墜落するしかない。事実、豊臣家はそうなる。

秀長は浪費癖の兄秀吉を心配してか、大和郡山城に少しずつ蓄財していたという。

その遺産金は黄金が五万六千枚で五十六万両、二間四方の部屋には銀が満杯に残されていた。

秀長という人は兄の秀吉とはまるで逆な人柄だった。

地味で決して出しゃばらない温厚で誠実な人、兄の秀吉は秀長の意見をよく聞いたといわれる。

その秀長が長生きしていたら、豊臣の天下は違っていただろうともいわれた。

秀吉は朝鮮に出兵したいという考えを持っていて、それが暴発しないように抑えていたのが秀長と大政所だったという。

その秀長の死は徳川家康の考え方にも影響を及ぼすことになる。

この時、秀吉は五十五歳、家康は五十歳になっていた。豊臣政権内の秀長の存在の大きさを家康はよくわかっている。

閏正月になると家康が上洛した。

ちょうどこの頃、信長が亡くなる年の正月二十八日に、長崎を出航し南蛮に向かった四人の少年が聚楽第に現れた。

天正十年（一五八二）に日本を出て天正十八年（一五九〇）六月に戻ってきた。後に天正遣欧少年使節といわれる四人で、随員を入れても十数人の小規模な一行でしかなかった。

長崎からマカオ、マラッカ、アフリカ南端を回ってリスボンへ到着。そこからマドリード、フィレンツェ、ローマ、ミラノと回ってマドリードに戻る。帰りはリスボンから出てゴア、マカオ、長崎と九年間の旅だった。

旅の目的はローマ教皇との謁見や活版印刷の習得だったという。

四人は長崎に到着すると上洛してきた。

秀吉が伴天連追放令を出した後の微妙な時期だったが、四人を謁見した秀吉は気に入って伊東マンショに仕官を勧める。

だが、イエズス会の司祭になるとの決意が固く辞退した。

それはほかの三人も同じだった。

ただ後に、千々岩ミゲルだけは棄教してキリスト教から離れたという。その真相は定かではない。

伊東マンショは長崎にて病死、中浦ジュリアンは長崎で穴吊るしの刑により殉教死、原マルチノは追放されマカオで死去する。

ミゲルだけは消息が分からず、後年その墓というものが見つかり、その棺にはロザリオが入っていたという。

千々岩ミゲルは棄教していなかったのではないかと思われる。

四人を謁見した同じ頃、秀吉は京を囲む御土居《おどい》を築き始めた。聚楽第を城とした惣構えというような土塁である。

南北四千七百間、東西千九百間、土塁の全長一万二千五百間という長大なもので京を囲み、土塁の中を洛中と呼び土塁の外を洛外と呼んだ。

その土塁の高さは三間近くもあったという。

秀吉がなんのために御土居を築こうとしたのか、誰かが京に攻め込むとでも考えたのか目的が不明だ。

それも突貫で行われたようで三月には完成したともいうから不思議である。

天下を統一した秀吉の聚楽第を攻める敵がいるとも思えない。

また賀茂川の氾濫から洛内を守るといっても、水門があるわけでもなく大きな効果があるとは思えない。

秀吉は弟秀長の死の衝撃で少しおかしくなりかけていた。

そんな時、秀長の死に続いて事件が勃発した。千利休七十歳が秀吉に切腹を命じられたのである。

秀吉と利休の不和はささやかれてはいた。

どう考えても利休の侘び寂びの茶と、秀吉の黄金まみれのど派手な大名茶では表裏にもならない。

利休が切腹を命じられた理由は定かではないが、秀長に続く死の衝撃は大きかった。

その利休の茶の湯の弟子は、細川忠興など利休七哲を始めとして多い。

武家や商人や僧侶や庶民まで実に広く、一服の茶を喫する一期一会の思想は人間の本質に迫るものだ。

和泉の堺の商家に生まれ名を田中与四郎という。

六尺の大男は十七歳で茶の湯を学んだ。家業は倉庫に荷を預かる納屋衆の一人で屋号は魚屋《ととや》といった。

十九歳で父与兵衛を亡くし苦労するが、堺が信長の直轄領となったことで、今井宗久、津田宗及らと共に信長に召し抱えられる。

初めは織田軍の荷運びなどだったが、やがて茶頭《さどう》として用いられるようになった。

信長の死後、山崎の戦の時に秀吉に仕えた。

やがて、秀吉が「公儀のことは宰相に、内々のことは利休に……」というまで豊臣政権の中で重きをなすようになる。

茶人としては異例の三千石を与えられていた。

それが秀吉の逆鱗に触れて切腹だという。誰もが驚愕する事件で二月二十八日に利休は腹を切った。

堺に蟄居を命じられた時は、利休の助命のため前田利家や古田織部など七哲が奔走するが秀吉は頑なで助命にはならず、利休は聚楽第の屋敷に呼び戻され腹を切った。

秀吉は弟子の大名が利休奪還に動くのを警戒、上杉景勝に命じて利休屋敷を包囲させたのである。

その利休の首は一条戻り橋に、大徳寺山門の上の利休木像に踏ませる格好で晒された。

それを見たノ貫が「風流な格好だな利休よ。そなたのいない京はおもしろくない」と、手取り釜を下げて京から姿を消した。

利休の真の友は侘び寂びを突き抜けてしまった、貧乏茶の湯のノ貫だけだったのかもしれない。

この戻り橋の晒し首の恰好から、利休の切腹の理由は、大徳寺山門の金毛閣に雪駄履きの利休の木像を上げ、その楼門をくぐった秀吉の頭を踏んづけたというのだ。

おそらくこういうことを考えたのは石田三成だろう。

利休の増上慢だと秀吉が激怒したというのだが、確かにそういうこともあっただろうが、切腹の真の理由は別にあると人々は考えた。

茶器を高額で売り私腹を肥やした。秀吉と茶の湯の考え方で対立した。秀吉が所望した名物茶器を隠した。二条天皇の陵墓から石を持ち出し手水鉢や庭石にした。秀吉が利休の娘を望んだが拒否した。

秀吉は侘び茶が嫌いで華やかな茶が好きだが、利休は素朴な黒楽の茶碗を好んで長次郎がそれを焼いた。

利休は朝鮮出兵にも反対だったという。

南蛮交易を独占したい秀吉と堺の貿易を守りたい利休は対立してもいた。

権力者の秀吉と美を追求する利休では端から水と油だった。秀長が亡くなり豊臣政権内が不安定になり利休が巻き込まれた。

などなど利休の死の真相はまったくわからない。

そんな中で最もおもしろい噂がある。家康が聞いたら大きな目を見開いてひっくり返りそうだ。

それは利休が家康の間者で、秀吉を毒殺しようとしたというものである。

利休が禅の修行をした堺の臨済宗大徳寺派の南宗寺《なんしゅう》は、徳川家康と関係がありその縁で間者になった。

そこで茶の湯に毒を入れて秀吉を殺そうとした。

おもしろいが話が実におかしい。家康の生薬作りを知った者がこじつけたでき損いの話だろう。

南宗寺の創建は弘治三年（一五五七）で家康はまだ十六歳である。

いつどのような形で家康が南宗寺と縁を結んだのか、本能寺の事件の時に堺にいたからその時か。それはあり得る。

だがもう一つあり得ないと思うことは、利休が心から愛する茶の湯に毒など入れるだろうか。

侘び寂びの茶は利休の命である。その命を毒で汚すとは考えられない。

後世の愚かな創作であろう。

家康は毒を飲ませる男だが、利休はそういうことをする男ではない。なぜなら利休は一服の茶に究極の美を追求した男だからだ。

茶禅一致。おのれの死さえ一服の茶に溶かして呑み干したであろう。

そんな男だと知る秀吉は武家でもない利休に、斬首するのではなく武家のように名誉ある切腹を与えた。

この辺りに真相が隠れていそうだ。

ついに秀吉は秀長と利休という両翼を失った。天下統一を完成した途端に秀吉は飛べない鳥になったのである。

頭がおかしくなっていたとしか言いようがない。

この事態を目の当たりにした家康は秀吉の政権が危ないと直感した。

こういう混乱の時に京にいることは危険だ。何が起きるかわからない上に、騒ぎに巻き込まれる可能性がある。

家康は素早かった。三月になると江戸に向かって出立した。

君子は危うきに近寄らずだ。

おかしくなった秀吉の傍にいることが危ない。朝鮮出兵のことも知っていたが
自分の考えを言ったことはない。

この頃、奥州仕置は前年の小田原征伐の折に終わっているはずだったが、陸奥では九戸《くのへ》政実《まさざね》が不満を残していて南部信直に武装蜂起していた。

陸奥が穏やかでない上に、伊達政宗も領地を減らされておもしろくない。

家康は関東に移封されたばかりで、築城中の江戸城も満足な状況ではなく、その城下には三河や駿河から移ってくる者でごった返している。

秀吉の蔵入地二百二十万石より大きな関東二百五十万石の威力は凄まじい。

新しい城下の建設は魅力が満載なのだ。関東のあちこちから続々と人が集まってきても仕事がなくなることはない。

兎に角、人、物、銭だ。

この三つが集まるところは間違いなく発展する。

家康はその場所を海の傍の江戸と決めた。三河で生まれ駿河で育った家康は海

の重要性をよく知っていた。

何んといってもうまい魚が獲れる。

海なら船さえ浮かべれば人でも物でも際限なく運ぶことができた。

関東には大きな川が多く、浅瀬を開削すればどんな遠くからでも荷を運べる。

海へ出さずに運河にしてもいい。

家康はすぐ江戸の本格的な城下作りを始めた。

その家康が気にしているのは北の奥州だった。秀吉は家康と伊達政宗が接近しないよう、見張り役として中間の会津に蒲生氏郷を置いていた。

その奥州では九戸政実が勢いを増して一揆の様相になっている。

初めは南部信直が千人ほどの兵を連れて、小田原征伐に参陣したことから始まる。九戸政実が南部信直の留守を見計らって攻撃を仕掛けたのだ。

秀次の奥州仕置軍は平泉辺りまで進軍してきたが、代官などを置いて中途半端で引き上げてしまった。

火種は燻ぶり続け南部信直が帰国すると発火した。

南部家は古く清和源氏義光流甲斐源氏の系譜なのだ。甲斐源氏には武田、加賀美、浅利など諸族がある。

その中の加賀美一族から南部、秋山、小笠原などが分かれた。

鎌倉期になってその南部家から一戸家、二戸家、三戸家など九戸家まで多くの家が分家する。

南部信直は二十六代目の当主。九戸政実は十九代目の当主という。

似たような二人だ。

政実は武将として優れており当主になってから領地を拡大してきた。だが、豊臣政権になって惣無事令が出されており勝手な戦いはできない。

その上、小田原征伐も完了して、なお戦っての領地拡大は禁じ手だった。

だが、九戸政実は本家である南部家への正月参賀を拒否すると、五千人の兵力を集めて南部家に挙兵する。

一族の争いだが南部信直には九戸政実の勢いを止められない。

南部家の家臣たちは政実と戦っても身内の争いで、恩賞が出ないのだからと端から戦意がなかった。

そこで信直は秀吉に使者を送り九戸征伐を要請する。

秀吉はこの騒ぎを九戸政実の反乱と見て、六月二十日に秀次に対し九戸討伐軍の編成を命じた。

奥州仕置のやり直しのようなものだ。

総大将秀次は蒲生氏郷、浅野長政、石田三成、前田利家、上杉景勝などと、関東の徳川軍も入れて六万人を超える討伐軍を編成する。

その大軍は一揆鎮圧と奥州仕置の名目で出陣した。

奥州では九戸政実だけでなく、他にも大きな一揆が各地で起きていた。北上した豊臣軍は白河口に秀次軍三万と徳川軍がいる。

仙北口には上杉景勝と大谷吉継がいた。津軽方面には前田利家、利長の親子が向かう。

相馬口には石田三成、宇都宮国綱、佐竹義重軍が布陣した。

その各軍の支援を命じられたのが奥羽方面の伊達政宗、最上義光、戸沢光盛、秋田実季、小野寺義道、津軽為信などだった。

豊臣軍が続々と北上を開始して蒲生氏郷軍や浅野長政軍と合流。

ところがそんな時、家康はわずかな兵を率いて、北とは逆に西の京に向かって馬を飛ばしていた。

というのは秀吉の宝ともいえる鶴松が病に倒れたのである。

鶴松は病弱な子で小田原征伐の時も熱を発して秀吉を心配させた。鶴松が病になると秀吉は身をよじって心配する。かけがえのない関白の後継者である。

この年の閏一月三日にも熱を発した。

秀吉は全国の神社仏閣に、病気平癒の祈禱を命じる大騒ぎをしたばかりだった。秀吉は鶴松が丈夫な子になるようにと、鶴松とは呼ばせず八幡太郎と呼ばせているほどなのだ。

再び全国の神社仏閣に病気平癒の祈禱を命じる。

関白の子が死ぬはずがない。

「名医という名医を集めろ！」

そう秀吉は命じたが南蛮の名医は伴天連追放令で長崎にいる。秀吉は東福寺に入って鶴松の無事を祈った。なんとしても鶴松の命を助けたい。

だが、人の命は仏の掌にあり人知の及ぶところではない。

鶴松は八月五日に淀城で亡くなった。わずか三歳の鶴松の遺骸は、東福寺に運ばれ秀吉と対面した。

「鶴松、鶴松……」

秀吉の姿は哀れそのものであった。

「われはそんなところで寝ていないで起きろ、このととと遊ぼう鶴松……」

秀吉は泣いて泣いて近習がおかしくなるのではないかと心配したほどだ。実は、そうなのである。

この衝撃で秀吉は一気に歳を取りおかしくなった。

家康は関白がぼけたと思ったほどである。唯一の宝物の鶴松を失った一撃を秀吉は脳天に受けた。

だいぶ前のことだが、京を支配していた三好長慶が、一人息子の義興を亡くした時、その悲しい衝撃のあまりおかしくなって耄《ほう》けてしまい一年後に亡くなっている。

その長慶と秀吉はよく似ていた。

翌六日に秀吉は髻《もとどり》を切った。

それに続いて家康が切り毛利輝元が切って剃髪する。

その髪の毛の束が積まれ塚になったというから、多くの人が秀吉の悲しみに同情したのだろう。

まさに鶴松は秀吉の掌中の珠であった。

太閤秀吉

鶴松の死から間もない八月に、秀吉はついに唐入りを宣言する。

この決定の時、家康は関東にいて決定の場にいなかった。秀吉は家康に反対されることを嫌った。

秀長や利休と同じように唐入りに反対されると困る。

秀吉のいう唐入りとは朝鮮に出兵して、唐つまり明まで攻めて行くという途方もない計画だ。

宰相秀長が亡く、千利休も亡くなり、天皇や大政所も反対したというがもう誰も秀吉を止められない。

唯一止められると思われるのは家康だが、その家康が帰国している時を狙って強引に唐入りを決めた。

鶴松を失った悲しみを、戦いに向けようというような唐入り宣言である。

秀吉は戦うことによって信長に褒められ出世してきた。大軍を率いての戦いが根っから好きな男なのだ。

戦うしか能がないともいえる。だが、その秀吉を褒めてくれる信長はもういない。位人臣を極めた秀吉は猛烈な寂しさに襲われていた。

豊臣政権などは朝廷があるだけで組織は何もなかった。

天下を握ったのだから国内を充実させようとか、国内を整備しようなどという頭はまったくない。

巨大な大阪城を作ったことで大威張りの大満足なのだ。

この男に次の時代という考えはない。鶴松が生きていた時はそれでも少しは鶴松のためと考えたが、死んでしまうとまずは戦いが先になってしまう。

鶴松を失った悲しみを朝鮮で晴らそうというのだから、攻められる朝鮮も攻める大名たちも大いに迷惑だ。

政権をどうするかとか、国を治める組織をどうするかなどと思わない。

兎に角黄金があればいい。官位官職が高ければいい。それで人は動くのだからそれ以上は考えず戦いに専念する。

貧乏たらしい秀吉の根性だ。その究極が朝鮮出兵であった。

信長もそう考えていたはずだと秀吉は思う。戦い以外知らないというのが秀吉の最大の弱点だ。

結局この後、秀頼が生まれるが何も残せなかった。

遺産金の黄金七十万枚と大阪城ぐらい、それに曖昧な豊臣恩顧の大名などというものしか残さなかった。

だから大阪城は黄金七十万枚を使い果たし、軍資金が残りわずか二万枚ほどになって落城する。

黄金に頼った政権は黄金がなくなれば滅ぶのである。

恩顧の大名は誰一人大阪城に残らず一族までもが豊臣家を裏切った。恩や官位官職などというものは政権が傾くと何の役にも立たない。

豊臣家が滅んだのは、秀吉のこの戦好きから出た錆が原因である。それと老人の迷妄の執念だった。豊臣家の栄華は秀吉一代で終わる。

家康はこの秀吉の唐入り宣言には何も言わなかった。

明を宗主国として従属している朝鮮に、秀吉は日本に服従しろと要求したのだから拒否されるのが当然だ。

朝鮮と明の朝貢関係は長く昨日今日の話ではない。

そこにいきなり日本の属国になれと、秀吉は要求したわけだから「はい、そうですか」ということにはならない。

朝鮮には朝鮮の都合というものがある。

そこを強引に武力で征服して明までをも攻撃しようという。家康はあまりに壮大な計画で成功するものか、失敗するものか皆目見当がつかないというのが本心だった。

ただ、秀吉の五十五歳という歳を考えると計画が完結するとは考えにくい。家康は反対もしないが賛成もしないという立場だ。秀吉がどうしてもやりたいのを止めることはできないと思う。

利休の死の原因はこのことだったような気がする。

日本の大軍が海を越えて大陸に派遣される。それは遥か神代の昔にあったとは聞くがかなり危険なことだ。

逆に大陸の大軍が日本に攻めてきたこともあった。

古いことだが一度目は寛仁三年（一〇一九）の、刀伊《とい》の入寇で対馬や九州方面では甚大な被害を出した。

この刀伊の侵攻は藤原道長の頃で、何度も九州の沿岸を荒らし回っている。

二度目の侵略は文永十一年（一二七四）と、弘安四年（一二八一）の二度の元寇すなわち蒙古襲来だ。

この元寇でも九州や西国の一部は甚大な被害をこうむった。

だが、こういう大掛かりな海を越えての計画はなかなか成功しない。大陸の陸上戦とは話が違う。

海というのは恐ろしい場所なのだ。

案の定、刀伊の入寇も二度の元寇も、大陸軍は大失敗して敗北している。

兎に角、日本から海を越えて兵糧や武器弾薬を大量に輸送する、兵站を考えただけでも気が遠くなる。

家康はそんなことを考えるが、秀吉に反対するようなことは言わない。

秀吉は唐入りに憑りつかれている。九月になると秀吉はルソンに対しても服属するよう要求した。

この関白の頭は鶴松の死の一撃で壊れかけていた。

秀吉は暴走したとしか言いようがない。戦好きというか無知というか、鶴松の死の一撃で急速に歳を取ったようだった。

人はあまりに大きな衝撃を受けるとこうなる。だが、この国にただ一人の関白がそんなことでは困るのだ。

この頃、堺の貿易商で納屋助左衛門という男が、呂宋《るそん》助左衛門と呼ばれ巨万の富を築いていた。

秀吉に交易品の蠟燭、麝香《じゃこう》、呂宋壺などを献上して保護されている。

そのルソンにはスペイン艦隊が時々現れていた。

調子に乗って秀吉があまり強引なことをすると、そのスペインに喧嘩を売ることになりかねない。

日本を植民地にしようと狙っているのだから危ない話だ。

スペイン艦隊は信長の頃から、乱世で武器弾薬を大量に持っている日本に手を出せないでいた。

迂闊に手を出すととんでもない反撃をくらうと思っている。

宣教師を通じて信長の鉄甲船や長篠の鉄砲戦など、スペイン艦隊は日本の状況をよく理解していた。

多くの国々を武力で植民地にしてきたようにはいかないと警戒していた。

それにスペイン無敵艦隊は天正十六年（一五八八）七月に、イギリス、オランダ艦隊とイギリスのドーバー海で戦って敗北している。

そういう世界情勢を秀吉が知っていたとは思えない。

このイギリスとの戦いでスペイン無敵艦隊百三十隻は、半分が沈められ帰還できたのはわずか六十七隻という。

無敵艦隊が壊滅しそうなひどい戦いだった。

その再建が急がれていた時期で、ルソンや日本までとても手が回らないときだった。そんな時だから良かったが鶴松を失った秀吉は明らかにおかしかった。

もう誰の話も聞かず戦いを無闇に急いでいる。

十月に入ると黒田官兵衛に命じて、九州の名護屋に大きな城の築城を開始。大陸に渡海する拠点になる城だ。

秀吉が自ら大陸に乗り込もうというのだから恐ろしい。

そんなことになれば、日本軍は大陸の奥深くに引きずり込まれ、生きて戻れない危険な戦いになる。秀吉は大陸の恐ろしさを知らない。日本軍はたちまち兵糧不足になり飢えるだろう。

それに明軍が朝鮮の崩壊を黙って見ているはずがない。

そんな危険な方向に着々と支度が向かって行った。信長と違い秀吉はそういう世界の動きにまったく無知だった。

この頃の日本と朝鮮や明との関係は良好とは言えない状況にあった。

唐人の貿易商王直が倭寇の大頭目となって、五島列島に根城を構えて暴れ回り、天文二十二年（一五五三）には朝鮮水軍と激突、明や朝鮮に上陸して悪さをしていた。

倭寇とよばれる唐人と倭人の海賊たちだ。

そんな倭寇も秀吉の海賊禁止の命令や、明の取り締まりが強化されて姿を消す方向にあった。

明との関係は三代将軍足利義満が建文帝や永楽帝の冊封《さくほう》を受けるなどして、勘合貿易が盛んにおこなわれたのだが、その子の四代将軍義持が、勘合貿易は朝貢であるといって明との外交を断絶する。

つまり日本は明に従属的な朝貢はしないということだ。

以後、六代将軍義教が復活させようとするが、実現せずに正式な外交関係はほとんどなかった。

行われていたのは民間の交易である。そんな状況下での秀吉の朝鮮出兵だ。

薩摩にいた唐人医師の許儀俊は、「朝鮮はすでに日本に服属して明への侵攻に協力するつもりだ」などと騒ぎ出す。

日本には唐人がそれなりに住んでいて、その者たちが見てきたような噂を流すものだから、明の猜疑心がいつまでも消えなかった。

秀吉は本気で明まで行こうとしている。それを誰も止められないのだから仕方がない。

その秀吉がいつ頃から唐入りを考えるようになったか、その理由が何だったかはまったくわかっていない。

秀吉のことだから何か深刻な理由があったとは思えない。

おそらく信長が生前に「おい猿、そなた明に行ってみようと思わないか？」などと聞いたのかもしれない。

「明とは海の向こうの天竺の手前で？」

「そうだ。明は天竺に近いな」

「すると船で？」

「馬鹿者、大軍で朝鮮から攻めて行くのだ。物見遊山で行くのではないぞ」

「大軍が海を渡って朝鮮に行き明に攻めて行く。なるほど……」

「兵力は二十万だ」

「に、二十万ッ？」

「おもしろいぞ！」

「是非、それがしが先鋒を相努めまする！」

「うむ、九州から渡海する。船は三千隻ぐらいだ！」

そんな話があったに相違ない。

その気宇壮大な唐入りを本気にした秀吉が、計画を信長から引き継いだと思っている。

だから簡単に「朝鮮に行くぞ！」などといえる。

「猿ッ、明に行くぞ。続けや！」

そんな信長の南蛮胴をつけた雄姿が、秀吉には見えているのかもしれない。

「猿、よくやった！」

そう褒めてくれる信長が秀吉の傍にいつもいるはずなのだ。だから朝鮮に行き、明にも行くのである。

その秀吉の気持ちを見抜いている人が一人だけいた。

それは秀吉の正室、北政所ことお寧さんである。「秀吉殿は信長さまと明まで行きたいのだわ」とわかっていた。

だが、秀吉を褒めてくれる信長さまはもういない。

母親のお仲に「唐入りだと、お前は馬鹿者か！」と叱られても、秀吉が唐入りすると言い張るのを、お寧さんは信長を慕う秀吉を仕方ないと見ている。

「もう、どこにもいない信長さまを、秀吉殿は天竺まで探しに行きたいのでしょうから……」

お寧さんは秀吉が信長に拾われた時からのことを知っている。

秀吉にとって信長は神に等しいとお寧さんは思う。家康もお寧さんと同じようなことを考えていた。

だが、そんなことで唐入りを実行されてはたまったものではない。

その家康は十一月になると相模、武蔵、上総、下総など関東の社寺に、関東繁栄の祈願のため寺社領を寄進した。

広大な関東八州を発展させるには神仏の力がどうしても必要だ。

家康は朝鮮出兵のこともあったが、まずは新領地の関東を安定させる必要がある。それにぴったりの男がいた。

武田信玄が育てた猿楽師の土屋長安こと大久保長安という男だ。

後に天下の総代官とも怪物ともいわれる天才である。この年、武蔵八王子に八千石を与えたばかりだ。

北条氏照の旧領で表高は八千石だが実高は九万石といわれる。

そんな大きな領地を武田の旧臣に、いきなり九万石などとんでもないことで、名目上八千石とし大名ではなく家格をグンと下げた。

それでも家康の譜代でもないのに八千石は破格の待遇だった。

やがてその怪物の活躍が始まり、家康の領地二百五十万石のうち、百五十万石の直轄領を中心に長安が安定させることになる。

家康が三要元佶と大久保長安という二人の天才を手にしたことは、幸運というよりは前世の行いの天祐神助というべきであろう。

神は時々こういう悪戯をする。

逆に秀吉は神から見放された。

愚かにもほどがある朝鮮出兵の支度は突貫で行われた。

九州名護屋の築城は縄張り奉行が黒田官兵衛、築城総奉行が浅野長政という布陣で行われた。

「野も山も空いたところがない」と、いわれるほど全国から大名衆が集められる。

急がれたのは城だけではなく船の建造だ。

その船は十万石につき大船二隻、その大船は長さ十八間、幅六間と隻数と大きさが決められた。

秀吉の蔵入地では十万石につき大船三隻、中船五隻を造る。水夫は湊の家百軒につき十人を出すこと、水夫には俸禄として二人扶持を与える。一人扶持が米五俵だから十俵と勘定した。これは人一人が一日に五合の米を食うとしての勘定だ。

戦場では一日に六合を食うと勘定されていた。

家に残された妻子には給金を支給する。

その船は摂津、播磨、和泉の湊に集結させ、それと同時に兵糧米を四十八万人分と馬草を集める。

軍資金も金貨、銀貨が大量に造られた。

十二月二十七日に秀吉は関白職を、甥の内大臣秀次に譲り自らは太閤となった。太閤というのは古くは、摂政関白や太政大臣の現職をそう呼んだが、この頃は摂政関白を退き子が摂政関白を継承した場合にそう呼んだ。

出家すると禅定太閤または禅閤という。秀吉は朝鮮出兵の指揮を執るから出家はしないで頑張る。

大雑把に内政は関白秀次が行い、外交は太閤秀吉が行うと決めた。

この豊臣政権には他に何人かの奉行はいるが、とてもとても統治組織らしいものにはなっていない。

豊臣家は武家ではあるが、朝廷における最高位の公家でもある。正確にいえば豊臣政権などというものはない。秀吉は天皇の臣下なのであって奉行などは豊臣家の家政に過ぎない。

朝廷は秀吉に征夷大将軍を渡さず、官位官職でうまく朝廷内にとり込んでいた。つまり、秀吉が唐入りに成功すれば、天皇も唐に動座するという恐ろしい計画なのだ。どう考えても秀吉の頭はおかしくなっている。

全国からの兵の動員も厳しく決められた。四国、九州方面の大名は一万石につき六百人を招集すること。

西国、紀伊方面は一万石につき五百人、五畿内は四百人だった。

近江、尾張、美濃、伊勢の四ヶ国は三百五十人、遠江、三河、駿河、伊豆までは三百人と決まる。

箱根から東は二百人となり、越後と出羽は遠いので二百人となった。

若狭から能登までは三百人と細かく決められた。

十二月までに大阪に集結せよとの大号令である。ただし、動員は一律ではなく大名の都合はそれなりに認められた。

兵力は西日本の大名たちから多く集められる。

この計算だと家康の徳川軍は五万人ということになる。

だが、家康が連れて行った徳川軍は一万五千人だけで、あまりに兵力が少ないため秀吉が不機嫌になったという。

この兵数からも家康が出兵に反対だったとわかる。

日本の総石高は二千万石と考えられていて、一万石平均二百五十人とすると日本の総兵力は五十万人ということになる。

その中から二十五万から三十万人を動員するのだから容易ではない。

そのうち水軍が一万人ほどであった。

毛利水軍は本隊の中に含まれていたが、それでも日本水軍は一万数千人でしかない貧弱さだ。

秀吉が水軍をどれだけ重視していたか疑問だ。

日本は四方が海の国だから、水軍は少なくとも軍船を中心に、五万人ぐらいは欲しいところだ。ところが秀吉は海での戦いをしたことがないのである。

運搬船ばかりで軍船が少な過ぎたようだ。

秀吉は信長の鉄甲船を真似て建造したが、船が裂けて海に浮かばなかったともいう。

朝鮮から明まで行こうとするなら陸上だけでなく、海にも信長の鉄甲船のような戦う船を四、五百隻は浮かべる必要がある。

そういう備えがないまま陸上から押して行く戦いだけでは危ない。大陸の遥か彼方の明まで、二十万もの大軍で侵攻して行くなどという大計画の実現は難しいだろう。

掛け声だけが勇ましくても戦いは厳しくなる。

天正二十年（一五九二）の年が明けると渡海する日本軍の編成が始まった。第一軍から二十一軍まで三十万人の大編成である。

一軍から四軍までが二月に渡海するという予定がたてられた。

だが、あまりに急で早い計画のため、小西行長などが渡海に異論を唱え、二月の渡海は中止になる有り様だった。

第一軍一番隊一万八千、案内人宗義智、大将小西行長と決まる。

二番隊二万二千、大将加藤清正。三番隊一万千、黒田長政。四番隊一万四千、大将毛利勝信。五番隊二万五千、大将福島正則。六番隊一万五千、小早川隆景。

第二軍七番隊一万七千、渡海軍総大将宇喜多秀家で総奉行が石田三成と決まった。

八番隊一万五千、大将浅野幸長。九番隊二万五千、大将豊臣小吉秀勝、この秀勝が釜山で陣中死したため代わりに織田秀信こと三法師が率いることになる。

水軍一万八千、船大将九鬼嘉隆。

渡海軍の総兵力は十六万二千人という大軍団だった。

得意満面の秀吉の出陣は三月一日の予定だったが、直前になって眼病を患ったため出陣が延期になる。

三月二十六日になって早朝に秀吉が参内し、後陽成天皇に出陣を奏上してから出立する。

すでに第一軍一番隊は三月十二日に壱岐から対馬に渡っていた。

秀吉不在でも後続軍が次々と渡海を開始して、二十三日には第一軍が対馬の北端豊崎に集結していた。

第一軍が上陸するのは朝鮮の南端釜山湊である。

日本側から最後通牒が渡され、朝鮮国王が服属し日本軍の通過を認めるか、それとも戦うのか返答待ちの状況になっていた。

二つに一つという強引な最後通牒だった。

これに対する朝鮮国王からの返事は要領を得ないものであった。

だが、返答期限の過ぎた四月七日になって、朝鮮国王の真意は最後通牒を拒絶することだと判明する。

その頃、秀吉は厳島神社を参詣し毛利家の接待を受けるなどしていた。

太閤秀吉の出陣は悠々というか、本当に渡海などするのかと思わせるのろのろした行軍である。

四月十二日の辰の刻に第一軍一番隊の一万八千人が、七百隻の大小の船に馬や兵糧、武器弾薬と共に対馬大浦を出発した。

午後未の刻には小西行長と一番隊が続々と釜山湊に上陸を開始。

翌十三日の早朝から、宗軍の五千人が釜山城に攻撃を開始したのを皮切りに戦いが始まった。

昼頃には釜山城が早くも落城する。同じ頃、小西行長も戦いを始めていた。

釜山から逃げた者たちが、十六日の朝に漢城に着いて、日本軍の襲来を国王が知ることになった。

朝鮮国王も少々のんびりしている。

すぐ、会議が開かれたが国王は不機嫌になって会議に出なかったという。

国王は秀吉の服属話を本気にせず、まさか本当に攻めてくるとは、考えていなかったのかもしれない。

王朝の大臣たちはすぐ防衛の軍を編成する。

だが、文官だけでなく軍官も出陣を辞退したというから、日本軍の突然の襲来に驚き戸惑って態勢が作れない。

この時、勇気のある六十人ほどの軍官だけが南に向かう。

突然の日本軍襲来で朝鮮王朝は大騒ぎだった。

破竹の勢いで北上してくる日本軍に対して、王朝内が大混乱になったのには理由があったという。

この頃、朝鮮はひどい飢饉に見舞われていたというのだ。

そういうことであれば朝鮮王朝も朝鮮軍も、日本軍と戦えるような状況になかったのかもしれない。

そんな時に攻められた朝鮮の人々が可哀そうだ。

何はともあれ戦いに巻き込まれないように逃げるだけだ。

四月十七日には二番隊、三番隊、四番隊が続々と釜山に上陸、二番隊、三番隊は陸路と海路から梁山《りようざん》と蔚山《ウルサン》に向かう。

その三番隊は洛東江の河口にまで攻め込んだ。

秀吉は四月二十五日に名護屋城にようやく到着する。

朝鮮から海を越えて景気の良い戦勝の報告が、次々と伝えられ上機嫌の秀吉だった。

講和

九州の名護屋城に全国から大名が集まっていた。

その名護屋城には秀吉の本陣が置かれ、旗本や弓鉄砲隊、馬廻り衆など十万人が待機している。

その他に後詰めの予備軍が七万三千人ほど残された。徳川軍、伊達軍、最上軍、前田軍、上杉軍、真田軍、蒲生軍、佐竹軍、織田軍、結城軍など東と北の大名たちである。

その頃、日本軍は向かうところ敵なしの状況だった。

それは国が疲弊していて朝鮮王朝がほとんど備えをしていなかったからだ。日本軍の各隊が先を争って大軍を北上させている。

朝鮮国王が漢城を放棄すると決めたのは早かった。

国王が漢城から出ることに官人も民も猛反対したという。だが、そもそも漢城とその都は守りに不向きだった。

守ろうにも兵力が不足ではどうしようもない。

その兵力を補強しようと住民を集めたが、七千人ほどしか集まらずそれも儒学生や胥吏《しょり》や奴婢などだったという。

とても戦いに使えそうもない烏合の衆ばかりだ。

その頃、早くも日本軍の小西行長軍や加藤清正軍が漢城に迫っている。

四月二十九日早暁、まだ暗く小雨が降っている中、国王は灯りを道案内に百人余の家臣だけで漢城を出た。

王と王妃、幼い王子たちは轎《きょう》に乗り、世子《せいし》の王子は馬、官人や女官は徒歩だった。

国王と王妃一行は西へ向かう。

振り向くとすでに漢城の周辺まで火災が広がっている。この時しか漢城からの脱出の時はなかった。

火を放ったのは乱民たちで略奪が始まっていた。

小西軍一万八千、加藤軍二万二千に包囲されてからでは手遅れだ。

国王はぎりぎりまで我慢したが、もうこれまでだと覚悟を決められて漢城から出られたのである。

だが、その国王に民を捨てて逃げるのかと石を投げた者がいた。

小雨はやがて大雨になり国王はずぶぬれになった。轎を捨て馬に乗り換えての逃避行になった。官人たちが国王を捨てて漢城に戻り、従者たちもいつしか一行から離脱して姿を消した。

国王に供する食事もなかったという。

翌三十日に国王は会議を開き、この窮状を明の皇帝に知らせることを決める。家臣たちはみな泣きながら、国王が国外に脱出されれば、我々の国ではなくなると訴えたという。

そこで国王は北の開城に行く決心をする。

だが、従卒が逃げていなくなり国王一行は立ち往生になってしまった。そこに数百人の兵を連れた家臣が合流して国王一行は救われたという。

夕刻には開城に到着した。

その避難してきた国王にも石を投げる者がいた。その上、こういう混乱の時にも権力を争う家臣たちがいる。

それはどこの国でもありうることだ。

日本軍は五月二日に漢城を陥落させてしまう。

その日本軍が城内の伏兵を警戒して入城しないと、放火や略奪して騒いでいた反乱民が門を開いて日本軍を入れた。

その上、手真似で必要な物はないかと親切なので、日本兵の方が面食らったという。

開戦からわずか二十一日しかたっていなかった。朝鮮国王は日本の攻撃が本当にあるとは思っていなかったのだ。

まったくの無防備で釜山から漢城まで日本軍が一気に攻めてきたのである。

その日本軍は国王を追わなかった。

小西軍は漢城を休息場所にした。五月五日には小西行長を二番隊の加藤清正が訪ねてきて会見する。あまりの無抵抗に日本軍は拍子抜けしたのだろう。それほど朝鮮王朝は弱体化していたのである。

この頃、秀吉は本気で渡海を考えていた。

その秀吉から逃亡した民に家へ戻るよう命じるようにとか、漢城の宮殿に秀吉の御座所を設けるように、などなど日本から次々と指図してきた。

日本軍の目的は明との国境に行くことである。

朝鮮の国土を荒らし回ることではない。

五月七日に三番隊の黒田長政軍が漢城に到着、漢城と釜山の間に数十里ごとの関所や、連絡用の狼煙台なども作られた。

十日には四番隊の毛利勝信軍が漢城に到着した。

その後には五番隊福島軍、六番隊小早川軍が続いている。漢城に日本軍が続々と集結しつつある。

陸上軍は順調だったが水軍の方はそうはいかなかった。

五月七日払暁に李舜臣が率いる朝鮮水軍九十隻ほどが出撃し、昼頃に巨済島の玉浦で停泊中の日本水軍五十隻ばかりを発見する。

停泊していたのは藤堂高虎が率いる紀伊と熊野の水軍だった。

軍船と輸送船で大小の船が停泊していた。朝鮮水軍が接近してくると数の少ない日本水軍は果敢に迎撃へ向かう。

日本水軍の猛攻に驚いた朝鮮水軍の六隻が戦わずに逃げた。

それを見た李舜臣が味方を励ましながら日本水軍に突撃を開始する。朝鮮水軍はこれまで倭寇という海賊と戦ってきた。

その海賊は船を接舷させて斬り込んでくることから、李舜臣は日本水軍に近づかず接近戦を嫌う戦法を取っていた。

この戦法がなかなか微妙だが効き目がある。

朝鮮水軍は日本水軍と距離を保ちながら、弓矢や火砲を放って日本の船が接近すると離れる。

そこに火矢を放って日本の船を焼き払おうとした。

これが海賊と戦う時の戦法で、日本船に接舷させると斬り込まれる。接近戦の斬り合いは苦手なのだ。

李舜臣は船を離して火矢を撃ち込み日本船を焼き払う作戦だ。

この倭寇との戦い方が実に見事でうまいこと功を奏した。

日本船があちこちで燃え始めると、日本兵はたまらず船を捨てて、海に飛び込んで海岸まで泳いだ。

日本水軍は四十隻が燃えて沈没したが、この時の朝鮮水軍は一隻も沈まなかった。この船から離れて戦う方法がよかった。この海での戦いで朝鮮軍が初めて勝った。それも大勝利だった。こういう実戦を日本水軍は経験していなかった。

李舜臣は斥候船を出して巨済島の周辺にいる日本船をくまなく探させる。

海上を北に向かう日本船五隻を発見。

これを朝鮮水軍が追跡する。

逃げる日本船が海上戦は不利と見て、合浦に逃げ込むと船を捨てて上陸、兵たちは無事だったが海岸の五隻は焼き払われた。

五月八日にも斥候船が日本船十三隻が赤珍浦に停泊中なのを発見する。

水軍が猛攻を仕掛けると日本軍は船に戻らず、陸上から鉄砲で応戦してきたため船を焼いて引き揚げた。朝鮮水軍は木造船が火に弱いことを知っていて火矢を使う。それに日本水軍は兵糧を運ぶ船ばかりで軍船が少なかった
李舜臣は戦果を挙げて日本軍に反撃される前に本土へ戻って行った。

日本軍が漢城に集結している頃。開城の国王は漢城と開城の間の川に、兵を集結させて防衛しようとしていた。

川沿いに一万二千人、開城防衛に一万三千人の兵を集結させる。

だが、北上を開始した小西軍一万八千と、合流した加藤軍二万二千に五月二十七日に撃破された。

他にも漢城奪還に志願兵を集めて、十万人に膨れ上がった軍団もいた。

それも所詮は、寄せ集めの集団で龍仁城を奪還しようとするが、日本の城兵六

百人と脇坂安治の援軍千人に敗れてしまう。

あえなく十万の朝鮮軍は崩壊してしまう。漢城奪還など夢の話で武器を捨てて逃げてしまった。食うものを満足に食っていない兵は十万でも戦えない。

戦う軍団はただ数が多ければいいというものではない。

食うものを食わせ武器の扱いを訓練させ、何よりも戦う士気が高くなければ、敵と対峙した時にすぐ逃げたくなってしまう。

そんな兵は兵とはいえず烏合の集まりの一揆集団のようなものだ。

朝鮮国王が漢城から逃げたことを聞いた秀吉は上機嫌だ。その秀吉が朝鮮のことをどこまで理解していたかだ。

この後、日本軍はとんでもない苦戦を強いられることになる。

関白秀次にあれこれと細かな指図をする中で、秀吉は自分の渡海が近いことなどを知らせている。

他にも秀次を大唐関白にするとか、京から大唐に遷都するなどと、わけのわからないことを書いて寄こす。

大言壮語もたいがいにしないと狂人と思われる。

天皇には大唐へ行幸していただき、北京の周辺の国を十ヶ国献上するなどとも書いてあった。

秀吉は酒に酔っているのか気がふれたとしか思えない。

日本の天皇には若宮に昇っていただくなど、誇大妄想のわけのわからないことを書き連ねてくる。

もう秀吉は明の皇帝になると決めているようだ。完全に頭が行っちゃっている。

その頃一番隊の小西行長は漢城から開城に北進した。

開城も放棄して北へ逃げる国王を追って、三番隊の黒田軍と合流して三万の大軍が平壌に向かった。

平壌を防衛する朝鮮軍は一万ほどしかいない。

日本軍が平壌に迫ると国王は明の遼東に近い義州へ逃げた。明軍の救援がない限り朝鮮軍だけでは日本軍を止められない。

国王はじりじりと追い詰められた。

六月十四日に朝鮮軍は川を渡って日本軍に奇襲を仕掛けたが、逆に背後から攻撃を受けて平壌に退却。

どうしても日本軍への攻撃がうまくいかない。

その夜、朝鮮軍は平壌を放棄して順安へと逃走した。翌十五日に小西行長軍が平壌を制圧する。

この時、日本軍が城内に入ると数十万石の兵糧が残っていたという。それだけの兵糧があればまだ日本軍と戦えたはずだが、その逃げ出した朝鮮軍の士気は高くなかったのだろう。

苦労して集めただろう兵糧はすべて日本軍が押収する。

この頃、渡海するという秀吉を、家康が「今はまだ太閤殿下が海を渡る時ではありません」と諫めていた。

そんな折も折、七月二十二日に大阪城で秀吉の母お仲が死去する。

秀吉がこの世でもっとも愛したのが大政所のお仲だ。

そのお仲は秀吉が関白になっても、「お寧さんを泣かせて、この馬鹿者が！」と怒ってひっぱたいたという。

秀吉は関白秀次から危篤の知らせを受けると、大急ぎで船を仕立てて大阪に戻ってきたが、湊でお仲の死を聞き卒倒する。

秀吉にとってお仲はそれほど大切な人だった。

お仲は百姓だから大阪城内に畑を耕していたともいう。心の正しい人だったのであろう。

尾張から連れてこられ金ぴかの着物を着せられ、お仲さんはどんなに迷惑だったことか、それを知っているのはお寧さんであろう。

ついに秀吉は最愛の母を失った。

その秀吉は九州に戻らず、京と大阪の間の伏見に指月《しげつ》城の築城を始めてしまう。伏見城ともいう。朝鮮での戦いを放り投げてしまった。

九州の本陣に秀吉が不在でも朝鮮での戦いは続いている。

七月二十四日に平壌に入った小西軍と黒田軍は動きを止めた。小西行長は朝鮮国王や明との和平交渉を考え始めていた。

その頃二番隊の加藤清正軍二万二千は開城から安城に向かい、そこから北上せず東の安辺に出てそこから海沿いに北上を始めている。

二番隊は各地で戦いながら吉州、鏡城を奪い、なお北上して七月二十三日には会寧にまで侵攻、国王の二人の王子が地元民に捕まっていたが、その二人を清正軍九千が向かって捕縛した。

この北辺の地は朝鮮王朝の流刑の地でもある。

流人や左遷された者などの吹き溜まりで、国王に対する不満が渦巻いていた。

その上、痩せた土地柄で物が少なかった。

清正は長居をするところではないと直感する。そればかりではなく、北辺のオランカイの女真族と朝鮮人がうまくいっていない。時々争いが起きていた。

清正軍はオランカイまで侵攻するがすぐ戻ってくる。これから寒くなる北辺に日本軍がいたら、凍死して全滅しかねない極めて危険な地域だった。

やがて清正は安辺まで戻ってくると内政に力を入れる。日本の支配に納得しない者たちが義兵を集め、あちこちで日本軍に戦いを仕掛け始めていた。

誰だって他国に国は取られたくない。

そういう時は勇気を出して戦うしかないのだ。

朝鮮義兵が吉州を包囲するなど逆襲も見られた。だが、義兵が日本軍に襲撃を仕掛けて失敗することも少なくない。

戦いがあちこちに広がり四番隊、五番隊、六番隊、七番隊が朝鮮各地に侵攻している。

秀吉は五月には渡海して、年内には明に侵攻できると考えていた。だが、ことはそう簡単に行く話ではない。

明の援軍が最初に現れたのは七月十六日で、遼東の明軍五千ばかりが平壌を急襲する。

この明軍を小西行長軍が撃破するが、早々と明軍が参戦してきたことは日本軍には脅威となった。

すぐ軍議が開かれ、日本軍の年内の北上は平壌までと決める。

明軍の出方を見るためにも一気に北上するのではなく、後方の漢城の防衛を固めることにした。

明の朝廷は明軍五千が平壌で敗北したことを重く考えた。

そこで明は使者を出して日本軍に和睦を提案する。

それを受け日本軍は朝鮮奉行の石田三成と増田長盛、大谷吉継と秀吉の使いの黒田長政らが相談、漢城に日本軍の諸将を呼んで軍評定を行う。

そこで二つのことが決まる。

一つは年内の唐入りの延期、もう一つは秀吉の朝鮮への渡海の中止であった。

この二つを秀吉に進言することになった。

日本軍も秋から冬にかけて、平壌以北に侵攻するにはためらいがある。

夏の装備で大陸の北に向かうことは極めて危ない、明軍との戦いより寒さとの戦いで自滅する危険があった。

そこで日本軍は和睦提案を受け入れ明軍との交渉に入った。賢明な対応である。

大陸の冬は早くその寒さは半端ではない。冬装備のない日本軍など立ったまま凍ってしまう。

七月二十六日には元気のいい朝鮮軍一万が、平壌に攻撃を仕掛けたが小西軍に敗れ撤退する。

こういう戦いがあちこちで勃発した。

九番隊だけを釜山に残し日本軍は朝鮮の各地に展開を始めている。この頃、加藤清正はオランカイに侵攻し女真族の城を攻撃していた。

女真族とうまくいっていない朝鮮人の三千人が、加藤軍に参陣してオランカイで戦ったという。

だが、女真族の反撃が激しく加藤軍は引き返す。

清正は秀吉にオランカイから明への侵攻は無理だと報告した。

その女真族の長ヌルハチは明と朝鮮に支援を申し出るが、両方とも北方の野蛮人の支援は受けないと断る。

それぞれの国はそれなりに事情がある。

日本では古くは女真族を刀伊と呼んで恐れた。

それは朝鮮も同じで、刀伊は朝鮮の東の海岸沿いを荒らしながら南下し、日本にまで大軍で攻め込んできた。

それを刀伊の入寇というが被害は甚大だった。

女真族と朝鮮人はそんな歴史があってかなりの不仲である。

この時の戦評定に加藤清正はオランカイにいたため参加できなかった。このことが後に三成と清正が不仲になる原因の一つになった。

八月二十九日に明と日本軍の間で五十日間の休戦が成立する。

これに朝鮮国王たちは強く反対するが、明が決めたことに支援を受ける朝鮮は押し切られた。

この時、明軍は日本軍と本格的に戦う支度ができていなかった。

明にとっても日本軍の侵攻はあまりに突然だった。そのため休戦期間に明軍は大急ぎで戦いの支度を整える。

それは日本軍殲滅作戦という大掛かりなものだった。

日本では暮れになって改元が行われ、天正二十年十二月八日が文禄元年十二月八日に改元された。

その頃、明軍は一歩たりとも日本軍を国内に入れない覚悟でいる。

新たに編成された大軍は精鋭ばかりで四万三千人、明の名将に率いられて十二月二十三日に朝鮮に入り平壌に向かってきた。

文禄二年（一五九三）正月、明軍は平壌郊外の順安に使いを出して日本軍と接触する。

明の朝廷は講和を許可したから、その使者が間もなく到着するはずだと小西行長に伝えさせた。

これが実は罠だった。明軍はこういう敵を騙す謀略がうまい。

講和によろこんだ小西行長は正月三日に、竹内吉兵衛ら二十人を迎えの使者として順安に派遣する。

だが、途中で明軍に待ち伏せされて生け捕りにされる。

何人かが辛うじて敵の包囲を突破して平壌に戻ってきた。小西行長は騙されたことを知り全滅覚悟で籠城する。

明軍四万三千に朝鮮軍八千が合流、五万千人に膨れ上がって平壌城を包囲した。

小西軍は一万五千人ほどで城に籠り、明軍と朝鮮軍の猛攻に耐えることになった。明軍は仏狼機《フランキ》砲などの火器で平壌城の外郭を破壊して攻めてきた。日本軍は城内に追い詰められたが、鉄砲などの火器は明軍が考えるより充実していて、明軍は攻撃を繰り返したが落とせない。

苦戦を強いられ長引くことが考えられる。

すると明軍は包囲の一部を解いて日本軍の脱出を促した。

さすがに名将は戦いを知っていて、自軍の損害を大きくしたくない。籠城の日本兵が多過ぎると見たのだ。

無理に攻撃を強行すれば、明軍に何人の犠牲が出るかわからない。

一万五千の籠城兵を殲滅するには数千人、場合によって籠城兵より多い犠牲者も覚悟しなければならないだろう。

そんな戦いをしては勝っても意味がない。

まだ戦いは始まったばかりで大きな犠牲は出せなかった。できれば無傷のまま平壌城を奪還したい。

これから南下して戦うのに、ちょうど手ごろな拠点にできる。

その頃、日本では一月五日に正親町上皇が崩御した。

乱世の中で皇室と朝廷を守り抜いた天皇だった。信長という男との確執は天皇の冷静な判断で乗り切ったといえる。

信長は天皇に敗れたのだ。

平壌城の包囲が解かれると一月七日の夜、城内の小西軍が一斉に撤退を開始した。脱出に成功しなければ殺される危険な逃亡だ。明軍は夜のうちは動かなかったが、夜が明けると三千人で追撃を開始する。逃げ遅れた日本軍が、三百人とも千五百人ともいわれるが、かなり大勢が逃亡の途中で討たれた。

小西軍は撤退を続けたが、大友宗麟軍が小西軍を支援も収容もせずに慌てて逃げてしまう大失態をしてしまう。

後で秀吉から厳しく処罰される。

逃げに逃げて小西軍はようやく黒田長政軍に収容された。

すぐ会議が開かれ一旦開城まで撤退し、漢城に集結することが決まった。だが、漢城には石田三成らがいて、日本軍の兵糧が少なくなってきていた。

朝鮮に深く入った日本軍は兵糧がなくなればすぐ飢える。飢えれば日本に戻れなくなってしまう。

九州から釜山、釜山から漢城と兵站が伸びきっていた。

それに戦いが長引き最前線にいた小西軍が、明軍との戦いに負けて撤退したことは重大である。

敵の明軍は数も多く大陸で戦ってきている兵で朝鮮軍とは違う。

十五万を超える日本軍だが朝鮮内にいるのだから、その明軍に追われ敗色が濃くなり、なおかつ兵糧が足りないとなると事態は深刻だ。

大軍は飢えやすい。

石田三成は漢城での籠城戦を考えたが、六番隊の小早川隆景が籠城ではなく、前進して敵を迎撃するべきだと主張する。

兵糧が足りない籠城戦などしては駄目だという。

武将たちの大勢は敵を迎撃するべきだということだった。明軍は平壌で勝利して勢いづいている。

一月十八日には明軍が日本軍のいなくなった開城に入った。

日本軍は漢城に集結、明軍と朝鮮軍は開城に集結し、南の漢城とにらみ合いになった。双方が一歩も譲れない対陣だ。

一月二十五日に双方の斥候隊が接触して小競り合いになった。

日本軍は六十人ほどの死者を出す。

その夜、二十六日の未明に立花宗茂軍二千が進軍を始めた。明軍と明け六つの卯の刻頃に衝突。

いきなり激戦になり巳の刻の終わり頃まで続いた。

その間に戦いの通報を受け、七番隊の総大将宇喜多秀家軍四万が、漢城郊外に出て明軍を迎撃する。

宇喜多秀家は先鋒の小早川隆景軍二万を前に出した。

その後方で宇喜多軍二万千は小早川軍を支援する構えを取った。そこに明軍二万が勢いづいて突撃してきた。

明軍の構えは左右に翼を広げ中央と三段にして攻めてくる。

日本軍は兵を埋伏させ三段の構えを包囲する策を取った。日本軍は数では倍なのだから当然の策である。

ここで負けると日本軍は飢えながら逃げなければならない。

左には立花宗茂軍や吉川広家軍など、右には毛利秀包軍や宇喜多秀家軍など、中央には小早川隆景軍という布陣だ。

小早川軍の前面には粟屋景雄隊がいて、明軍の矢面に立って戦っていたが、次々と攻め込んでくる明軍を支えられずに、じりじり後退すると明軍に追撃された。

その粟屋軍がおとりのようになって明軍が誘い出されると、素早くその後方に日本軍が回り込んで攻撃を仕掛ける。

たちまち明軍が大混乱した。そこを見逃さない。

戦いで後ろを塞がれると兵は逃げたくなる。

立花軍、毛利軍、吉川軍、小早川軍、宇喜多軍が殺到、左右と正面から攻められ明軍が必死で応戦した。

明軍の前衛が破壊され名将のいる本陣まで危なくなった。

大混戦で名将は一騎打ちで、落馬して討ち取られそうになるが、援軍がきて逆に名将を落馬させた安東常久の方が討ち取られる。

その援軍も八十人ほどが戦死するなど猛烈な殺し合いになった。

だが、明軍は徐々に劣勢となり、数の多い日本軍が戦いを有利にした。明軍は防戦に努めたが力尽きて午後未の刻には壊滅する。

小早川隆景は申の刻頃まで追撃を許したが深追いは止めさせる。

その日本軍が漢城に引き上げてきたのは酉の刻頃だった。この戦いは日本軍の完勝といえたがそれには理由があった。

それは前夜に雨が降って火器が使えず、明軍は騎馬を中心に攻撃軍を編成した。ところが戦場は渓谷のようなところで、雨の影響で泥地になって騎馬で戦うには不向きである。

さすがの名将も異国での戦いで策を誤った。

この戦いの明軍の被害は甚大で戦死者が六千人だったともいう。

明軍は北方の騎馬が中心で武器は短剣だったといわれる。それに対する日本軍は徒歩で武器は長い刀剣や槍だった。

いくら騎馬でも短剣では太刀とは戦いにならず、明軍は勇猛果敢に戦ったが次々と討ち取られた。

その明軍は戦意喪失して以後は講和交渉に方針を転換する。

日本軍はこの戦いでは勝ったが、あちこちの兵糧蔵を焼かれて、大軍の食糧調達が難しくなり始めていた。

それでなくても日本軍の兵糧は不足がちだった。

兵糧が不足すると大軍は実にもろい。すぐ飢え始める。

戦わずして壊滅しかねない。石田三成や小西行長は本格的に講和を考えなければならなくなった。

その頃、二番隊の加藤清正は安辺まで戻ってきていた。

一番隊の小西行長が平壌で敗北したことを知っていたが、清正は朝鮮王の二人の王子を捕らえていて戦いには自信満々だ。

漢城にいる石田三成や大谷吉継や増田長盛は、清正に漢城にまで撤退するよう厳命した。

その撤退命令を受け入れて加藤清正が、二月二十九日に二人の王子を連れて漢城へ戻ってくる。

清正はこの二人の王子を連れて日本に帰り、秀吉に謁見させたいと考えていた。二人の王子を捕虜にしたことは、清正の大いなる戦果になるはずだった。だが、漢城にいる石田三成たちは明との講和を考えている。

清正の武功がふいになりそうだ。

秀吉も講和には反対しておらず、話が進むと二人の王子は日本に連行せず、朝鮮国王に返還するべきではないかということになった。

この辺りから加藤清正と石田三成の考えのずれが出てきた。

清正が会寧まで行って手に入れた二人の王子だが、首も取らずに返還するのでは戦功にもならない。

清正にとってはまことに情けない話だ。

朝鮮国王に王子を返す方針が決まり、四月の末に二人の王子を伊達政宗に預けることになった。

この頃、先に兵糧が尽きたのは開城の明軍の方である。

明軍の諸将は兵糧不足を理由に帰国を望むようになり、朝鮮軍に兵糧を集めるよう明軍は要請する。

だが、冬が過ぎたばかりで食糧といわれても易々と集まるものではない。

朝鮮の官吏が明軍に呼ばれて叱責され、処罰されそうになり泣いて謝罪したが、そもそも戦乱で朝鮮の国土が荒れて民も飢えていた。

その中からわずかな食料を集めて朝鮮軍はすべてを明軍に提供した。そうなれば無惨だが民と朝鮮軍が飢える。

日本軍も兵糧蔵を焼かれて残り少なくなっていた。

明軍と小西行長、加藤清正の間で講和の条件が合意される。

その条件は日本軍が二人の王子と従者を返還する。釜山まで後退する。明軍は開城まで後退するの三条件。

それに明は日本に使節を派遣することの四条件だった。

この条件の中で漢城から釜山まで後退するというのは、日本軍にとっては大きな譲歩であった。

戦いの結果、何も残らないと同じようなことだ。

だが、日本軍もこれ以上の戦いは継続が困難である。

ここで明側は皇帝の勅使という、偽装の使節を日本に派遣することを決め、日本側は秀吉に明の謝罪の使節であると嘘の報告をする。

もはや双方が戦いをやめたいのだから、何んともいいようのない嘘まみれの講和になってしまう。

この講和交渉に国王以下反対の朝鮮は、除外されて決まった講和だった。

四月十八日に日本軍は漢城を出て、兵糧の蓄積がある釜山に向かった。明の勅使と二人の王子が一緒である。

朝鮮国王は日本軍を追撃するよう明軍に要請したが無視された。

この時、明軍も多くの犠牲を出していて、これ以上日本軍と戦うことは避けたいと考えていた。

第九章　豊臣秀頼

秀頼誕生

釜山から小西行長、石田三成、増田長盛、大谷吉継の四人は五月八日に日本へ出航した。

この一行には明の偽の勅使が一緒だった。

その明の勅使は五月十五日に、九州の名護屋城で秀吉と会見する。その会見で秀吉が七つの条件を示した。

その条件は秀吉が朝鮮で何が起きていたか知らないことを露呈する。

明の皇女を天皇の妃とすること。勘合貿易を復活すること。日本と明の大臣が誓紙を交換することなどだ。

その上、朝鮮に対し朝鮮八道のうち南の四道を日本に割譲、他の四道と漢城は朝鮮国王に返還すること。朝鮮国王の王子と家老を日本に人質に差し出すこと。捕虜にした王子二人は明を通して国王に返還すること。朝鮮国王の重臣たちに今後日本に背かないと誓約させることなどの七条件である。

秀吉は妄想だけで何もわかっていない。まるで勝者が敗者に提示する講和条件のようだった。

確かに見方によっては勝っていたかのように見えるが、日本軍の内情はこれ以上戦いを続ければ大軍が餓死しかねない。

そんなギリギリの和睦交渉だった。双方が相当に痛んでいる講和である。そこを秀吉はわかっていない。

そんな状況だったと誰も秀吉に報告できない。正直に言えば怒った秀吉に首を刎ねられる危険さえあった。

こういう権力者には嘘を言うか事実を隠すかしかない。

発覚すれば恐ろしいことになる。

石田三成と小西行長は明の勅使と会って、本国には書き直して報告すればよいと隠すことを進言した。

何んとも危なっかしい話である。

秀吉を騙し明の皇帝をも騙す。　戦いたくない日本軍と明軍の謀略というしかない。

真実を話せば間違いなく三成も行長も責任を取らされる。明の勅使と偽った使者などは死罪を免れないだろう。

この偽装に家康は薄々気づいたが何も言わなかった。

秀吉の七条件はあまりに強引だ。明の皇女とか朝鮮の半分を割譲しろなどという条件はとても呑めない。

それを書き直してもいいというのだから明の偽勅使も仰天だ。

六月二十八日に明の勅使が帰国するにあたって、小西行長の家臣内藤如安《じょあん》が答礼使として北京へ派遣されることになった。

この頃、秀吉の服属要求に呂宋から使節が派遣されてきた。

呂宋はスペインの植民地で、スペインのフィリピン総督が置かれている。

十年ほど前の天正十年（一五八二）に呂宋のスペイン艦隊に、日本と明と呂宋の海賊で構成された倭寇艦隊が、呂宋のカガヤンの戦いで敗北していた。

この倭寇艦隊の頭領はタイフーサとも、ターイフーともいう日本人だったのではといわれる。

総督はスペイン国王に「日本人は好戦的な人々だ。銃を持ち、鎧を着て多くの弓兵や槍兵を連れてくる。それらの銃はポルトガルが提供したものだ」と報告、この銃というのは先込め式の歩兵銃で、散弾も撃てるマスケット銃のことだった。明では鳥銃と呼んでいた。

スペイン艦隊は大砲を積んでいて圧倒的火力差があり、倭寇艦隊は十九隻でスペイン艦隊の七隻より多かったが、大砲に吹き飛ばされ多くの死者を出して敗北した。

日本刀や鎧などはすべてスペイン軍に奪われている。

そういうことが何度も起きていた。

秀吉はそういうことをよく知らないで、ただ誇大妄想に煽られて呂宋に服属を要求している。

スペインの総督がそんなものを相手にするはずがない。

倭寇だけでなく宣教師の報告や、呂宋助左衛門のような貿易商から聞いて、日本の実情を詳細に知っていた。

もちろん日本軍の朝鮮侵攻も詳しく知っている。

自分の家臣に騙される秀吉だけが何も知らない。

この頃、家康だけでなく秀吉の側近である石田三成や、増田長盛、大谷吉継、長束正家などは、鶴松が死んでからの秀吉の変化に気づいていた。

七月になって釜山に戻ってきた明の勅使から朝鮮国王へ、捕らえられた二人の王子が引き渡された。

明の勅使と北京に向かった内藤如安は、秀吉の書状は持っていたが明側から、秀吉の降伏を示す文書が欲しいと要求され立ち往生する。

話がこんがらかって何がどうなっているんだか困る。

明軍は皇帝に戦いは勝利したと報告しているのだから、講和したいなら降伏の証を持ってこいといわれても仕方ない。

端っから双方の嘘話の上の講和だからこういうことになる。

この事態に小西行長は秀吉の降伏文書を偽造して如安に託すことになった。一つの嘘を隠すには二十の嘘が必要になるという。

それを隠そうとすれば四百の嘘を考えなければならなくなる。

日本ではそれを嘘は泥棒の始まりといって嫌う。それに三成や行長ら秀吉の側近は手を染めた。

明でも同じようなことが起きている。

それでも戦いよりは嘘だらけの講和の方が立派だ。石田三成や小西行長はいい度胸をしている。

天下の太閤殿下を騙して兵糧不足の日本軍を助けた。

騙されたぼけ老人の秀吉の方が悪いに決まっている。

一時的にも講和にこぎつけていなければ、多くの日本兵が漢城付近で動けなくなり何万も餓死していただろう。

仏はそれを嘘も方便といって許している。

人は生きるために嘘を言わなければならないこともある。仏はそれを知っていて慈悲深く許してくれているのだ。

だが、それはあくまでも方便であって「ごめんなさい」なのだ。

悪徳の嘘が許されることはない。

閻魔大王はそれを見抜いて無間地獄に叩き落としてくれる。

この日本軍と明軍の大嘘は、戦いたくない「ごめんなさい」なのだ。

その大嘘の講和が結ばれて間もなくのこと、秀吉の側室茶々がまたもや男子を産んだのである。

こうなると秀吉は戦いなどしている暇はない。

秀吉はその知らせを聞いても、照れ笑いですぐには動こうとはしなかったという。

「茶々がまたか?」

その心当たりは秀吉にあるが他の側室がまったく懐妊しないのだ。

よほど相性がいいのか鶴松が亡くなって、また男子を茶々が産んだのだからにわかには喜べない。

「鶴松が戻ってきた!」と思うが秀吉の気持ちは複雑である。

秀吉は跡継ぎをもう駄目だとあきらめて、関白を甥の秀次に譲ってしまっている。

そこに男子誕生といわれても戸惑うのは当たり前だ。家康は男子誕生の慶賀を言上し、すぐ大阪城に戻られるべきだと進言する。

「やはりそうか?」

「何の遠慮がありましょうや、和子のご誕生こそ天下のよろこびにて、戦などはどうにでもなりますれば一刻も早く大阪城へ、茶々姫さまが寂しがっておられましょう」

「そうなるか?」

「はい、そのようなことに相成りまする」

「なるほど、茶々がな……」

茶々は八月三日に大阪城で五十七歳の秀吉の子を産んだ。

このことがやがて秀吉を狂乱へと走らせてしまう。鶴松の死後、秀吉は覚悟を決めて朝鮮への侵攻を決行した。

唐入りこそ秀吉の生きがいになっていた。

そこに思わぬ形で跡継ぎが生まれたのだから、当然、双六は振出しに戻ってしまうことになった。

というのは茶々の産む子は秀吉には特別な子なのだ。

秀吉は茶々を信長とお市姫の間に生まれた子ではないかと疑っていた。

それはお市姫が浅井長政に嫁いだ時、すでにお市姫は茶々を産んでいたといわれるからであった。

この話は少々厄介な話である。

茶々は浅井長政の子ではないと秀吉は思っている。つまり茶々の産んだ子は信長の孫ということだ。

秀吉が若い茶々を側室にした真意はそこにある。

茶々に子が生まれる心当たりは秀吉にはあった。だが、万に一つ、茶々が他の男と遊んでできた子でも、太閤秀吉が抱き上げればそれは秀吉の子であり、信長の孫だと秀吉は思っているから茶々を叱る気はない。

秀吉がその子を抱くか抱かないかなのだ。

抱けば太閤の子であり、抱かなければ密かに捨てられることになる。

秀吉はすぐ大阪城に戻る船を仕立てると、家康を連れて乗り込み大阪城に向かった。戦いを投げた。

今は家康がいう通り戦より茶々の産んだ男子である。

朝鮮にいる十六万の大軍と名護屋城にいる十万の予備軍より、秀吉にとっては一人の赤子の方が大切なのだ。

大嘘まみれの講和を隠すのにこれ以上の事件はない。天は大嘘の講和に味方した。

秀吉には明が降伏したと報告、明の皇帝には日本が降伏したというのだから話はとてつもなくひどい。

明への降伏文書には講和の条件は勘合貿易だけと書かれていた。

他の六条件は抹消である。

それに対する明の検討内容は、明の冊封下に入ることは認めるが、勘合貿易は認めないという厳しい方向だった。

つまり日本が属国になるなら許すが、それ以外は何も許さないということだ。

やがて数年後にはこれが秀吉に伝わり、何もわかっていない秀吉が怒り狂って再侵攻ということになる。

大阪城に戻ってきた秀吉は赤子の顔を覗きその子をひょいと抱き上げた。

その瞬間、赤子は秀吉の子と決まった。

「この子を門の外に捨ててこい」

秀吉は鶴松のように病弱ではなく、太閤の子らしく丈夫に育ってほしいと思った。

「松浦、棄てた児を拾って来い！」

「はッ！」

命じられた家臣の松浦重政が門に走って行くと、門外に棄てられていた赤子を拾って戻ってくる。

「泣いていたか？」

「いいえ、眠っておられました」

「そうか、そうか、さすがわしの子だ。眠りながらもう天下を握っておるわ！」

「御意！」

「よし、名は拾《ひろい》だわ！」

「お拾さま？」

「うむ、わしが拾った子だ。拾った子はよく育つというではないか？」

「御意！」

赤子を拾ったことにして拾という名にした。後の秀頼である。秀吉はこの秀頼に夢中になり朝鮮の戦いなど忘れてしまう。

明らかに秀吉の頭は壊れていた。

そんな大阪城の大騒ぎの後に十月になって家康は江戸城に帰還する。

家康は九州にいても江戸城や城下作りに細かく指示を出した。九州にいる徳川軍は一万五千だけで他は江戸に残っている。

二百五十万石の城と城下を作るのは容易なことではない。

江戸は海と川には恵まれているが、上質の水を大量に得ることが難しかった。

それは海が近いことからわかっていた。

塩っぽい水など飲めたものではない。江戸は水の良いところではなかった。

やがて江戸が大きくなり埋め立てが行われると、井戸を掘っても海水混じりの水で飲めなかった。

家康はそうなることを想定して遠くから上水を引くことを計画する。

城下が繁栄するにはまず良い水だ。

家康の上水構想は江戸の六上水として実現することになる。

その始まりは四年前の天正十八年（一五九〇）に家康が関東に入るとすぐ、大久保藤五郎に命じて小石川上水を開かせたことである。

小石川は清浄な水だったが水量が少なく、やがて井の頭から流れる神田上水を開くことになる。

それは慶長に入ってからで、江戸の拡大と水の確保は同意語であった。

十六里を開削して神田上水を整備するが、江戸の拡大が早く、より遠くから大量の水を取ることになる。

それが玉川上水であった。

遥かに遠い羽村で玉川こと多摩川から取水、なだらかな武蔵野台地を東流させ、十三里を四谷大木戸まで尾根沿いに流すという開削を八ヶ月で行う。

すべて露天掘りで四谷大木戸に水番所がおかれ、そこから地下の水道に流されて江戸の四方で使う水となった。

この神田上水と玉川上水が江戸を守る二大上水になる。

それに本所上水、青山上水、三田上水、千川上水が加わって江戸の六上水となり、百万人を超える江戸の人々の用水になった。

大川こと隅田川東岸の本所上水または亀有上水は、瓦曽根《かわらぞね》溜井《ためい》から引いた上水で、他はすべて水源が玉川上水でその分水であった。

家康の江戸城とその城下作りは急がれたが、江戸城が大きくなるのは天下普請が始まってからである。

秀吉の朝鮮出兵が一段落したのは秀頼の誕生のお陰だった。

家康が江戸に帰還して間もない十一月に、秀吉は伏見城の城下に諸大名の屋敷を普請するよう命じた。

気の早い秀吉は生まれたばかりの秀頼を大阪城に、関白秀次は京の聚楽第に、そして自分は二人の間の伏見城に構えるという考えなのだ。

人、物、銭

秀吉が大阪城に戻り、朝鮮に置き去りにされた日本軍は、あちこちで散発的に朝鮮軍と戦っていた。

講和は明軍と日本軍がしたのであって、朝鮮軍は和睦などしていない。

朝鮮軍の言い分としては当然である。

国王は講和もしていないし降伏もしていない。だが、朝鮮軍は兵糧不足で腹をすかし意地だけで戦っていた。

そんな中で日本と明の講和が進み内藤如安が明に派遣される。

文禄三年（一五九四）の年が明けた正月二十日に、小西行長は苦し紛れに降伏文書を偽造して如安に与えた。

発覚すれば腹を切る覚悟だ。

この冬の真っただ中に明軍と日本軍の戦いなど無理だ。

釜山にいるだけで凍えそうなのに、漢城まで北上するなど正気の沙汰ではない。

何んとしても講和交渉を継続するしかない。

休戦状態であれば明軍と激突することはないし北上する必要もなかった。

腹ペコの朝鮮軍も冬の真っただ中で戦う気はないだろう。行長の降伏文書は大いなる方便というしかない。

二月になると家康が上洛してきた。

秀頼が生まれて上機嫌の秀吉は、大掛かりな吉野の花見を計画していた。朝鮮侵攻の真っただ中というのに、秀吉はおかしな男で生まれて間もなく、右も左もわからない秀頼を連れての花見である。

秀吉という人は鶴松の時もそうだが、あちこちに生まれた子を連れて歩き見せびらかす癖がある。

そういうところが子が生まれても知らんぷりの家康とは全く違う。

うれしさのあまり抱いては秀頼の口を吸うのだから、傍にいる北政所も茶々も迂闊に手が出せない。

その吉野の花見は二月二十七日に行われた。

秀吉と秀頼に従うのは徳川家康、前田利家、宇喜多秀家、伊達政宗などの武将と、北政所と茶々の世話をする女房衆など、総勢五千人の大行列で吉野の吉水《よしみず》神社に本陣を置いて盛大に五日間行われた。

朝鮮にいる日本軍は飢えと寒さに耐えているというのにだ。

吉野の桜は下千本、中千本、上千本、奥千本といわれる名勝で、秀吉一行には茶人や連歌師の他に朝鮮人や南蛮人まで含まれていた。

もう秀吉は戦いを放り投げていて九州に行く気はない。子どもと同じで興味がなくなるとポイと投げる。

鶴松の代わりに生まれてきた秀頼に夢中だった。

家康は秀吉のやることに言葉を挟むことはない。五十三歳になって家康も戦いに明け暮れるのは終いだと思っている。

吉野の花見が済むと、伏見城下の徳川屋敷の建築は人に任せて江戸に戻った。

何はさておいても家康がやらなければならないのは、江戸の上水の確保や洪水や農地対策の治水である。

川というのは放置しておくと暴れて勝手に流れを変えたりする。

それに江戸城下にどうして人、物、銭を集めるかということだ。

この人、物、銭が動けば城下は放っておいても大きくなり発展する。それには道路と水路と海路を整備することだ。

家康がいち早く目をつけたのは水である。

荒川と入間川を開削して繋ぎ、荒川の水を西の隅田川こと大川に流す。これを荒川の西遷という。

また、江戸湾に流れ込んでいた利根川の水を、大きく開削して東の房総の外海に流すことにした。これを利根川の東遷という。

陸路の街道整備は大久保長安に任せ、治水は伊奈忠次とその一族に任せる。小名木《おなぎ》川のように川と川を繋ぐ水路も開削された。江戸の城下のどこにでも舟が出入りして荷を運べる水路網を開いたりする。

この家康の上水網と水路網は、江戸二百六十年の発展を土台から支えることになった。

そこに江戸の日本橋を起点に五街道が整備される。武蔵野台地に広がる江戸という城下は人、物、銭を集めて鉄壁となっていく。

たちまち百万人を超える巨大城下になったのも納得だ。家康はそうなるように考えたのである。

京は三方が山に囲まれていた。大阪は四方を川と海に囲まれている。

それに比べ江戸は武蔵野台地の南端に位置し、前面に江戸湾が房総まで広がり、後ろには遥かな山が見えないほど広大な武蔵野が広がっていた。

箱根を越えてきた家康は、初めは鎌倉に近い藤沢や平塚の辺りの平原を、徳川家の拠点と考えていたようだ。

その家康が江戸を選んだのには、何か気に入った理由があったのだろう。

江戸は川に恵まれていたからだともいう。その水のお陰で鬱蒼たる武蔵野は他とは緑の濃さが違っていた。

その緑は豊饒な大地の証だと家康には見えたなどなど。

八月一日に伏見城が完成した。

ここに秀吉の天下支配の大阪城、黄金の城聚楽第、伏見城の三城が完成する。

一方で秀吉は生まれて二ヶ月の秀頼に、関白秀次の娘を結婚させ、秀次の次の関白は秀頼だと決める。

つまり関白は秀次家が継ぐのではなく、秀吉家の秀頼に関白を返すという筋書きだ。

この決定は秀吉の独断で、秀次は熱海の湯にいて大いに不満だったが、叔父の秀吉に文句は言えない。

納得できないなら関白を辞めろといわれるだろう。

伏見城は聚楽第の関白秀次を見張るような城でもある。

秀吉は秀次に関白を譲るのが早過ぎたと思う。だが、秀吉は鶴松以外に子ができるとは思っていなかった。

そのためか秀吉は茶々の傍の女房衆をすべて辞めさせて処分し新しくする。

秀吉の心の隅に、茶々が男と遊んだのではないか、という嫉妬に似た疑いがあったのかもしれない。

事実、茶々と遊んだと疑われた公家もいた。

秀吉は朝鮮侵攻を忘れてしまったかのように、秀頼に夢中で秀吉の最大の理解者である前田利家も苦笑するしかない。

生まれたばかりの子を結婚させるから仲人をしろなどと命じられた。

秀吉の頭は明らかにおかしくなっている。だが、太閤殿下なのだから諫言することもはばかられる。

それは家康の立場も同じだ。

その家康はこのところすこぶる体調がよかった。家康の傍にはいつも阿茶局と千賀がいたが、このところ於亀《おかめ》という若い娘を傍に置いている。

家康は体の調子がいいのは信長老の生薬のお陰だとわかっていた。体がいつもぽかぽかと温かく寝所でも踏ん張りが利くのだ。

家康は五十を過ぎてから疲れやすく元気がないのに気づいていた。

大好きな千賀でも他の側室でも阿茶でも音を上げていた。千賀などは悲しいほどがっかりして泣きそうになる。

そんなことでいつの間にか家康の寝所は静かになっていた。

ところがどうしたことか信長老が傍に仕え、その薬湯を飲むようになってから家康は猛烈に復活した。

二十二歳の於亀が死にそうになるほど家康は絶好調なのだ。

於亀は家康の好きな後家で、色の白いふっくらとした美人だった。

石清水八幡宮の社家田中家の分家の志水宗清の娘で、於亀は最初竹腰正時に嫁いで十九の時に竹腰正信を産んだ。

夫の正時が亡くなると秀吉の家臣の石川光元の側室となった。

その光元との間に石川光忠をもうけるが、美人の於亀に正室の嫉妬が激しく離縁されて実家に戻される。

石川家から放り出されたようなものだ。

ところがその於亀に目を留めたのが家康だった。五十三歳にして蘇生した家康が色香に迷った。

狸爺になる前に家康は大いに色に溺れた。

迷わせたのが信長老の薬湯だった。この天才が家康を救い徳川家の二百六十年を繁栄させることになる。

この信長老がいなかったら徳川御三家はなかった。

於亀の色香を気に入って傍に置くようになり、家康の寝所にかつての賑やかさが戻ってきた。

なにしろ家康のしょぼくれが若々しく蘇った。そうなると於亀がすぐ懐妊した。

「信長老、効いて来たぞ」

「それは誠に結構なことにございます」

「子ができた」

「ご側室さまが懐妊されましたので？」

「そうだ。それも二人だ！」

「それはお二人の側室ということにございましょうか？」

「うむ、京と伏見だ」

絶好調の家康はかってないほどニコニコと上機嫌だ。常は仏頂面の爺さんだ。

「江戸はまだでございますか？」

そういって信長老がニッと笑う。何人でも大丈夫と自信がある。

「江戸はまだのようだな……」

「それでは遅からず、そのうちに……」

何んともかんとも信長老の薬湯は効き目が抜群だ。於亀だけでなく伏見の徳川屋敷にいるお久も懐妊していた。

二百五十万石の家康の子は何人でも多いということはない。

ここまで家康の側室は八人だったが、信長老のお陰で二十人まで大繁盛する。

瀬名と旭は別である。

お久は小田原の北条家の家臣間宮豊前入道康俊の娘である。

その間宮康俊は小田原の戦いの時、「白髪首を敵に渡すのは恥だ！」といい、墨で白髪を染めて敵に突撃して討死した。

七十三歳だったという強情な老将である。

その間宮康俊の孫直元が家康の旗本になった。

艶福家になった家康が不思議がって、信長老にどんな薬かと聞いても、「秘薬でございます。いずれ製法はご伝授いたします」というだけだ。

何んとも強烈な薬湯だった。

それでも家康はもう五十三歳なのだから、薬の効き目も長続きはするまいと思うが、とんでもないことで家康の寝所は大騒ぎなのだ。

阿茶と千賀はどうなったのだと顔を見合わせる。

家康が元気なことは二人にもうれしいことだ。その寝所が賑やかなことは大いに結構なことだ。

家康の体調は驚異だ。こういうことが起きるから不思議だ。

佶長老の薬湯の効き目は恐ろしいというしかない。阿茶と千賀も信長老に煎じてもらいたいほどだ。

この年の暮れ、十二月十四日に小西行長の家臣内藤如安が明の北京に到着する。

そこで如安は明の皇帝に謁見した。

その頃、伏見城で秀吉と家康の話し合いが持たれ、秀吉の仲介で家康の次女督姫が池田輝政に嫁ぐことが決まる。

督姫は北条氏直の妻だった。氏直は秀吉の小田原征伐で敗れて高野山に蟄居させられた。

その氏直を家康と督姫のために一年もせず、わずか半年ばかりで秀吉は放免し罪を許してしまう。

天正十九年(一五九一)の二月に赦免され、氏直は五月に大阪城下の旧織田信雄邸を与えられる。

八月には秀吉と対面して、河内に一万石の知行が決まり大名になった。小田原にいた督姫が大阪に急いで向かう。

だが、北条氏直は悲運だった。

督姫と再会してよろこんだのも束の間で疱瘡に罹ってしまう。疱瘡というのは危険な病で、医師や督姫の看病の甲斐もなく、十一月四日に亡くなってしまった。氏直は三十歳だった。

以来、督姫は徳川家に返されている。

それを秀吉は常々不憫に思い、中川清秀の娘糸姫を亡くした池田輝政の継室に決めた。

暮れも押し詰まった十二月二十七日に督姫は池田輝政に嫁いだ。この二人は実に仲が良く相性も良かったようで五男二女をもうける。

その督姫は慶長二十年（一六一五）に家康と会うため、二条城に滞在していて氏直と同じ疱瘡に罹って死去する。

このところ元気の良い家康は、江戸に帰ればすぐ伏見に出てくるを繰り返していた。

体がパンパンに元気でおとなしくしていられない。

そんな家康が奥州の伊達政宗と繋がらないように、その中間の会津に奥州仕置後に四十二万石で秀吉が抜擢したのが蒲生氏郷だ。

秀吉は初め細川忠興を会津に入れようとしたが断られる。

四十二万石では少ないと思ったのかもしれない。忠興が奥州の要を治めるのは自信がないといったとか。

この人選には色々噂があった。信長に近い氏郷を遠ざけたとか。

ところがこの四十二万石というのは大嘘で、後の検地や加増で正確なところは九十二万石であった。

会津の黒川城は氏郷の幼名にちなんで鶴ヶ城と改名される。

その城下は黒川から若松と改められた。若松というのも氏郷が生まれた近江日野城に近い若松の森からだという。

若松というのは勢いのある良い名だ。

家康にも独眼竜にもにらみの効くのが、キリシタンで人格者の蒲生氏郷だった。レオンという。

利休七哲の筆頭で文武両道の御大将といわれた。

日本には一人か二人しかいないとまでいわれる人物である。信長が見込んで次女の冬姫を与えたほどだ。

信長が期待していた武将でもある。

その氏郷は年が明けた文禄四年（一五九五）二月七日に、伏見城下の蒲生屋敷にて死去する。四十歳だった。

氏郷は朝鮮出兵で九州名護屋城へ参陣していた。

その陣中で体調を崩し、会津に戻って養生したが治らず、伏見に出てきた時には、誰の眼にも病の悪化がわかるほどだった。

それでも氏郷は秀吉の宴会などに出てきた。

乱世の武将にしては珍しく側室を置かなかった。そのため、子や孫が少なく早世して蒲生家は断絶する。

利休七哲というだけに茶の湯に深い理解があった。

会津鶴ヶ城の庭に人を招きよく茶会をしたという。

宣教師オルガンティノがローマ教皇に、「優れた知恵と万人に寛大さを備えた傑出した武将」と報告する。

氏郷はそれほどの人物だった。秀吉は信長が認めた聡明な氏郷を恐れていたともいう。

その子の蒲生秀行は家康の三女振姫《ふりひめ》を妻に迎える。

秀行はこの正月で十三歳になったばかりだった。家康と伊達政宗の間にいて見張るという役目は荷が勝ち過ぎていた。

そのため秀吉は一旦会津九十二万石を取り上げ、近江に二万石で移すことにする。

ところが、関白秀次が秀行の相続を認めたため、秀吉は家康の娘と結婚する条件で九十二万石の相続を認めたという。

だが、その秀行はあまりにも若く力がない。

その上、重臣たちの不仲による蒲生騒動などもあって、蒲生家は宇都宮十八万石に減封されてしまう。

蒲生家の減封には振姫を妻にし、家康と接近する秀行を警戒して、石田三成が口出ししたともいう。

すでに家康と三成の確執があったのかもしれない。

この時、取り潰されなかったのは信長の次女の冬姫が健在だったことと、家康の娘が嫁いでいたからと思われる。

だが、この秀行はよく頑張って関ヶ原後に、六十万石で会津に戻ってくる。だが、三十歳の若さで死去してしまう。

残念なことに秀行が宇都宮に去ると、会津若松城に百二十万石で秀吉が入れた
のが越後の上杉景勝だ。
景勝は秀行の後見人のような立場だった。
後に上杉景勝は会津中納言と呼ばれることになる。秀吉に信頼され伊達政宗と
徳川家康の見張り番になった。
秀吉から佐渡の金銀山の支配も任されている。
その運上金は莫大で黄金が千百二十四枚四両一匁、銀が二千二十一枚七両三匁
だったという。
この運上金は大阪城の秀吉の金蔵に運ばれた。
それでも金は全国から集まる三割、銀は六割だったというのだ。まさにこの国
は金銀が掘り放題だった。
秀吉は何割の運上金を取っていたかわからないが、この後、家康が金銀山を支
配した時は家康が四割、山師の取り分が六割で、山師は山の開発や坑道の採掘、
その資材から金堀衆の賄いまですべてを取り仕切った。
秀吉も似たようなものだったろう。
そうすると全国の金銀山から掘り出される金銀は、超莫大な量で秀吉のきんき

らの黄金まみれの政権も納得できる。

黄金の茶室など朝飯前の前だ。

秀吉が贅沢三昧に使い放題黄金を使い、遺産金として七十万枚こと七百万両を残したのも納得だ。

天正大判などという華やかな金貨も造られる。

その金銀の半分近くを上杉景勝が支えていた。

もちろん景勝の取り分もあったはずである。ちなみに上杉謙信が景勝に残した遺産金は黄金二万五千枚である。

豊かでもない越後で毎日のように戦いながら、二十五万両も残した上杉謙信はさすがというべきだろう。

信長が残したのは七十万両であった。

ところが家康になると話の桁が違ってくる。

全国に小判という貨幣を流通させ、莫大な黄金や銀を使いながら、その他に六千五百万両も残すのだから凄い。

さすが吝嗇家、ケチな家康といわれた。

この島国は金銀で出来ていたのかもしれないのである。

異国人はそれを黄金の国ジパングと言ったとか言わなかったとか、だがその金銀も無尽蔵ではなかった。

やがて掘りつくし使い果たしてしまう。

幕末頃の小判は金の含有が少なく無惨な貨幣になってしまう。徳川家は三代目が家康の遺産金をすべて使い果たしたと伝わる。

その六千五百万両の残骸が日光東照宮であった。

完成した時に将軍が総工費はどれぐらいかと造営奉行に聞いたという。

「急ぎの仕事で百万両ほどかと思われます」

「ほう、百万両か、思いの外安く仕上がったではないか?」

将軍家光がそう答えたという。

確かに六千五百万両から見れば、日光東照宮が六十五戸建造できることになる。実に安いといえるかもしれない。

だが、奉行が将軍に過少に言ったとも考えられる。百万両とはかなり多いという意味ではなかったか。

ちなみに江戸初期の慶長小判一枚には、金が四匁七分六厘も含まれていたが、江戸の最後に造られた万延小判には八分八厘しか含まれていなかった。小判とは言い難いような小ささになる。

金を掘りつくしたということだ。

三月になると伏見城から出て秀吉が城下の徳川屋敷に現れた。

秀吉が最も恐れるのは家康だが、秀頼のため最も頼れるのも家康なのだ。家康を知ることが秀吉には大切なことである。

秀頼のことだけが心配な秀吉だった。

このところあまり体調の良くない秀吉は、秀頼が幾つになるまで生きられるのか自信がない。

その秀頼を託せるのは家康しかいないと思う。

口数が少なく家康はあまり喋らない。

大きな目でジロッと見るのが癖である。その日、二人は酒を酌み交わしてあれこれと話し合った。

家康は秀吉に反対するようなことは決して言わない。

すべてにおいて「太閤殿下の仰せの通りにございます」という。

その秀吉は秀頼が生まれてから欲が出て、豊臣政権を何んとしても秀頼に渡したいと考えている。

それを家康も感じていた。

人はあきらめが肝心だなどともいうが、秀吉のようなことになると急に話がおかしくなる。

十年早く秀頼が生まれていたら話が違っていただろう。

武家ではよくあることだ。

正室にも側室にも跡取りが生まれないため、親戚から養子をもらった途端に跡取りが生まれた、などということが起こる。

それが秀頼なのだ。

赤子を抱いて秀吉が悩乱するのも仕方がないことだ。

このところ大阪城から秀頼と茶々を、伏見城に呼び寄せて二人を溺愛している。よちよち歩きの秀頼は一番かわいい時だ。もう秀頼は天下さまだった。

天下の太閤が朝鮮と九州にいる三十万の兵を忘れてしまうほど、ただ一人の秀頼の方が可愛いと思う。

何んとか豊臣家の家督を相続させ、関白にもしてやりたいと思う。

だが、京の聚楽第には関白秀次がいるのだから、秀吉が生きているうちに易々と実現するとは思えなかった。

関白秀次はまだ二十八歳と若い。

太閤秀吉は五十九歳、秀頼は年が明けて三歳になったばかりだ。この年ばかりは秀吉といえどもどうにもならない。

そんな秀吉の焦りがひしひしと家康に伝わってくる。

秀吉はただ一人の息子のために、こうでもないああでもないと頭をひねっていた。

秀次事件

三月十三日に於亀が男子を産んだ。

家康の八男で名を仙千代という。

この仙千代は家臣の平岩親吉、嗣子がいなかったため、家康がその親吉に与え養嗣子とする。

だが、その仙千代は丈夫な子ではなかった。

わずか六歳にして夭折してしまう。

仙千代の誕生から一ヶ月もしないで伏見のお久が家康の四女を産んだ。

家康の勢いを表す証拠だ。

信長老の秘薬を秀吉に分ける気はない。そんなものを献上したら何を言われるかわからない。

もし、その薬を飲んで万一にでも、太閤の具合が悪くなったら一大事だ。

また逆に、急に元気バリバリになられても困る。

このお久が産んだ四女は松姫というが、慶長三年（一五九八）にわずか四歳で夭折してしまう。よほど丈夫な子でないと生き残れない。

家康は五月になると江戸に戻ってきた。

新領地の関東には家康がしなければならないことが多い。家康から知行を与えられた家臣たちも領内の整備で大忙しである。

家康から最も大きな知行を与えられた上野箕輪城の井伊直政などは、箕輪城を廃して和田城を大幅に改修し高崎城十二万石とした。

その城下に箕輪城下から人々を移住させる大仕事に取り組んでいる。

十万石の知行を与えられた本多平八郎は、上総万喜《まんぎ》城に入ったが大多喜城に居城を移していた。

平八郎と同じ十万石の榊原康政は、上野館林城に入り利根川の堤防や街道の整備に忙しかった。平岩親吉は三万三千石で上野厩橋城に入った。

家康は「譜代の家臣は関東の国境を守れ！」と命じ、江戸から離れた城と知行を与えたのである。

関東は徒広いのだから多くの大名領に囲まれていた。

その国境を守るのは容易なことではない。

大久保忠世は小田原城四万五千石、鳥居元忠は下総矢作四万石、奥平信昌は上野甘楽《かんら》宮崎三万石、小笠原秀政は下総古河三万石、本多正信は相模甘縄《あまなわ》に一万石、木曽義昌は下総阿知戸《あじと》に一万石、他も三万石、二万石、一万石など数十人の譜代大名ができたて二百五十万石を守る。

木曽義昌から秀吉が木曽の莫大な山林を取り上げたともいう。

多くの大名が移封をされていた。それはすべて秀吉の都合によるものだ。

家康は江戸だけでなく関東そのものを作り変えたい。どこからも攻められないように譜代の家臣や旗本たちを配置した。

それほど二百五十万石の関八州は大きかった。

そんな時、家康が江戸に戻ってきて、一ヶ月半ほどすると京で大事件が勃発する。

関白秀次が太閤に謀反を企てたというもので、六月末ごろに突然発覚したと大騒ぎになった。

だが、この謀反話は端から証拠のないおかしな話だった。

関白秀次が鷹狩りに出て、山の谷や峰、繁みの中で謀反の談合をしたというから噴飯ものだ。

誰が聞いてもおかしいと思う。

反秀吉の者たちが鷹狩りを口実に山中に集まり謀議をした。そういう噂が一気に流れてしまい止めようがなかった。

関白秀次にもその家臣たちにも、京や伏見の人々にも青天の霹靂で信じられない。

「関白がそんなことするか？」

「わからねえ、太閤と関白のもめごとだろう」

「それにしても謀反とは穏やかでないな。戦か？」

「そうかもしれねえ……」

確かに秀頼が生まれて関白秀次は、娘と秀頼を結婚させる秀吉に不審を感じ、疑心暗鬼になっただろうとは想像できる。

だが、太閤に謀反を企てるような力もないし、そんなことはあり得ない。

一報を聞いた時、家康は咄嗟にそう思った。

「太閤の焦りだ……」

家康は秀次をよく知っていた。

「太閤は関白を殺すのかもしれない……」

家康は秀頼が生まれて関白秀次が邪魔になったのだと思う。そうとしか考えられない。

危ない話だ。こういう時は近寄らないことだ。

秀次はわずか十六歳の時に長久手の戦いで家康に敗れた。それが祟って暗愚のようにいわれるがその後は一度も負けていない。

むしろ紀伊攻めや小田原征伐、奥州仕置では手柄を立てている。

領地の近江八幡では庶民に慕われてもいた。文武両道で古典の収集に力を入れ保護していた。

書物を足利学校や金沢文庫からも集めるなど熱心だった。

その人柄を信長老も知っている。

というのは秀次の学問の師である虎岩玄隆《こげんげんりゅう》と、信長老は同じ臨済宗の僧で面識もあり関白の話も聞いていた。

虎岩玄隆は三十六歳、佶長老こと三要元佶は四十八歳、臨済宗ではともに天才といわれる碩学である。玄隆は東福寺に法雲寺を開基した僧である。

日本紀、日本後記、続日本後記、三代実録などなど、集めた多くの古典を秀次は朝廷に献上していた。

手元に源氏物語を置いて読んでいたという。

そういうことを佶長老は知っていたが家康に何も言わなかった。

こういう太閤がらみの何んとも怪しげな事件に、家康は関わるべきではないと考えていたからだ。

高齢になって秀頼が生まれ、太閤の周りでは何が起きても不思議ではない。権力の在り処によって情勢は右や左に大きく動くものだ。豊臣政権の権力が関白秀次に傾き始めた時に秀頼が生まれた。

それを家康はわかっている。混乱するのではないかと心配もしていた。

そんな中での関白秀次の謀反事件は発展が早かった。秀吉は間髪を容れずに秀次の処分と関係者の粛清に走った。

七月三日に石田三成、前田玄以、増田長盛、富田左近の奉行たちが聚楽第に現れた。

秀吉の使いで謀反の噂の真偽を詰問、太閤に誓紙を提出するよう関白秀次に要求したのである。

天下の関白が奉行ごときに四の五の言われる筋合いはない。

だが、秀次は謀反を疑われるようなことはしていないと弁明、吉田神社の吉田兼治を呼んで神下ろしをさせ、そこで七枚の起請文を書いて逆心はないと誓った。

この日、秀次は朝廷や皇子や准三后《じゅさんぐう》などに銀を配っている。

その真意は不明だが、秀次は次に何が来るかわかっていて、天皇などに助けを求めたのかもしれない。

こういう事件はあれこれ尾鰭《おひれ》がつくものだ。

秀吉に気に入られようとする者も出てくるし、あらぬことを讒言《ざんげん》して権力にすり寄ろうとする。

それは世の常というべきだろう。

七月五日に秀次が家臣の白江成定を毛利輝元に派遣して、輝元に誓約させ連判状を認めさせたと、輝元が石田三成に訴え出たことを三成が秀吉に報告する。

話の筋が見えない、いい加減な話だ。

それを聞いた秀吉は秀次に伏見城に来るよう出頭を命ずる。

この話を聞いた秀次に思い当たることはなかった。なぜ白江なのか輝元なのか
全く身に覚えのないことだ。

事実無根であるとして秀次は出頭に応じなかった。

すでに秀次は自分を取り除こうとする罠だとわかっていた。

その秀次が家康を巻き込もうとしたのか、京にいた家康の息子の秀忠を人質にしようとしたともいう。

こういう騒ぎの時はどこから火の粉が飛んでくるかわからない。

それに気づいた側近の大久保忠隣と土井利勝が、秀忠を伏見の徳川屋敷に逃がしたのだというが真偽はわからない。

秀次が出頭に応じなかったため事態が急転する。

七月八日に前田玄以、宮部継潤、堀尾吉晴、山内一豊、中村一氏の五人が、秀吉の使いとして聚楽第に現れる。

再度、伏見城に出頭するよう催促した。

この時、秀次の家臣の吉田好寛が主人に向かって、「潔白であれば伏見に出立し、野心があるなら一万の軍勢を預けて欲しい、先陣を切って戦って見せる！」と、

啖呵を切ったという。

家臣からこういう大見得を切るような、愚かな跳ね上がりが出ては終いだ。関白は家臣より往生際が悪いなどといわれかねない。秀次は恥を知る男で万事ここまでと死ぬ覚悟を決めた。

聚楽第を出ることは関白秀次の死を意味する。

五人の詰問も聚楽第を出て清洲城に蟄居するか、それとも伏見城で弁明するかのいずれかだという。

この時の秀吉の考えは秀次を聚楽第から出したいということだけなのだ。

それが秀次にはっきりと分かった。

いくら太閤といえども禁裏の傍の聚楽第で戦いはできない。太閤ともあろう者が天皇のお傍近くで騒ぎを起こすなど言語道断。

それは関白としても同じで慎まなければならないことだ。

この時、お寧さんに仕える孝蔵主《こうぞうす》がきて、秀次を騙したというが真偽はわからない。

大阪城に出頭するようにと秀次を説得したというが。

秀次は死を覚悟しながらも、秀吉に直に弁明できるかと一縷の望みを持って伏見城に向かった。

だが、秀次を処分すると決めている秀吉は会おうともしない。

聚楽第から出てさえくれればいい。ここから秀吉の秀次に対する仕打ちはとても甥にするようなものではない。

あまりにも無惨、秀吉の頭がおかしくなっていたとしか思えない。

伏見に着いた秀次は登城することも許されず、木下吉隆の屋敷に留め置かれすでに罪人の扱いであった。

天下の関白が叔父の太閤に会いにきたのだ。

どんな理由があろうとも姉の息子なのだから会うべきだろう。だが、秀吉は秀次の無実を知っている。

だから、会うことを許さず処分しようとした。

秀吉の使いがきて「対面に及ばず、すみやかに高野山に登るべし！」と、太閤秀吉の命令を伝える。

最早、秀次にいうべき言葉はない。

すぐ剃髪し墨衣を着て夕刻前の申の刻に、秀次は伏見から高野山に向かって出立した。

忙しい旅立ちである。

その監視役として木下吉隆、真言僧の木食応其《もくじきおうご》、羽田正親が同行する。その日は日暮れて玉水《たまみず》に泊まった。

秀次に従う者が三百騎ほどいた。

これを見た石田三成は供廻りが多過ぎるといい、翌九日からは小姓十一人と師の虎岩玄隆だけという寂しい一行にする。

だが、世の中の人々は秀吉がおかしいと知っていた。

関白秀次の難儀を見かねて、供をするのが無理ならと、次々と見舞いの飛脚を送り込んでくる。

秀次は家臣や人々に慕われていた。

だがやがて、世の常で秀次はこの世の悪名をすべて背負わされる。ありもしない悪口雑言である。

勝者は何を言っても何をしても歴史が正当化してくれるものだ。

敗者は黙るしかない。

この時、あまりにも見舞いの飛脚が多く、それに答礼の対応をするため、秀次一行は前に進めない有り様になった。

世の人々は誰が正しく誰が正しくないかを知っている。

そこで秀次に見舞いを出さないように通達された。この時、人々は秀次の命が危ないとわかったことだろう。

この夜、秀次一行はあまり進めず奈良興福寺に泊まった。

翌十日に高野山に登り青巌寺に入り隠棲する。呼び名は関白豊臣秀次ではなく豊禅閤《ほうぜんこう》となった。

事件はこれで終わりではなくすべてはこれからだったのである。

この時すでに秀次一族、家臣、秀次と親しい者などの粛清が始まっていた。秀吉は何かを恐れている。

そうとしか思えないことが次々と起こった。

秀次が聚楽第から出た八日の夜、秀次の妻妾はすべて捕縛され徳永寿昌の屋敷に監禁された。

前田玄以と田中吉政が監視役となり、十一日にはその妻妾を秀次に差し出した大名などが奪還しに来るのを警戒して、丹波亀山城に移送。

秀次の妻子には何の罪もない。

惚けがきていて秀吉の頭は明らかにおかしくなっている。

十二日には秀吉が高野山の秀次に対し、着るものから世話する人数やその出入り、監視や監禁を厳しくすることなど細かく指図した。

秀次の家老白江成定が十三日に京の金蓮寺《こんれんじ》で切腹、すぐその妻子が後を追って自害して果てた。

同じく嵯峨野の二尊院で熊谷直之が切腹する。

摂津の大門寺では秀次を弁護した罪で、大名の木村重茲《しげこれ》が自害を命じられた。長男重武も切腹、妻娘は後に三条河原で磔にされた。

秀次の多くの家臣が徳川、上杉、小早川、中村、佐竹、堀家などに預けられた。他にも多くが切腹させられ、木下吉隆や馬術の荒木安志、医師の曲直瀬玄朔《げんさく》、連歌師の里村紹巴《さとむらじようは》などは流罪となった。

秀吉の粛清はひどいものであった。

秀次の家老前野長康は、蜂須賀小六などと同じ木曽川の川並衆だった頃から信長や秀吉に力を貸してきた。

秀吉の兄貴分で六十八歳になる。

その長康が秀次を庇ったというだけで切腹を命じられた。その長康は話のわからない秀吉に向かって、「女狂いの猿に関白を殺す資格はないッ、そんなに秀頼が可愛いかッ！」と怒り狂ったという。

その長康に秀吉は何も言い返さなかったという。

少しは秀吉に正気が残っていたようだ。

石田三成がその長康の弁護をして切腹を許されるが、その知らせが届く前に前野将右衛門長康は、伏見の六漢寺にて死んだ。

秀吉の針売りの頃からの付き合いだった。

おそらく知らせが間に合っていても、冷静で武勇と築城に優れた名人の長康は死を選んだであろう。

狂った秀吉の世はもう見たくなかったと思う。

秀吉の大きな建物の大阪城、仙洞御所、聚楽第、方広寺大仏殿などすべての築城、建築奉行をした長康は何も言わずに静かに死んだ。

信長にも宰相秀長にも信頼され、妻のあゆを亡くしてからはキリシタンだったともいわれる。前野清助に介錯されて亡くなったという。

蜂須賀小六のいない今、将右衛門長康だけが秀吉の最後の理解者だったのかもしれない。

その長康さえも秀吉は殺してしまった。

七月十五日に福島正則らが兵を率いて高野山に登り、秀次に太閤から死を賜ったと伝えるが、それに納得しないのが木食応其だった。

「寺には無縁の法理がある！」

そう言って応其は秀次の死を回避しようと正則の前に立ち塞がった。

寺に入れば罪人でも保護されるのが無縁の法理で、それはどこの寺にでもある寺法だという。

寺に入った者は現世のすべてと縁を絶つのだという考え方だ。

双方が睨み合いになり一触即発の状況になる。

だが、福島正則は譲らない。

「太閤の言いつけに背けば高野山といえども灰燼に帰すがそれでもいいかッ！」

まさに高野山に対する恫喝だった。

これには秀次も切腹を受け入れるしかない。狂った秀吉のことだから高野山を焼くなどやりかねないと思う。

自分が死ねばことは終わると秀次は思った。

秀次が賜死を覚悟すると、小姓たちが次々と先に腹を切った。秀次は殉死の小姓三人を介錯する。

すると禅僧の虎岩玄隆が秀次の冥途の旅の道案内として腹を切った。

師として秀次を助けられなかった無念からであろう。そのすぐ後に秀次が腹を切り雀部《ささべ》重政が介錯した。

その重政も殉死する。

重政の子の重良は後に家康に召し出され、小姓となり近江野洲に八百石を与えられ旗本になる。八十歳の長寿を得たと伝わる。

福島正則は秀次の首だけを持ち帰り、翌日には秀吉がそれを首実検した。だが、秀吉は満足せず秀次一族を根絶やしにしようとする。生き残ればやがて秀頼に仇なすと考えたのだろう。

もう秀吉は秀頼可愛いで何も見えなくなっている。

七月三十一日に丹波亀山城の秀次の妻妾や子らが京の徳永邸に戻された。翌八月一日に翌二日の処刑が通達される。

女たちは忙しく、辞世の句や死装束の支度で眠れない。

八月二日早朝、京を引き回された後、三条河原に二十二間四方に堀をめぐらし、垣を結んだ中で処刑されることになった。

その垣の中に一間半ほどの高さの塚を築いて、その上に秀次の首を西向きに据えた。

秀次の首に一族の処刑を見せるということだ。最初に秀次の子どもたちがことごとく処刑された。

妻妾で一番に処刑されたのが一の台という絶世の美女で、秀吉が側室に狙っていたといわれる菊亭晴季の娘だった。

一の台とは一の御台所という意味で正室ということである。

北政所のお寧さんがこの一の台の助命嘆願をしたが、狂った秀吉はもう聞く耳を持たなかった。

一の台の後に側室や侍女と乳母など三十九人が次々と処刑された。

子どもの遺体の上に母親の遺体が折り重なって、あまりに酷いと野次馬が騒ぎ出し、奉行など役人に罵詈雑言を浴びせるなど騒然となった。

あまりの凄惨さで、見物に来たことを後悔する者が少なくなかったという。

秀次一族の遺骸は一つの穴に投げ込まれ、その穴を埋めるとその塚の上に秀次の首の入った石櫃《せきひつ》が置かれた。

石塔が建てられ秀次悪逆塚と彫られた。

殺生関白とか畜生塚などと次々と悪評が流され、ありもしないわけのわからない悪逆非道が宣伝される。

だが、死人に口なしでその塚もいつしか賀茂川の洪水で流されてしまう。しばらく放置されるが石塔が見つかり、豪商角倉了以が供養の瑞泉寺を建立、了以は悪逆の文字を削り取って供養塔にしたという。

京で生まれ京で育った角倉了以はことの正邪を知っていた。秀吉への信頼はがた落ちで豊臣政権が途端にぐらついた。

そこで秀吉は諸大名に上洛を命じ事態を鎮静化させようとする。

それに応じて家康も上洛し、秀吉と幼い天下さまの秀頼に起請文を書いて忠誠を誓う。秀吉は誰も信用できなくなっていた。

この時から、家康は伏見城下に滞在することが多くなり、普請中の江戸城やその城下のことは秀忠がするようになる。

おかしな秀吉に疑われないようにしなければならない。

そのためには秀吉の傍にいるのが安心だ。江戸にいたのでは何を言われるかわからなかった。

そのお陰で家康は豊臣政権の中枢にいて国家統治の仕組みを知る。

国家統治のありようを身を以て体験し、中央政権とはどういうものかを学ぶことになった。

　この体験は家康にとって得難い貴重なものとなる。

　秀吉には秀頼に残すべき政権を作る能力がないことがわかった。大名を頼り大きな武力も持っていない。それに豊臣政権などというものはなく、公家としての豊臣家があるだけだとわかる。政権としての組織はなく、あるのは朝廷のみだったのだ。

　秀吉は高い官位官職で朝廷を頼っているだけだ。家康は秀吉をよく見ている。

　関白秀次事件は長く尾を引いた。その秀次の家臣の多くを家康や前田利家が抱えることになった。

　秀次の城である近江八幡山城が破却される。

　するとあろうことか京の黄金の城である聚楽第も、堀から天守まですべて破壊され埋められ姿を消した。

　秀吉の秀次に対する異常な追及が続き、連座する者が次々と後を絶たなかった。

　浅野長政、幸長親子が秀次を弁護したといわれて咎められ、細川忠興は秀次から黄金二百枚を借金していたことで追及された。

　哀れだったのは最上家の駒姫であった。

東国一の美女は関白秀次に所望され、辞退したが叶わず十五歳になってしかたなく上洛してきた。

まだ聚楽第に入ることなく最上家の京屋敷で旅の疲れから休んでいた。

そこを捕らえられて関白の側室として処刑され、聚楽第に人質になっていた母親までも自害する。

この二人の死で父親の最上義光は咎められなかった。

だが、この事件以後、義光は秀吉を嫌い家康に接近し、豊臣家とははっきり縁を絶つようになる。

この事件でそういう大名家は少なくなかった。

最上家は関ヶ原の戦いでも大阪の陣でも、豊臣家に味方することはなく家康に味方し続ける。

つまり豊臣家の滅亡の原因はこの時にできた。

秀吉本人が秀頼可愛いだけで、滅亡の種をまいてしまったともいえる。

伊達政宗も秀次と懇意にしていて、大慌てで上洛すると秀吉に口八丁の弁明をして難を逃れた。

山内一豊、堀尾吉晴、中村一氏などは家康の助けがあって難を逃れる。

こういう豊臣家に忠誠を誓った大名たちは、関ヶ原の時には家康に味方して石田三成には味方しなかった。

関ヶ原の戦いの勝因や、三成滅亡の原因はこんなところに潜んでいる。

そんなことを考えると、この秀次事件が石田三成による謀略事件だという噂も、あながち捨てきれないだろう。

秀吉と三成の主従関係は実にわかりづらい。

秀吉の最初の息子で近江長浜城に生まれた石松丸は、石田佐吉三成の子だったなどともいう。

だが、三成が秀吉に特に可愛がられていたことは事実だ。

お寧さんも三成を可愛がっていた。

二人は男女の仲だったとさえいわれ、三成の死後にお寧さんは三成の娘辰子を養女にしている。

この秀次事件は秀吉の死後まで長く尾を引いた。

秀次は家老の前野長康の影響で、キリシタンだったともいわれている。

ちなみに秀次の領地の中から近江七万石を三成が加増され、この年に三成は秀吉から近江佐和山城十九万四千石を与えられた。

それは秀次事件の論功行賞だったのかもしれない。

秀次に腹を切らせた福島正則は、尾張清洲城二十四万石を与えられている。秀次と正則は血のつながりがあった。

火山毛

秀次事件が収まりを見せた九月十七日に、家康の三男秀忠が茶々の妹江与《えよ》と結婚した。

この大事件に何も言わない家康に、秀吉の方から媚びるような振る舞いだ。

江与はお江ともいう。

信長に滅ぼされた浅井長政の娘だ。

お江は長政とお市姫の間に生まれたが、柴田勝家とお市姫が北ノ庄城で亡くなると秀吉に養われる。

茶々、初、江の三人の娘は茶々が秀吉の側室になり、初が京極高次の正室になっていた。

お江は最初佐治一成の正室になる。

一成は知多の佐治水軍の佐治信方と、信長の妹で乱世の楊貴妃といわれたお犬姫との間に生まれた。

その佐治一成は小牧、長久手の戦いでは織田信雄に味方しており、その戦いの後に一成とお江は離縁したという。その離縁の理由は明らかではない。信雄か秀吉に離婚させられたのだろう。

そのお江は秀吉の甥で養子の小吉《こきち》秀勝と再婚する。

それは秀吉が信長から養子にもらった於次《おつぎ》秀勝が亡くなった後だ。小吉秀勝は隻眼で秀吉の姉日秀《にっしゅう》の子で溺愛されていた。

母子で秀吉に知行が不足であると不平をいい、怒った秀吉が領地を没収したなどの話が残る。

小吉秀勝とお江の間には完子《さだこ》という娘がいた。

その小吉秀勝は小田原征伐の後に甲斐と信濃に知行を与えられるが、母親の日秀が甲斐では遠すぎるとまた不平をいった。

そこで秀吉は小吉秀勝を岐阜十三万石に減封している。

何んとも厄介な親子だった。だが、秀吉の姉だからそれぐらいのわがままはいいたいのだろう。

智こと日秀の産んだ秀次、秀勝、秀保の三兄弟は、秀次と秀勝が秀吉の養子になり、秀保は宰相秀長の娘で従妹のお宮と結婚していた。

その関白秀次を秀吉は殺し一族も殺してしまった。日秀の怒りも相当なものだったろうと思われる。お仲が生きていたら秀吉は母と姉に殺されていたかもしれない。実はお仲が孫の秀次をかわいがっていたという。

岐阜中納言の小吉秀勝は、朝鮮出兵で九番隊の大将として出陣、壱岐島から巨済島に渡ったが病を発して陣中死していた。二十四歳だった。

そのため寡婦になったお江を秀吉は秀忠の妻にと決めた。

秀忠も織田信雄の娘で秀吉の養女小姫と婚約していたが、祝言を挙げる前に小姫は七歳で病死してしまい秀忠は十七歳で独り身だった。

そこで秀吉は十七歳の秀忠と二十三歳のお江を結婚させた。

正式には秀忠の正室は小姫でお江は継室ということになる。

この結婚の五ヶ月前、関白秀次がまだ生きていた頃、宰相秀長の娘お宮と結婚した秀保が急死していた。

十七歳の秀保とお宮の間に子はなく、宰相秀長家は断絶したのである。

このところ豊臣家には良くないことが続けておきていた。

小吉秀勝が死に秀保が亡くなり、生き残っているただ一人の姉の息子を、秀吉はなぜ殺して豊臣政権を傾かせたのか、それでも秀頼が可愛いという秀吉の老いの妄執というしかない。

哀れというか悲劇というか。

この時すでに、豊臣家の政権らしきものは、秀吉が生きているのにガクッと家康の方に傾いてきた。その音がした。

歳上嫁さんのお江は気が強く悋気だったという。

秀忠に側室を認めなかったが二人は仲が良く、頑張って二男五女をもうけ末子の和子《まさこ》姫は、後水尾天皇に入内して中宮となる。

その上、和子姫は一〇九代の女帝である明正天皇の実母となった。

明正天皇は家康の曽孫ということになる。

文禄五年（一五九六）の年が明けると正月早々、小西行長や石田三成と対立した加藤清正に秀吉が謹慎を命じた。

秀吉の側近と秀吉の一族ともいえる加藤清正や福島正則の間に亀裂が入った。

清正の母親は秀吉の母親お仲の従姉妹で、父親は尾張中村の刀鍛冶であり、正則の母親はお仲の妹で父親は尾張二ツ寺村の桶屋だった。

正則が清正より一つ歳上で、二人は十二、三歳の頃に秀吉の家来になっている。

二人とも幼い頃に父親を亡くし、秀吉を父親と慕ってお寧さんに育てられた。

その秀吉から謹慎を命じられた清正の怒りは、飛んで行って三成の首をねじ切りたい気持ちだったろう。

この二人は秀吉の死後に激突することになる。

天才石田三成が豊臣政権の中で大きく台頭してきたことが、おもしろくなかったのかもしれない。

三成も清正たちと同じ頃に秀吉に仕えている。

秀吉の傍で一緒に育って仲が良かったはずだが、歳を経るとなかなか難しいことになるようだ。

この文禄五年は不気味な年になる。

それは四月四日の浅間山の噴火から始まった。

前年の五月一日にも浅間山は噴火していたが、この年は四月から八月まで断続的に続いて噴火が長引いた。

四月四日の噴石によって多くの人々が亡くなった。

この山は有史以前から数えきれないほど噴火を繰り返してきた。それも小規模だったり大規模だったり様々だ。

噴火場所によっても被害が違ってくる。

四月四日の噴火場所は山頂付近の爆発だった。噴石も飛び溶岩も流れ下った。

噴火で怖いのは遠くまで飛ぶ火山灰である。

江戸への降灰は一度や二度ではなかった。

翌五月八日に秀吉の推挙により、徳川家康は正二位内大臣に叙任、江戸の内府さまと呼ばれるようになった。

例によって家康の体調はすこぶるいい。

五十五歳になったが疲れも見せずに伏見と江戸の行き来をする。

五月十三日に秀頼が初めて上洛し、豊臣朝臣藤吉郎秀頼と名乗った。

ここにきてようやく五大老、五奉行の体制にして、秀頼を補佐する重臣合議の体制作りを秀吉が急いだ。

今頃になってからではもう遅い。

十年も前からしなければならないことだった。

何でも自分でやらないと気が済まない秀吉の独裁に、秀吉自身が限界を感じ秀頼に政権を渡す準備を整えようとする。

五大老、五奉行といっても付け焼刃、にわか作りの役職で安定した政権になるとは思えない。むしろ、五大老は豊臣家の家老、五奉行は豊臣家の家政のようなものでしかなかった。

こういう組織は年月を経ないとなかなか安定しないものだ。

秀吉が生きている間はその不安定さは表面化しないだろうが、問題なのは秀吉が死んでからである。

秀吉は関白の権威にいい気分になって地味な政権づくりを怠った。

そういうことのつけを払わされる時がくる。

その秀吉の体調は家康とはまるで逆で、すこぶる悪く幼い秀頼と遊ぶだけで疲れる有り様だった。

その秀頼は秀吉と伏見城で暮らした。

家康は江戸に戻ると下総行徳の塩田、製塩を手厚く保護する。

三河や遠江では良質の塩がとれ、塩の道というのがあって、美濃や信濃の山奥までその塩を運んだ。

それを見てきた家康は塩の重要性を知っている。

その塩が江戸の近くで手に入るのだから、輸送する手間が省けてこんな有り難いことはない。

その頃、京に天変災異の恐怖が降りかかろうとしていた。

六月二十七日の正午頃から京に白い降灰があった。

大地は霜のように真っ白になり二日間ほど降って止まった。この降灰がどこから来たのかわかっていない。

京に降灰などというのはほとんどないことだ。

「関東の山だそうだぞ」

「浅間山か?」

「知っているのか?」

「あの山は毎年のように噴火しているのさ……」

「だが、浅間山の灰が都に降るか、おかしくないか?」

「そうだな……」

「それじゃ九州か?」

「九州の山も結構遠いぞ」

「そういえばおかしいな?」

白い降灰の正体がわからず不思議がっていた。

二日後の六月二十九日、降灰で大騒ぎをしている夜、京の北西にボーッと青白い怪しげな彗星が出現する。

「おいッ、あれは尻尾のあるお化け星じゃねえか？」

「尻尾が見えるのか？」

「ああ、気持ち悪いな……」

「お前はいい眼だな？」

「見えないのか？」

「なんにも見えねえ……」

「そうか、見えないか、気持ち悪いぞ……」

二人の話がかみ合わない。

だが、半月ほどでその彗星が姿を消した。

こういう時は嫌なことが起きる。人々は何かよくないことが起きるのではないかと恐れおののいた。

そんな時、地下の大鯰がドッカーンと動いた。

閏七月十三日に文禄の大地震が発生、この地震のため改元されたので慶長伊予大地震という。

伊予大地震、豊後大地震、伏見大地震という三匹の大鯰が一緒に動いた。

最初の一撃は閏七月九日戌の刻だった。

突然、直下の大地が砕けて伊予大地震が発生した。超巨大地震で京から薩摩まで広範囲だった。

津波や地割れ、山崩れや液状化によって壊滅状況になった。

その三日後に二撃目が襲った。

閏七月十二日申の刻に、九州豊後の海が裂けて瓜生島、久光島の二島が海中に沈んで消えた。

巨大な津波が海岸を襲う。

民家も船も人もみな呑み込んで海に引きずり込んだ。家々が倒壊して燃え上がる。この世が終わる断末魔かと思われた。

ついに怒りの三撃目が翌七月十三日子の刻に都と伏見の秀吉を直撃した。

奈良薬師寺本堂、仁王門、東寺、天龍寺、大覚寺、鶴岡八幡宮などまで倒壊する大被害だった。

伏見城の天守も倒壊して、城内で圧死した者六百人という。

秀吉は命からがら脱出に成功する。

京の東山方広寺の大仏も崩れ落ちて倒壊した。この大地震で潰れた家々は数知れずだった。

大鯰が三匹もいっぺんに寝返りを打ったのだからたまらない。

この時、加藤清正は石田三成と小西行長に訴えられ、帰国謹慎中だったが伏見城に駆けつけて秀吉を助け謹慎を解かれた。

などというが実はこの時、清正は伏見にいなかった。

清正の伏見屋敷は普請中で大阪の屋敷にいた。清正贔屓の作り話であるというのが本当のところだろう。

歴史にはこういうおもしろい小話が挟み込まれて知らんふりをしている。

大地震の余波で揺れがなかなか収まらない。

そんな中でおかしなことが起こった。

伏見城の大天守を倒壊させた大地震の三日後、閏七月十五日の空から京に奇妙な毛髪のようなものが降った。

「おい、何だこの長い毛は？」

「空から降ってくるな？」

「そんなことはわかっている。気持ち悪いな。これは何んなんだよ？」

「何かの毛だ！」

「馬鹿、それぐらい見ればわかる……」

「だが、毛じゃないな？」

人々が屋外に出たり、気持ち悪がって家に引っ込んだりと大騒ぎだ。

空から落ちてくるのは、馬の尾の毛のように長く、五、六寸から長いものは一、二尺もあった。

色は白、黒、赤などでどこから飛んでくるのかわからなかった。

後に関東の浅間山の噴火とか、九州の霧島山の噴火などといわれたが、そのような記録はどこにもない。

この季節、東風に乗って浅間山の降灰が京に降るというのは考えにくい。

むしろ西風に乗って、九州の噴火が京に灰を降らせるということは考えられる。

そういう前例はあった。

だが、九州での大きな噴火の記録はない。

この馬の毛のようなものは、後年の研究で間違いなく、噴火で生じる火山毛《かざんもう》というものだとわかっている。

ハワイのキラウエア火山ではペレーの毛と呼ばれている。火山の噴火の時にマグマが火口内で引き伸ばされ、髪の毛のようになる現象だというのだが。

にわかには信じがたいことだがそういうこともあろう。それならこの永禄五年閏七月十五日に、京に降ったペレーの毛はどこから来たのかということになる。

まさかいくらなんでもキラウエア火山から飛んできたとはいうまい。数百年たっても結論が出ていない。

謎の馬の毛なのだ。

日本国内のどこから来たものか、全くわかっていないのが不思議だ。浅間山にも霧島山にも阿蘇山にもそのような噴火の証拠がない。

その頃、日本が攻撃していた朝鮮の白頭山の噴火か、済州島の噴火なのかなどとまでいわれるがそんな記録もないのだ。

おかしなこともあるものだ。

当時は日本と朝鮮が戦っている時期で、そんな噴火を記録する余裕はなかったのだろうとも思える。

ただ京にそういうものが降ったことだけは事実だ。大地震との関係も疑われているが、現代でも皆目見当がついていない不思議な火山毛である。

この火山毛はかなりの距離を飛ぶとわかっている。

なんとも薄気味の悪い夏で、ぐらぐらと余震が続いて船酔いのような気持ち悪さが続いた。

そんな時、八月五日に猛烈な暴風が地震で痛めつけられた畿内を襲った。

伏見の巨大地震から一ヶ月も経っていないところに、大風と豪雨の野分が襲来してたちまち大洪水になった。

泣きっ面に蜂の大群である。

弱り目に祟り目、言語道断、秀吉の不徳と罪科、関白秀次とその一族の怨念が襲いかかってきた。

朝廷はすぐ改元の検討に入った。

こういう厄災は改元によってやり過ごすというのが、この国の仕来たりというか決まりのようなものである。

聖人

そんな騒然とした中で八月二十八日に、スペインのガレオン船が土佐の浦戸に漂着。

船の名はサン・フェリペ号という。

この船はルソンのマニラを出航、メキシコを目指して航海したが、東シナ海で複数の台風に遭遇して甚大な被害を受けた。

そのため船の帆柱なども切り倒し、満身創痍の乗組員と船体で、日本のどこかに流れ着くのだけを頼りに漂流。

サン・フェリペ号は破壊をまぬがれ、運よく土佐の浦戸に漂着する。

嵐の中で多くの荷物を海中に投棄して、何んとか沈没しなかったが船内には莫大な財宝が積まれていた。

その財宝は百万ペソといわれた。

ガレオン船一隻が七万八千ペソで建造できたから、十二隻の船が造れる金額ということになる。

こういう交易船が世界の海を行き来するようになっていた。

そのサン・フェリペ号が発見されると長宗我部元親は、自力では動けない船を浦戸湾に強引に曳航させた。

その時、船内には六十万ペソ分の積み荷がまだ残っていた。

それを長宗我部元親がすべて没収する。

日本で座礁や難破した船と積み荷は、その土地に所有権が移ると決められていた。南蛮とは決まりが違っていた。

当然、サン・フェリペ号の乗組員が長宗我部元親に抗議する。

すると元親は個人的に友人の秀吉の五奉行増田長盛に訴えるよう促した。このサン・フェリペ号にはフランシスコ会の七人の司祭と、三人のアウグスティノ会員と一人のドミニコ会員が乗っていた。

船長は元親の指示に従い二人の部下を京に派遣。

京にいるフランシスコ会の修道士と落ち合うように命令する。

話し合いの結果、話がまとまり船の修繕と、乗組員の身柄の安全を秀吉に願い出ることになった。

船長は使者に贈り物を持たせて伏見に向かわせる。

ところが使者は秀吉に会うことができず、逆に元親の友人という増田長盛が四国に派遣されることになった。

この時、増田長盛に欲が出た。

船長の話を聞いて落としどころを探ればいいのに、増田奉行は秀吉に積み荷の接収を進言する。

その上、土佐に向かいスペイン人に賄賂を要求した。

いつの世にも、こういう下種野郎の勘違い者がいるもので、当然、賄賂は断られ日本の恥を晒した。

こういう恥知らずはどこにでもいる。

すると怒った奉行は乱暴にも和船百隻を集め、サン・フェリペ号の積み荷を積み替えて京に送る支度を始める。

そこへ伏見に派遣された使者が戻ってきた。

その使者の言葉から秀吉がマニラの総督に、「遭難者は救助する」と伝えたことが判明する。

増田長盛たちのやっていることは逆だ。

驚いた使者は荷を没収された上、自分たちも拘束され、処刑されるかも知れないとまでいった。
その言葉に乗組員たちが驚いている。
乱暴な奉行が白人やその奴隷の黒人など区別なく、人別名簿を作り積み荷には
すべて太閤の印を押す。
乗組員は上陸させて拘束すると、所持品をすべて提出しろと命じた。
遭難者に対してこういう扱いをすれば、どうなるか奉行はわかっていない。当
然、事態は悪化するに決まっていた。
「お前たちスペイン人は海賊である。ペルー、メキシコ、ルソンなどを武力で制
圧した。それと同じようにするため日本の近海を測量に来たに違いない。このこ
とは京にいるポルトガル人数人に聞いたことだ」
という秀吉の書状を伝えた。
するとサン・フェリペ号の航海長が世界地図を出して奉行に見せる。
「スペインは世界に広大な領土を持っている。日本という国はこんなに小さいの
を知っていますか？」
航海長は奉行を脅すつもりのようだ。
「なるほど、だが、お前たちのスペインはどうして、そんなに広大な領土を持て

るようになったのだ？」

「それはスペイン国王が世界の各地に宣教師を派遣して、キリスト教の布教と同時にその国を征服したからだ」

「なるほど、それは海賊と同じだ」

「違う。キリスト教の布教によってその信徒たちが内応してくる。だから兵を出して人々を助け併呑するのだ」

「それを日本では盗人猛々しいというのだ」

「ぬすっと？」

「うむ、盗人にも三分の理などともいうがな」

「三分の理？」

二人の話がすれ違った。

奉行も賄賂を要求しておきながら口達者ではある。

この話を聞いた秀吉はキリスト教徒に対して大弾圧をすることになる。

航海長はコエリョと同じで日本をわかっていない。信長も秀吉もそんなことは充分にわかった上で交易のためキリスト教をゆるしている。

わかっていた。

それをあまり堂々といわれると許すことはできなくなるというものだ。

だがこの頃、航海長の威勢のいい話とは逆に、スペイン国王フェリペ二世は国土の拡大に悩んでいた。

領土を奪えばそこを経営しなければならない。

世界中のスペインの植民地を武力で抑え込んでいくには、膨大な量の兵を必要とするがその召集が難しくなっていた。

それにスペインの無敵艦隊を維持する費用や、植民地につぎ込む費用も莫大である。

膨れ上がった費用に困り、スペイン国王は拡大より、領土をどのように守るかで四苦八苦していた。

このスペイン国王の方針に秀吉は薄々気づいていた気配があった。

ルソンに対し属国になるよう要求したのも、スペインの植民地拡大方針の変化に敏感だったともいえる。

領土というものは拡大すればいいというものではない。

そこには一筋縄ではいかない人が大勢いるのだ。

サン・フェリペ号漂着事件が発覚した頃、九月一日に秀吉が明からの勅使を引見した。

秀吉の明への要求は厳しかった。

だが、小西行長がその要求を取り下げる形で、逆に秀吉の降伏状を内藤如安に託していたのだ。

明の皇帝は勘合貿易さえも許さない。

秀吉を日本国王にするとの金印を勅使に持たせていた。

明の勅使を引見した秀吉は、自分の要求が何一つ受け入れられていないことを知り激怒する。

その秀吉は明の勅使を追い返し、再び朝鮮出兵を決めて支度を命じた。

この頃、家康は地震見舞いで伏見に出てきたが、それが済んで江戸に戻ってちょうど帰着したところだった。

家康は色々と話を聞き、朝鮮への侵攻を維持するのは難しいと思い始めていた矢先だ。

実はサン・フェリペ号から没収した積み荷の財物を、この朝鮮の戦いに戦費として投入していたのを家康は知っている。

その一部を秀吉は公家や有力大名に配ったりもしていた。

大阪城の金蔵に黄金を蓄えていたが、秀吉は大地震や暴風雨の後始末や朝鮮への出兵で銭が必要だ。

そんな中で文禄五年十月二十七日が、慶長元年十月二十七日に改元された。

改元の理由はもちろん大地震など天変地異による改元ということだ。厄災が通り過ぎてくれと誰もが祈る。

その余震で大地が時々大きく身震いする。

もちろん島が消えるような巨大地震が、まさか三連発で襲ってくるなど誰も考えていなかった。

だが、この国ではありえないことではない。

四方が海で山々が連なって美しい国なのだが、この巨大地震とそれに伴う津波と噴火は避けようがない。

家康は江戸城とその城下と関八州の整備に余念がなかった。

この頃は四十を越えれば結構という。長生きするのがそれほど難しかった。それが五十五歳になっても元気だ。今のうちに江戸を中心に関八州を安定させたい。

信長老の薬湯のお陰で気持ちも体も若返った。

まだまだいける。側室も少しずつ増えていた。そんな家康を見て阿茶と千賀はうれしくて仕方がない。

変な三人なのだ。

そこに信長老と本多正信が入ると変な五人組になる。

天海が現れると薄気持ち悪い六人衆になる。六人そろえばどんな謀議でも悪事でもできそうだ。

みんな家康の軍師気取りなのだから始末が悪い。

正直、軍師というより口うるさい、年寄りのお化け集団ともいえるようだ。だが、賑やかで良い。

上品にしんみりと活気がないのも困る。

家康は黙って話を聞いている。近頃は薬草を砕く薬研を回すようになった。

足利学校の校長信長老の優秀な弟子の一人が家康なのだ。二人で怪しげな干し草を薬研でカリカリと気持ち悪い。

薄暗い夜など変な老人二人が、ひそひそと喋りながら薬研を回すのは実に怖い。

そんな時、十一月十四日に忠義の臣、服部石見守正成こと鬼半蔵が死去する。五十五歳だった。

服部正成は江戸麹町の清水谷に庵を建てて住んでいた。

すでに正成は出家していて、家康の長男で二俣城において切腹した信康の菩提を弔っている。

伊賀者、甲賀者、根来者を指揮した鬼半蔵は槍の名人でもあった。

服部半蔵正成はすでに忍者ではなかった。その家督は息子の正就《まさなり》二十一歳が相続することになった。

御先手鉄砲頭として与力三十騎に伊賀同心二百人を引き継ぎ、その半蔵正就の妻の松尾は家康の異父弟松平定勝の娘だった。

その於大との縁によって正就は家康から秋廣《あきひろ》の刀を与えられる。

江戸城の大手門の真反対にある西の半蔵門と呼ばれるのは、服部半蔵正成が門の警護を担ったこと、その門から通じる甲州街道沿いには、半蔵とその配下が住んでいたからだともいう。

その甲州街道は江戸城に万一のことがあった場合、将軍が甲府まで避難するために使う道として整備された。

半蔵門は江戸城の重要な搦手門である。

十二月になると家康が伏見に戻ってきた。近頃、家康の傍にはいつも佶長老がつき従っている。

家康の表の参謀に本多正信がなり、陰の軍師には佶長老がなった。

その博学天才ぶりは家康の参謀であり軍師といえる。歳は家康よりだいぶ下だが、幼い時に家康が指南を受けた大軍師太原雪斎のような威厳があった。

風貌も雪斎とそっくりだった。

家康は薬草学だけでなく禅や兵法、佶長老が最も得意とする易経や占筮《せんぜい》など難しいことを聞いた。

それをぼそぼそと二人で何か喋りながら伝授する。

この頃、家康は最も佶長老を信頼していたのかもしれない。それはあの雪斎禅師と繋がっていたからだ。

ただ、本多正信はカリカリコリコリやる薬研の音を聞くと嫌がる。

わけのわからない薬をいの一番に飲まされるのが正信なのだ。この老人は血も涙もない謀略家だが家康の薬研の音だけには怯えた。

サン・フェリペ号の事件が切っ掛けになり、十二月八日になって秀吉の禁教令が発せられた。

この国ではキリスト教は駄目だということである。

これに対してイエズス会は神妙だが、遅れて日本にきたフランシスコ会は、いうことを聞かず活発で挑発的に布教活動をした。

天下人の秀吉はそういうことを絶対に許さない。

フランシスコ会は托鉢修道会などともいうが、無所有で清貧を精神にする過激なところがあった。

こういう集団は為政者にはもっとも都合が悪い。

無所有などというのは邪教とみられても仕方がない。すべての財物をキリスト教に寄進しろというのだから困る。すぐ京奉行の石田三成にキリシタン捕縛の命令が出る。

京に住むフランシスコ会の者や、キリスト教徒をすべて捕縛しろという厳しい命令だった。

捕縛名簿の中から三成はいち早く高山右近を除外する。

他にもイエズス会員のパウロ三木などが含まれていた。大阪でヨハネ五島というイエズス会の少年が捕縛された。

この二人を三成は助け損なった。おそらく逃がすといっても二人は逃げずに殉教しただろう。キリスト教には殉教、つまりキリスト教に命を捧げるという思想がある。一向一揆などと同じ思想だった。これが為政者には実に困った思想なのだ。

この日、役人に捕縛されたのは、フランシスコ会の者七人にその信徒が十四人だった。

ところがその他に捕縛者の中に、イエズス会の者が三人も入っていて二十四人になっていた。

秀吉の命令で二十四人の耳と鼻を削ぐよう命じられる。

石田三成は二十四人を一条戻り橋に連れて行き、左の耳たぶだけを切り落として、血みどろの二十四人を引き回しにした。

秀吉は残酷、無慈悲にもその二十四人を長崎で処刑しろと命じる。

裸足にさせられ歩いて長崎へ行くことになった。

命令では仕方がない。この道中で、イエズス会の三人を世話するためペトロ助四郎が加わった。フランシスコ会を世話していた伊勢のフランシスコ吉《きち》が捕縛され二十六人になった。

真冬の寒さの中を二十六人は神を信じて長崎に向かう。最年少はルドビコ茨木の十二歳だった。

わずか十二歳の少年はどんなにか哀れに見えたことだろう。

その一行が長崎に到着すると長崎奉行、寺沢広高の弟半三郎がルドビコを助けたいと思い声をかけた。

「キリスト教の教えを捨てれば、お前の命を助けてやれるのだが何んとかならぬか？」

その半三郎の言葉に対するルドビコの答えは明確だった。

「この世の束の間の命と、天国の永遠の命を取り換えることはできません」

ルドビコはそう言って半三郎の助命の申し出を断ったという。何んとも清浄で悲しい響きの言葉である。

二十六人の刑場は特別に長崎の西坂の丘の上に用意された。

その丘は遥かな昔にキリストが処刑されたエルサレムの、ゴルゴタの丘に似ているという理由からだった。

処刑の日は十二月十九日で長崎奉行から外出禁止令が出された。

だが、ゴルゴタの丘には続々と人々が集まり、四千人を超える人たちが各地から集まってきた。

死を前にパウロ三木は十字架の上から自らの信仰の正しさを語ったという。三十三歳だった。

二十六人は両脇から槍で刺されて絶命する。

処刑は巳の刻に終わり、その二十六人の遺骸は、日本で最初の殉教者の遺骸として、世界各地に分けられた。

やがて二十六人は二百六十六年後に聖人として列することになる。

醍醐の花見

慶長二年（一五七九）の年が明けた正月、太閤秀吉は再び朝鮮出兵を命じた。

この猿顔の親父はまったく困った親父で、無理だとわかっていながら唐入りだと正月から騒ぐのだ。

この親父を絞め殺したいと思う大名が何人いたことか、はた迷惑もいいところである。

というのはこの朝鮮での戦いで武功をあげても、国外の戦いでは恩賞が見込めない。加増してもらえないのだから困る。

秀吉の老いの妄執につき合いきれなくなっている。いい加減にしてくれと言いたいところだ。

端からおかしな嘘まみれの和平話でこうなることは見えていた。

秀吉に追い返された明の勅使は帰国後に処刑されている。そんな危なっかしい和平話がうまくいくはずがない。

二月二十一日に朝鮮出兵の総大将は小早川秀俊十六歳と決まる。のちの小早川秀秋である。このあと秀俊は豊臣家から放り出される。

その秀俊は秀吉の正室お寧さんの兄木下家定の五男で、四歳の時に秀吉の養子になりお寧さんに育てられた。

後陽成天皇の聚楽第行幸の時には、七歳で秀吉の代理を務めるほど可愛がられていた。

秀吉の後継者候補として八歳で元服させられ、小吉秀勝の領地だった丹波亀山城十万石を与えられている。

秀俊は十一歳で従三位権中納言に叙任、丹波中納言とか金吾中納言などと呼ばれた。

その秀吉の寵愛が一転したのは、やはり秀頼が生まれたからだった。秀俊は秀次の次の後継者で二番手だった。

秀頼が生まれ邪魔になった秀俊は、すぐ豊臣家から養子に出されることになる。

選ばれた養子先は西国の毛利家だったが、すでにその毛利家には養子の予定者が決まっていた。

とはいうが実のところ毛利家は、豊臣一族からの養子をいれたくなく、急いで毛利一族から毛利秀元を手配した形跡がある。毛利家は鎌倉幕府の政所別当大江広元の一族で名門である。そこに秀吉がいらなくなった養子など入れたくない。

結局、秀俊は豊臣家から放り出されたが行き場がない。

そこで秀俊を引き受けたのが毛利輝元の叔父で、賢人として尊敬を集める名将小早川隆景だった。

隆景には女の子しかいないため秀俊の養子は都合がよかった。

隆景を尊敬する黒田官兵衛から秀俊養子の話があったともいう。

秀吉の無理難題から毛利家を救うという意味合いもあったのだろうと思われる。

ところが関白秀次事件が起きると、秀俊は秀次に連座させられて、丹波亀山城十万石を秀吉に取り上げられた。

なんとひどいことをする猿顔の老いぼれ爺だ。

この時も秀俊を救ったのは養父の小早川隆景だった。

隆景は譜代の家臣たちを連れて城を出ると備前三原に隠居、九州筑前名島《なじま》城三十万七千石をそっくり秀俊に譲った。

小早川隆景とはこういうことのできる人だった。

その隆景に悪いと思ったのか、秀吉は破格の五万石を隠居領として与える。

老いぼれ太閤になんだかんだと邪険にされ、秀俊は十二歳で酒を手放せない依存症になっていた。

幼い秀俊は秀吉に翻弄された人生だった。

そんな秀俊に娘を与え、三十万石を超える領地を譲った隆景に、秀俊は親にも勝る恩義を感じていたことだろう。

その総大将金吾中納言は十四万余の大軍を率いて渡海する。

この出兵は朝鮮の奥深くに攻め込まず、朝鮮南部の沿海部に城を築き地盤固めを行い、一旦撤収して慶長四年（一五九九）に大規模な再出兵を行う。

そのような二段構えの作戦計画が考えられていた。さすがの秀吉も一気に唐入りするのは難しいと思ったのだろう。

小西行長や石田三成あたりから進言があったのかもしれない。

この再出兵にも後詰めの家康の出陣はなかった。

その頃、朝鮮国王は釜山に駐屯する日本軍を攻撃するよう、朝鮮水軍に命じたのだがその国王の命令を拒否するという状況で、朝鮮軍も日本軍を攻撃するのにまとまり切れず手間取っていた。

四月になると太閤秀吉が参内するのに内大臣の徳川家康が供奉した。

この参内に際して秀吉が正装の装束を整えたりするため、聚楽第を破壊してしまったので禁裏の近くに、太閤御所または京の新城と呼ばれる屋敷を建築していた。

そこは昔、藤原道長の土御門第のあったところだという。

六月になって十二日に隠居していた賢人小早川隆景が死去した。隆景の傍にいた譜代の家臣たちは毛利本家に帰って行った。

この知らせを受けた秀俊は、朝鮮に在陣中ではあったが、名を秀俊から秀秋に改名する。

秀秋は心に期するものがあったのだろう。弱冠十六歳の秀秋の心を垣間見ることができる話だ。

おそらく養父隆景に対する心からの御礼と、秀吉に対する恨みではなかったかと思う。つまり豊臣家と決別する改名だった。

このように秀頼の誕生は関白秀次事件だけでなく、あちこちに大きな影響をおよぼしていた。

小早川秀秋はこの時、豊臣家とはっきり縁を切ったのであろう。

そんな中で秀吉は何を考えてか、甲斐の善光寺にあった信濃善光寺の本尊を、東山の方広寺に移して安置し本尊とした。

秀吉が自分の長寿を願ったのか、それとも秀頼の平安を祈ったのかはわからない。本来は信濃善光寺に戻るべき本尊である。

最早、この老人のやることはわからないことが多い。

この信濃善光寺の本尊は、白雉五年（六五四）から絶対秘仏とされている。その秘仏が上洛してきた。

天竺から百済に渡り、欽明天皇十三年（五五二）に日本の難波の津に漂着したという仏さまである。

廃仏を唱える物部が疫病の流行によってこの本尊を捨てた。

それを本田善光《よしみつ》なる朝廷の役人が難波の堀江で発見、自宅に持ち帰り臼の上に安置すると臼が燦然と輝いた。

そこでその場所を本田善光は坐光寺とした。難波の小山善光寺のことである。

本尊はそこから信濃飯田の坐光寺に移され元善光寺と称した。その後に信濃善光寺に遷座したのである。

その後、天平勝宝八年（七五六）には、唐の玄宗皇帝が楊貴妃の菩提を弔うため、使節を日本に派遣して玄宗直筆の大般若経を奉納したと伝承されている。

秘仏の存在は遠い唐にまで知られていた。

この信濃善光寺は不思議な寺で、正式には定額山《じょうがくさん》善光寺というのだが、宗派ができる前に建立された寺で無宗派である。

本尊は一尺五寸の一光三尊阿弥陀如来と申し上げる。

寺の住職は大勧進貫主と大本願上人の二人がおられ、大本願は尼寺で特に善光寺上人と呼ばれている尼僧だった。

また、善光寺は四門四額《しもんしがく》といい、東門は定額山善光寺と掲額するが、南門は南《なん》命山《みょうさん》無量寿寺、北門は北空山雲上寺、西門は不捨山浄土寺と掲額される不思議な寺だ。

女人禁制の多い寺々の中で善光寺は女人救済である。

その信濃善光寺は戦国乱世になると荒廃し、その上、兵火に見舞われる恐れが出てきていた。上杉謙信と武田信玄の戦いは善光寺平や、川中島の辺りで行われ危険な状況である。

そこで善光寺の秘仏本尊は寺を出ることになった。

兵火による焼失を心配した武田信玄が、甲斐の甲府に移して甲斐善光寺を建立し安置したのである。

荒廃した善光寺は本尊不在となり益々荒廃することになる。

この時、本尊につき従い寺を出られたのは、大本願の善光寺上人と本尊をお守りする尼僧たちだった。

大勧進は寺に残り荒廃した寺を守り本尊のお帰りを待つことになる。

武田家が信長に滅ぼされると本尊は信長の嫡男信忠によって、岐阜に移され伊《い》奈《な》波《ば》善光寺が建立され安置された。

本能寺の戦いで信長と信忠が亡くなると、本尊は信雄によって尾張甚《じ》目《もく》寺に移される。

それを徳川家康が譲り受けて遠江鴨江寺に移した。

乱世の中を本尊と善光寺上人たちは、転々と流浪の旅を続け甲斐善光寺に戻ってきたところだった。

そこを太閤秀吉の命令で一光三尊阿弥陀如来は上洛することになる。

やがて本尊は信濃善光寺に帰る時が来るが、善光寺上人は智浄上人、智誓上人、智慶上人と、三代の尼僧上人たちが本尊を守り抜いた。

なんとしても秘仏の本尊に信濃へお帰りいただくという一念である。

江戸期になるとお伊勢参りが流行するが、その帰りには善光寺参りをするのが良いとされた。

伊勢から信濃まではずいぶん遠回りだが、そのため荒廃した善光寺が息を吹き返すことになる。

善光寺の一光三尊阿弥陀如来が上洛して六日後、七月二十四日に巨大な生き物が上洛してきた。

それは呂宋のスペイン総督が使節を送り、秀吉に献上してきた南方の象という生き物で鼻が長く、何貫目あるかわからないが大きく重そうだった。

のっしのっしと歩き首のあたりに象使いが乗っている。

秀吉が再度、朝鮮に出兵したと聞いて、呂宋のスペイン総督が親和を求めてきたと思われた。

サン・フェリペ号事件や、キリスト教禁令に続くキリシタンの長崎での処刑など、秀吉の断固たる態度を総督は恐れたのだろう。

日本が二度までも朝鮮に侵攻できる力を持っているのは、スペイン総督には恐怖だ。

だが、もちろん呂宋を手放す気はない。

キリシタン問題もあってスペイン総督も頭が痛いところだ。兎に角、ここは日本の呂宋侵攻だけは回避しなければならない。

それでなくても呂宋の海には、倭寇という得体のしれない暴れ者たちがうようよしている。

倭寇は初めの頃は倭人の海賊だったが、この頃は唐人の海賊や商人に代わってきていた。

南の海はかなり危険になっている。総督は日本とは戦いたくない。

九月になると長崎奉行の寺沢広高が、禁教令で長崎に集まっていた宣教師たちを呂宋に送還する。

秀吉は南蛮と交易はしたいが、キリスト教の布教は絶対許さない。

そうはいうものの、交易を止めない限り殉教目的の宣教師や修道士が日本を救えとばかりに密入国する。

こういう輩は死にたくて来るのだから厄介このうえないのだ。

日本を救えとはお節介で、余計なお世話なのだがキリスト教には殉教という教えがある。死にたければ勝手に死ねばいいが、自害は神によって禁止されている。だから殺してくれというわけだ。迷惑千万。言語道断。

日本は仏教によって聖徳太子の頃にとっくに救われている。馬鹿も休み休み言えということだ。

死にたい奴はいいが、殺さなければならないこっちのことを考えたことがあるか。殺されれば神のいる天国に行ける。

そんな手前勝手な都合のいい話があるか。

この状況が江戸期になっても頻繁に続くことになる。

「日本を救え」が南蛮の流行になったというからたまらない。幕府の役人は救ってくれなくていいから密入国するなといいたい。

そういいながら宣教師や修道士を殺すことになった。

キリスト教徒は天国に行く権利があるが、仏教徒には極楽浄土に行く権利がある。その折り合いがつかないから悲劇が起きる。

こういうややっこしいことが延々と幕末まで続くことになった。

秋口に十五代将軍足利義昭が死んだ。

九州の名護屋城などに行く元気があったが、病臥して数日後、急に腫れ物が悪化しての急死である。

まさに兄義輝死後は波乱万丈の半生だった。

足利幕府最後の将軍はこの時六十一歳になっていた。

あの世で信長に会ったら頭を掻きながら、「遅くなりました……」と苦笑いすることであろう。

出家する間もない急なことで、相国寺の臨済僧西笑承兌が死後に剃髪してやったという。

秀吉に知らせたのも西笑承兌だった。

秀吉は何も言わず、足利尊氏が眠る菩提寺の等持院での葬儀を許した。その費用は旧臣たちが出し合ったという。

ここに足利宗家は名実ともに消えたことになる。

その数日後、秀吉は伏見城から秀頼を連れて出ると、京の太閤御所に入り親子で正装すると参内した。

秀頼は五歳になり、初めて官位を賜り従四位下左近衛少将に叙任した。

太閤の息子であり非常に高い官位官職である。掌中の珠であり目に入れても痛くない溺愛ぶりだった。

秀吉の不安はこの息子とあと何年一緒に暮らせるかだ。

この頃、あの巨大地震の余波がまだ残っていて、時々またかと思わせる大きな揺れが襲ってきた。

十一月になって家康は伏見から江戸に戻る。

その途中で伊豆の走り湯こと、熱海に立ち寄って湯治を楽しむことにした。家康主従八人が密かに熱海に向かう。

刺客に狙われないとも限らない。

小田原北条家の浪人などが潜んでいないとも限らなかった。隠密行動の八人はその中に家康がいるとはわからないようにして熱海に入った。

海に臨む露天の湯に浸かると何んとも気持ちがいい。長旅の疲れもいっぺんに吹き飛んでしまう。

家康は信長老から湯治の効能を詳細に聞いていた。

体の芯から温めることが長寿や病除けにいかに良いかである。この後に家康は熱海の湯を好きになる。

そのため湯を江戸城まで運ばせるようになったともいう。

この湯は古く文武天皇三年（六九九）に役小角《えんのおづぬ》によって、洞窟から流れ出る七千石もの走り湯が発見された。

各地に湧き出る湯にはそれぞれの物語がある。

この辺りは阿多美とかあつうみが崎などと呼ばれ、海から熱い湯が湧き出していて漁師たちが困っていた。

そこで箱根三所権現の万巻《まんがん》上人が天平勝宝元年（七四九）に、祈禱によって海底の温泉を陸上に移し湯前神社を建立した。

そのように霊験あらたかな湯が熱海の湯である。

文禄二年（一五九三）には関白秀次が四十日も湯治をしている。秀頼が生まれ気鬱になった秀次が熱海の湯で心を静養したのだ。

そんな秀次不在の中で、秀吉は生まれたばかりの秀頼と、秀次の娘の結婚を決めたという。

すでに秀吉と秀次の間がおかしくなっていたと思われる。

この後も家康は何度か熱海に湯治にくる。子ども二人を連れて湯治したり家康は熱海の湯が気に入りだった。

三代家光が湯治するための御殿を造らせたり、病弱だった四代家綱は江戸城に熱海の湯を運ばせたり、熱海の湯は天領となって汲湯《くみゆ》という徳川家の御用を務め、名湯として天下の諸大名に知られる。

八代吉宗は特に汲湯に入るのが好きだったようで、八年間に三千六百四十三個の湯桶を江戸城に運ばせたというから大贅沢だ。

一方で贅沢禁止の享保の改革を断行しながら、ほぼ毎日、熱海から汲湯を運ばせていたことになる。為政者というのはいうこととやることが違うことが少なくない。

草津温泉からも汲湯を運ばせたというからとんでもない将軍だ。

熱海の走り湯の熱湯を湯桶に汲んで、それを神輿のように担ぎ大男たちが東海道を江戸まで走った。

江戸城まで一刻半ほどだったというからかなり早い。

替え馬ならぬ替え人足で走り続け、熱海の熱湯は江戸城に到着する頃には、ちょうどいい湯加減だったという。

将軍吉宗は汲湯を毎日運ばせて、江戸城にいながら贅沢この上ない湯治を楽しんでいたことになる。

汲湯があまりに頻繁なので、陸上を走るのから海上輸送に変わったともいう。

その最初がこの時の家康の隠密湯治だった。

家康が熱海の湯で極楽を感じながらも気になっていることがあった、それは朝鮮に渡海した大勢の日本軍のことだ。

家康には再出兵は何の益もない秀吉の陋醜《ろうしゅう》だとわかっている。多くの兵を犠牲にすることもわかっていた。それでも家康は反対しないで沈黙を続けていた。

それは秀頼のためなら何をするかわからない秀吉だとわかるからだ。

秀頼が生まれてからの秀吉はそれ以前の秀吉ではない。太閤は太閤だが似て非なる太閤なのだ。

そんなことを考えながら家康は熱海の湯で茹で蛸になっている。

体調がすこぶるいい。名医などという名ばかりのものより、信長老の薬湯の効き目は天下一品だ。

家康は阿茶と千賀の他に若い側室を必ず連れて歩いた。

それは一人の時もあれば二人の時もある。なんとも元気溌剌でおめでたいことだ。

その頃、秀吉は再三帰国するよう秀秋に命令を出している。だが、秀秋はなかなか動こうとしなかった。

秀吉は本格的な朝鮮侵攻は一、二年後だと考えていた。

朝鮮南部に日本軍の足場となる城を築いて、大軍を擁して唐入りを実現したいと秀吉は思うのだ。

今は巨大地震の傷跡があまりに深くその時ではない。

九州から東海まで大打撃を受けて、その復興に目処が立つまでは、さすがの秀吉も大軍を唐入りさせるのは危ないとわかる。

渡海した大軍を養う五十万石、百万石という兵糧を、荒廃した朝鮮から調達するのは難しい。

その大軍が大陸を行くことの困難を行長や三成はわかっている。

日本軍が構築した朝鮮内の城を足場に、兵站を徐々に伸ばして行くしか、唐入りの実現は困難だとわかっていた。

もちろん今に倍する船も必要になる。日本軍は兎に角水軍が手薄なのだ。

南の海に浮かぶ倭寇の海賊船まで、みな九州に呼んで集結させてもとても足りないぐらいだ。

慶長三年（一五九八）の年が明けて一月二十九日になって秀秋はようやく帰途についた。

この時、秀秋の家臣と兵たちは朝鮮に残ったため、帰国指示に従わないものは成敗するようにという命令が出た。

秀秋と秀吉の間に何か起きていたのかもしれない。

秀秋はもう秀吉を見限っていたのかもしれない。帰国した秀秋は越前北ノ庄城十五万石に減転封を命じられている。またもや秀吉の冷遇である。

わずか十六歳で朝鮮出兵十五万の総大将を命じられ、帰国したら罰せられるとはよほど悔しかったに違いない。

秀秋は叔父の秀吉にいじめられることになった。

小早川隆景から譲られた筑前の三十万石は、取り上げられ秀吉の蔵入地となり石田三成と浅野長政がその代官となった。

領地を半減された秀秋は多くの家臣を手放すことになる。

この時、小早川家の家臣たちは代官の石田三成の家臣として吸収された。

このように秀秋と秀吉と三成の関係がこじれて、後の関ヶ原の戦いの勝敗を決定したといえる。

関ヶ原の戦いでは何も小早川秀秋が西軍を裏切ったのではなく、このようないじめの末に秀秋はそもそも豊臣家や三成の味方ではなかったのである。

戦いの前に武将たちには何かと因縁があるものだ。ことに秀秋は秀吉との因縁が実に深かった。裏切り者呼ばわりするなど「ふざけるな！」と秀秋は言いたかったであろう。

秀吉の怒りは、秀秋が蔚山の戦いで不手際があったからだという。だが、蔚山の戦いは十二月二十三日から一月四日までで、秀秋に帰国命令が出たのはその一ヶ月以上も前である。

話が合わない。

秀秋を悪者にしたい誰かが、いい加減な嘘を流していたのだ。

十七歳になったばかりの秀秋が秀吉に翻弄されたことは間違いない。

例の三成の讒言などがあった可能性も考えられる。

秀頼が生まれてから、秀秋はいつも貧乏くじを引かされていた。若いだけに反発も強かったのであろう。

秀吉は明らかに正常な判断ができなくなっている。

そこにうまくつけ込んで秀吉の権力を利用しているのが三成だった。

その秀吉が最も気にしているのが、巨大大名になった家康と奥州の伊達政宗が親しくなることだ。

この二人からは眼を離せない。潰してしまいたいがもう遅かった。二人を見張る楔として秀吉は越後から、上杉景勝を百二十万石の大大名にして会津若松に移封した。

越後中納言と呼ばれていた景勝が会津中納言となった。

この時、上杉景勝の右腕である直江兼続が、出羽の米沢城三十万石を秀吉から与えられている。

秀吉の心配は朝鮮や西国より実は東国にあった。

奥州伊達家と出羽最上家は近い親戚でありながら不仲で、叔父の最上義光と甥の伊達政宗はいつ衝突するかわからない。

そんな不安定な東国に近いのが関東の家康である。

その家康に秀次事件以来、急接近しているのが最上義光で、どんな動きになるかわからない火種がそこにあった。

それを押さえられるのは上杉謙信の甥で養子の上杉景勝しかいない。

秀吉は景勝に加増して越後から出すと、その上杉家の後に小田原征伐で陣中死した堀秀政の息子秀治を入れた。

秀吉は五大老の筆頭に内大臣の家康を置きながら、その家康の腹の中が今一つ読み切れない。

自分の死後に秀頼を関白にまでしてくれるのか。

信長の死後に自分が織田家を乗っ取ったように、家康が自分と同じようにしないという保証はない。

世の中は因果応報で成り立っている。そう仏は教えている。

起請文や誓紙など何枚書かせてもただの紙切れで、全く役に立たないことは秀吉が一番よく知っているのだ。

秀吉は自分の体調の悪さにも不安で、どうすればいいかわからなくなっている。

宝物の天下さまである秀頼は六歳になったばかりだが、秀吉は還暦を過ぎて六十二歳になった。

最期の時が近づいている予感がする。

寿命というものは生きるものに等しく訪れるものだ。その覚悟はできているが秀頼があまりにも幼い。

すべてわかっているつもりだが、秀頼のことを考えると秀吉はまだ生きていたい。だが、秀吉は余命がそう残っていないと感じている。そこで秀頼に大きな贈り物と思い出を残したいと考える。

親としては当然だ。ただ六歳では秀頼の中に父親秀吉の面影が残るか怪しかった。それをはっきり残しておきたいという秀吉の親としての願いだ。そこで秀吉が考えたのが数年前に吉野で行った花見だ。

あの時より何倍も盛大な花見にしたい。その場所に選ばれたのが伏見城からほど近い醍醐寺である。

自分の眼の届くところに花見の場所を整備したい。

伏見の醍醐寺は醍醐天皇の勅願寺だが、応仁の乱の戦禍に巻き込まれて焼失し荒廃していた。それを秀吉が復興した。

それには理由があった。

醍醐寺三宝院の座主義演《ぎえん》というのは、天正十三年（一五八五）に関白を秀吉に譲った二条昭実の弟だった。

秀吉はその恩義に醍醐寺の復興で報いたのである。

花見開催の下見に行って秀吉は焼失した仁王門や堂宇の建立を命じた。

また、桜の馬場から山への道三百五十間の左右に、桜の木七百本を吉野や近江など五畿内から移植するよう命じる。

それも銭に糸目をつけず大突貫でやれという。

最愛の秀頼をよろこばせるためなら、黄金の一万枚や二万枚は安いものだ。秀吉は秀頼が大よろこびするところを見たい。

その盛大な花見の宴に出られるのは、秀吉の命令による女だけだというから大騒ぎになった。

諸大名の正室や側室や侍女など千三百人を招待する。

その女衆には三着の着物を新調して、宴の間に二度のお色直しをするようにというお達しだ。

諸大名は醍醐寺までの沿道の警備を命じられた。

こうなるとただ事ではない。太閤秀吉の狂気の沙汰というしかない。招待された男は前田利家ただ一人だ。

煌びやかを通り越した絢爛豪華、大盤振る舞い、言語道断、笑止千万。

三百五十間の道々には秀吉と秀頼や一族の女たちなど、着飾った女房衆が立ち寄る茶店が立つという。

生きた鯉のつかみ捕りの茶店や、太閤とその息子を入れる風呂を支度した茶店。

地方の珍品名物を並べ好きなものが買える茶店、おもしろい芸を見せる茶店、茶会を開く庵や歌会のできる庵など、秀頼のための花見の楽しさが山盛りなのだ。

秀吉の一世一代の大見世である。

そんな支度が着々と進められていた。噂を聞いていた家康が三月になるとそんな大混乱の伏見城に現れた。

朝鮮にいる日本軍を放り投げて、秀吉の狂気が爆発してしまっている。

その醍醐寺の花見は三月十五日の朝から行われ、伏見城を出た秀吉一行は醍醐寺三宝院で一休みしてから山に向かう。

桜の花の下に滝が作られ、その流れには鯉が泳ぎ花びらが散った。

秀頼は大はしゃぎで鯉のつかみ捕りにびしょ濡れになると丸裸にされ、秀吉の入っている風呂に走って行った。

その後を女房衆が追い駆けて行き大騒ぎだ。

北政所のお寧さんも側室の茶々も、松の丸竜子、加賀姫、甲斐姫、三の丸等々の側室たちも笑顔だ。

諸大名の正室や側室たちも華やかで百花繚乱の花園だった。

お色直しでいっそう美しく咲き誇った大輪の花々だ。そんな時、内大臣家康は棒手振の瓜売りの百姓爺に化けて現れた。

「瓜はいらんかね。瓜売りの瓜はいらんかね？」

これは九州の名護屋城で秀吉が開いた仮装遊びの再現である。名護屋城では秀吉が瓜売りに化け、家康があじか売り、前田利家が乞食坊主の高野聖、蒲生氏郷がお茶売り、織田長益が旅の坊主、それを伊達政宗が囃し立てる盛り上げ役で、大いに狂い騒ぎ遊んだ。

そんな狂乱怒濤の日を思い出す。

家康は道化をやりながらどこか悲しい寂しい気持ちになった。戦に等しい名護屋城での狂い遊びとは違う。

醍醐寺では花見をしながら歌会が行われ茶会が行われ酒宴が始まった。

その酒宴で事件が起きた。

この醍醐寺に来る時の行列の輿の順番は、一番に正室北政所、二番に西の丸茶々、三番に松の丸竜子、四番に三の丸の信長の娘、五番に加賀姫の前田利家の娘、六番に前田利家の正室まつが並んだ。

この順番が気に入らなかったようで酒宴での秀吉の盃を、北政所の次に松の丸竜子が受けようとして西の丸茶々と女の争いになった。

女の意地のぶつかり合いだ。

茶々にしてみれば秀頼を産んだ側室なのだから、当然のこと、北政所の次は自分だと思ったのだ。

だが、松の丸竜子はそれとは違うことを考えていた。

茶々の浅井家は竜子の実家の京極家の家臣だったのである。

竜子にすれば京極家が浅井家の主人筋なのだから、家臣筋の茶々より本家筋の自分の方が先だと主張した。

秀吉の側室になったのも竜子の方が先だった。

二人は意地を張って譲らない。そんなことをいうなら、禁句だが茶々は信長の娘だと言いたくなる。

行き場のない盃を持ったまま秀吉が困った顔だ。

秀吉は竜子も可愛いし茶々も可愛いのだから、竜子に主張されると確かにそのようにも思う。

でもそれでは折角の花見なのに茶々が拗ねて帰ってしまいそうだ。

女たらしの秀吉は優しいのが仇になった。北政所のお寧さんでもどっちが先とは決められない。

それを見ていた前田利家の妻まつさんが、「それでは歳の順ということにして、わらわが先に頂戴仕りましょう」と、ニッと微笑んで秀吉から盃を受け取ってしまう。

これにはその場にいた女衆が呆然として言葉が出ない。

何んとも絶妙の機転で秀吉もうなずいて盃を渡してしまった。この女の戦いは不意打ちでまつさんの勝ちである。

意地を張った竜子も茶々も捨てられた格好だ。

そんな小競り合いはあったが、秀吉の秀頼に見せる盛大な花見が無事に終わった。

こういう賑やかで派手好きな秀吉は寂しがり屋で、家康のように一人でカリカリと薬研を回すようなことはできない人なのだ。

太閤の死

秀吉は還暦前から失禁することがあった。

それは本人も知らぬ間にしてしまうものだった。原因は色々考えられるが秀吉の場合は加齢による神経の機能低下。

または何か病を抱えているようで老衰が激しかった。

この頃、朝鮮からはすでに七万余の兵が帰国し、六万四千人ほどが朝鮮に残って築城した多くの城に在番させられていた。

来年には唐入りの大作戦を行う計画がされている。

だが、醍醐寺の花見を秀頼とした太閤秀吉は、急に体調が悪化して伏見城から出ることができなくなった。

五月になるとついに秀吉は病臥することになる。

尾張の百姓の小倅から位人臣を極め、太閤まで昇りつめた猿顔の男に最期の時が近づいていた。

日ごとに病状が悪化して乱世の寵児も、死支度をしなければならなくなった。

五月十五日に徳川家康、前田利家、宇喜多秀家、上杉景勝、毛利輝元の五大老と、利家の嫡男前田利長に、秀吉が五奉行の前田玄以と長束正家に宛てた、十一ヶ条からなる遺言書を伝える。

大老たちは起請文を書き血判を添えて二心なきことを返答する。

その上で、秀吉は自分を八幡神として神にすることや、火葬しないで埋葬することなども遺言した。

秀吉の心配はただ一つで息子の秀頼が立ち行くかだけである。

痩せ衰えて行く病の中で秀吉が考えることはそのことばかりだった。秀頼のために秀吉は悪鬼羅刹の如く関白秀次を殺し、その一族を根絶やしにした上で家臣たちや、関係の諸大名までをも粛清した。

その犠牲は甚大だった。その結果どうなるかまでは考えられないほど秀吉は悩乱していた。それは今も続いていて頭の中にあるのは秀頼のことばかりである。

七月四日に秀吉は伏見城に家康以下の諸大名を呼び寄せた。

その場で秀吉は家康に秀頼の後見人になるよう依頼。死を目前に秀吉の最後の抱きつき作戦である。

なによりも大切な秀頼が家康に殺されないようにしたい。

それには諸大名の見ている前で家康を秀頼の後見人にして、抱きついてしまえば、さすがの家康も秀頼を殺せないという秀吉の考えだ。

この秀吉の死に際の捨て身の作戦が成功する。秀頼は無事に成人して二十三歳まで生き延びた。

その幼い秀頼を守り補佐するのが、五大老筆頭の徳川家康関八州二百五十六万石、毛利輝元西国安芸など八ヶ国百十二万石、上杉景勝奥州会津や北陸など百二十万石、前田利家北陸加賀八十三万石、宇喜多秀家播磨や備前など五十七万石でいない。

ある。

だが、ここに秀吉がもっとも信頼する、小早川隆景九州筑前三十七万石がもう

家康を押さえられる唯一の賢人だった。

大老を補佐するという五奉行の浅野長政甲斐二十二万石、前田玄以丹波五万石、石田三成近江佐和山十九万石、増田長盛大和郡山二十二万石、長束正家近江水口五万石などは見張り役だ。

小西行長や秀吉の落胤といわれた大谷吉嗣など、多くの優秀な諸大名を使う豊臣体制を最後まで整備できなかった。

結局、家康に抱きつくしかなかったともいえる。

秀吉の欠点が最後にきて露呈した。

こんな五大老と五奉行などという安直な政権ともいえない体制で、泰平の世とはいえ収まりがつくものではない。

なお、病や高齢の前田利家の亡き後は嫡男利長が大老になる。

また、徳川家康が欠けた場合は嫡男秀忠が大老になると決められた。だが、その家康はすこぶる元気なのだ。

七十や八十ぐらいまでは楽々生きてしまいそうだ。

それを知っているのは信長老と家康の二人だけである。気づいているとすれば阿茶と千賀の二人だ。

千賀などは秘密裏にだが未だに家康から所望がある。

このおかしな二人のことは二人にしかわからない。家康は五十七歳で二人は化け物としかいいようがない。

家康は秘かに千賀にだけは、信長老の薬湯を飲んだ余りを飲ませているのかもしれない。その千賀も元気がよい。

余命幾ばくもなくなった秀吉の心配は、何んといっても江戸の内府家康の二百五十万石が、圧倒的に大きな領地だということである。

秀吉は自分の領地より大きい家康の領地が今さらながら恨めしい。

それを毛利、上杉、前田、宇喜多、小早川たちの四百万石と、五奉行たちの百万石が見張っている情けない体制なのだ。

この時、次の天下を狙うとすれば、江戸の内府しかいないと誰もが思っていた。

そのため秀吉は家康に、「秀頼が立ちいくように……」と何度も頼み、家康の孫の千姫を秀頼の正室にと決めたのである。

秀吉の無念は家康を潰すことができなかったことだ。

実は死を前に追い詰められたのは秀吉で、残された方法は家康に秀頼を任せて抱きつくしかなかった。

そのため、家康の後家好きを知っている秀吉は、茶々を抱いてもいいとまでいった。

家康が茶々を側室にすれば秀頼は生き残れるということである。だが、家康はそれを丁重に遠慮する。

その時、秀吉がどう思ったかはわからない。

家康はだいぶ側室が増えて元気でも手一杯になっていた。

秀吉は自分の領地二百二十万石より大きな二百五十万石を、家康に与えるというおかしなことをしてしまった。

家康を箱根山の東に追いやったつもりでいただろう。

だが、京から遠い関東とはいえ二百五十万石という石高は、今となってはあまりにも大き過ぎる。

とんでもないことをしてしまったと思ったのではなかろうか。

その家康だけは秀吉との戦いで負けたわけではなく、豊臣秀吉恩顧の大名とはいいがたいのであった。

むしろ、家康は織田信長との同盟者であり、秀吉の方は信長に拾われた家臣でしかない。

徳川家の家臣たちなどは露骨に秀吉より、家康の方がすべてにおいて格上だとさえ思っていた。

いまだに秀吉をちょっと運のいい、成り上がり者と見る向きは世間では少なくなかった。

八月五日に秀吉は五大老に二度目の遺言状を書いて、未練を残し息子秀頼の無事だけを依頼した。

哀れな太閤秀吉の最後の頼みだ。

朝鮮に残る六万四千余の日本軍に対する指図はなにもなかった。

これが秀吉といういい加減な男の本性なのである。朝鮮に置き去りにされた日本軍が可哀そうだった。

すでに家康は秀吉死後のことを考えている。

その頃、秀吉の病は甲斐善光寺から、東山の方広寺に移された信濃善光寺の、一光三尊阿弥陀如来の祟りだと噂が流れた。

それを聞いた北政所のお寧さんが、本尊を信濃善光寺に返還することにする。八月十七日に大本願の善光寺上人と尼僧たちに守られ、一光三尊阿弥陀如来が荒廃した信濃善光寺に帰るため京を出立された。

秘仏の本尊が信濃にお帰りになる。

その翌八月十八日に針売りの元吉こと、乱世の寵児太閤秀吉がその生涯を閉じた。六十二歳だった。

秀吉の死はしばらく秘密にされる。

だが、秘すれば漏れるで八月十八日の、公家の日記に太閤の死を記したものが残る。公家というのは実に地獄耳である。

太閤秀吉の死をすぐ明らかにできないのは、朝鮮に滞陣する日本軍の安否にかかわるからだ。

明軍と朝鮮軍に襲いかかられたら、六万四千余の日本軍は全滅しかねない。

秀吉の死は葬儀も行われずに隠されたまま、その遺骸は棺に入りひっそりと伏見城内に置かれることになった。

この日をもって事実上、豊臣政権は終焉したといえる。

秀頼は秀吉の遺言通り大阪城に住むことになり、落城しない城として築城された大阪城が秀頼を守ることになった。

それと同時に大阪城で力を持ったのが秀頼の母茶々である。

この時、茶々は三十歳になっていた。

秀頼の前に生まれて亡くなった鶴松をもうけた頃から、茶々は豊臣秀吉の側室で子を産んだ人として力を持ち始めていた。

それが、秀吉の死によって秀頼のお袋さまとして、大阪城で大きな力を持つようになった。

その茶々が家康をどう思っていたか、秀吉に家康が遠慮したことを知っていたかは不明である。

だが、秀頼にとって家康が重要であることはわかっていた。

その五大老筆頭の家康が伏見城にいて政権の政務を担当し、秀吉の唯一の友である前田利家が大阪城に入って秀頼の傅役になる。

醍醐寺の花見では千三百人の女衆の中で、秀吉と秀頼の他、ただ一人の男の招待客が前田利家であった。それほど秀吉は利家を信頼していた。

秀吉はまだ小者でしかなかったときから、利家には味噌や塩に至るまで世話になった。

だが、秀頼の傅役の前田利家も病を抱えていた。その利家に代わって茶々の傍にいたのが利家の義妹の大局である。

茶々には大蔵卿局や饗庭局《あえばのつぼね》など近侍する乳母がいた。

その中の一人が大局である。

大局は信長の近習だった利家の弟佐脇良之の妻だった。良之は同じ近習が喧嘩して信長に勘当されると巻き込まれて織田家を去った。

佐脇良之は家康を頼って三河に住んだ。

だが、三方ヶ原の戦いに勘当された仲間と参戦したのだが、ひどい負け戦でその仲間と一緒に討死する。

良之の子を抱えて岐阜の利家のところに身を寄せると、小谷城が落城した時に、信長に召されてお市姫の三人の娘の乳母になった。

その大局が母のお市姫が亡くなっても茶々の傍から離れなかった。

秀吉が亡くなると義兄前田利家と茶々を繋ぐ人として大切な存在になった。

信長がお市姫とその娘を託しただけに、大局は決して目立つことなく茶々の出生の秘密まで知っていた。

信長が見込んだほどだから大局は実に聡明な女で、茶々は深い信頼を寄せ乳母というよりは、母であり少し歳の離れた姉のように慕っている。

茶々は二度も落城を経験した気丈な乱世の女だったが、何度大局の膝で大泣きしたか知れなかった。

時に優しく励まし諭し、時に母お市姫のように長女の茶々を厳しく叱った。

茶々たち三人の姫がここまで生きられたのは、頼りになる大局がいたお陰だと思っている。

それほど大局は三人の姫にとって、とりわけ茶々には大切な人だった。

ところが数年後、その大局が亡くなると茶々は、大阪城を専制する女城主に化けて暴走してしまう。

大蔵卿局や饗庭局ではとても賢い茶々を止められなくなる。

秀吉が亡くなるとすぐ、毛利輝元と石田三成ら文治派の奉行が、五大老の中に自分たちと意見の異なる者が出た場合、秀頼のために協力してこれに当たることを決め、起請文を作って誓い合った。

明らかに秀吉の死で力を持つだろう家康への対策である。

すでに政権内には不信が渦巻いて、分裂気味になっているということだ。

三成がいつから家康を警戒したかはわからない。

だがこの時、大老たちも奉行たちも秀吉亡き後、最も怖いのは江戸の内府だと認識していた。

事実、秀吉の死は家康の時代を招いた。内大臣という位も二百五十万石という領地も、他の大老や奉行より抜きんでている。

家康自身も自分の時代が来たと思っている。

織田家に人質になり信長と出会い、すぐ今川家に人質となり大軍師太原崇孚雪斎と巡り合い、

「忍辱の鎧を着なさい……」

そう教えられてから五十年の歳月が流れた。

確かに雪斎禅師の教えの通り、家康は六波羅蜜の忍辱の行を忘れない。これからもそれを脱ぐことはない。

家康はこの五十年、忍辱の衣の上に忍辱の鎧を着ていた。

魔王信長と同盟し、秀吉と戦い負けなかったが臣従し、まさに難行苦行の六波羅蜜の行であった。

そしてつかんだこれからの家康の道である。

その苦行がどんなものか家康は知っていた。ここからいよいよ雪斎禅師の教え

が生きてくるはずだ。

その家康は狸おやじ、とんでもない大狸に変身して行くことになる。

狸というと誰もが大きな陰嚢をぶら下げた、陽気でやさしげな狸を想像しそうだが、鎌倉、室町期の狸はそういう狸ではない。

狸が陽気でやさしげになったのは家康が狸おやじとなった江戸期以降からだ。

それ以前の狸は化け物で御伽草子のかちかち山の狸である。

翁の畑の芋をほじくり、悪さばかりをする狸を翁が捕まえ、妻の媼《おうな》に狸汁にするよう言って畑に行った。

すると捕らえられた狸がもう悪さはしないし仕事も手伝うからと媼を騙す。

やさしい媼はそれを信じて縄を解いて自由にしてやると、狸は杵で媼を撲殺してその肉を婆汁にしてしまう。

狸は媼に化けて帰ってきた翁に、狸汁だといって婆汁を食わせた。

正体を現した狸が「婆汁食べた。婆汁食べた。流しの下の骨を見ろ！」と嘲り笑い、山に逃げたので翁が追って行ったが見つけられなかった。

逃げられてしまった翁は、仇を取りたいと山の兎に相談すると、兎はあまりにひどい話に怒って狸を成敗するとでかける。

兎は狸に金儲けの話をしながら柴刈りに行き、帰りに狸の背負った柴に火をつけようと、火打石をかちかちと打った。

その音に何の音だと狸が聞くので兎は、ここはかちかち山だから鳥がかちかちと鳴いているのだという。すると柴に火がついて狸が火傷をする。

その狸に薬といって唐辛子の入った味噌を渡す。魚捕りに誘って泥舟に乗り狸は溺れるが、兎は助けずに媼の仇を取ったという話だ。

このように悪いのは狸である。

つまり家康はこの狸だと思われた。決して陽気でやさしい狸ではなかった。

それが家康の大権現さま伝説で彩られ、いつの間にか陽気な狸おやじに変身したと考えられる。

そんな歴史上の創作は極々当たり前である。

九月七日に高野山から木食応其が来て、方広寺の東の山の阿弥陀ヶ峰の麓に八幡大菩薩堂を建てさせた。

秀吉の遺骸はまだ伏見城にある。

その伏見城にいて家康は忙しくなった。

九月半ばになって秀忠が江戸に帰って行った。これまで以上に内大臣の家康は江戸に戻れなくなる。

この時、江戸を任された秀忠はまだ二十歳だった。

だが、徳川家にはその秀忠を支えるぶ厚い家臣団がいる。家康がこつこつと集めてきた者たちだ。

中でも武田信玄に育てられた大久保長安の台頭が大きかった。

伏見城にいる家康の指図がなければ若い秀忠は何もできない。家康は大阪と江戸、それに京という三ヶ所を仕切らなければならない。

その上、全国に大名たちがいた。

すぐ手を打たなければならないのは朝鮮にいる日本軍だ。家康はもはや戦いを継続できる状況にないと判断している。

秀吉に捨てられた日本軍で、一日も早く帰還させる必要があった。

十月十五日に秀吉の死を隠したまま、五大老と五奉行の名で、朝鮮から日本軍が帰国するよう命令が発せられた。

だが、こういう撤退作戦が最も難しい。

もし追撃されたらひどいことになるからだ。それを警戒しながら急いで撤退しなければならない。

案の定、日本軍の撤退に気づいた明と朝鮮の水軍が動きだす。十一月十日にその水軍が現れ海上を封鎖してきた。海上で待ち伏せされてしまうと日本軍は九州へ戻れなくなる。

日本軍は海から陸から全軍が釜山に集結することになっていた。その釜山に小西軍は集結できなくなる。集結できなければ当然日本に帰還することができない。

小西行長は急いで明の水軍と交渉に入った。

その交渉はうまくいき小西軍の通過を買収して無血撤退の約束をする。ところがどこから漏れたのか、秘密にされていた秀吉の死が、敵に漏れて明軍と朝鮮軍の知るところになってしまう。

すると約束を破り明と朝鮮の水軍が後退せずに海上封鎖を継続した。

小西軍が海上封鎖によって脱出できないと知ると、撤退していた島津義弘、立花宗茂、寺沢広高らが水軍を編成して急遽救出に戻ってきた。

その日本水軍を迎撃するため海上封鎖を解いて、明と朝鮮の水軍が日本水軍に向かってくる。

水軍同士の激しい戦いになると見られた。

両軍は十一月十八日の夜に激突する。真夜中の戦いだった。

激しい戦闘の末に、明と朝鮮の水軍は勝ったと宣伝したが、戦いで多くの将官を失ったのは明と朝鮮の水軍の方だ。

戦いが終わって日本水軍が引いても、明と朝鮮の水軍は追撃できないほど痛んでいた。

その上、再び海上封鎖をすることはできなかった。

小西行長軍は海戦の海を避けて脱出に成功、釜山に着いた。

その頃、陸上でも日本軍は釜山に集結して、加藤清正が十一月二十三日に釜山から帰国、二十四日に毛利吉成、二十五日には小西行長や島津義弘たちが帰国できた。

こうして日本軍が撤退し秀吉が夢見た唐入りは、日本軍はもちろんのこと明や朝鮮軍にも甚大な被害を出して終わった。

この戦いで日本が得たものは梅毒と清正人参のセロリだけである。

朝鮮で妓生《キーセン》遊びをした日本の武将たちは、この後、若くして梅毒でバタバタと死ぬことになる。

少々大袈裟だろうが明軍は十万の兵を失い、百万の兵糧を浪費したと迷惑がった。

白髪三千丈のお国柄だから仕方ないが、もし、事実だとすれば目も当てられない被害ということになる。

日本軍が失った兵は五万人だったという。

朝鮮の被害は判明していないが、朝鮮王朝も飢饉などで苦しい時期であり、失ったものは甚大だったと思われる。

この後、家康は朝鮮との国交を回復しようと努めた。

その努力によって通信使が復活するが、一方の明は国交を回復することなく清に滅ぼされてしまう。

世界はどこも油断のできない激動の中にあった。

そんな中で、秀吉から託された泰平の世を家康がどのように作り上げるのか、その大きな問題が残っている。

家康の野望

秀吉の死後、家康は積極的に動き出した。

このまま朝鮮での戦いが終わり、秀吉が死んでしまいましたでは困る。

混乱を利用して権力を確立したいと家康は考える。秀吉の跡目を継いだ内大臣では納得できない。

朝廷の秩序の中で右大臣や左大臣になっても仕方がない。

秀吉の二の舞になるだけだ。家康が考えているのは征夷大将軍である。

家康が信長老とカリカリ薬研を回しながら話し合ってきたことは、鎌倉政権を築き上げた源頼朝の手腕のことだ。

頼朝一代で鎌倉政権は終わり、二代の頼家と三代の実朝は殺され、政権そのものは平家一門の北条義時に奪われた。

だが、全国の土地を支配して、貴族社会から武家社会に変革した鎌倉政権の力は素晴らしいと思う。

家康が頼朝を尊敬するのはそこなのだ。

信長老と二人でヒソヒソと薄暗い中で話すのはそういうことだった。

足利尊氏が開いた足利政権は京が中心だったからか、武家社会なのだが官位官職など貴族社会の色が濃く残った。

「江戸を都になさってはいかがですか？」

信長老はそういう危ない話でも家康と二人だけの時にはいう。

「そんなことができるか？」

「少々、刻がかかりますができないことはございません」

「五年か、十年か？」

「十五、六年はかかりましょうか……」

「その道筋は？」

「ただいま空席の征夷大将軍にございます」

「うむ、わしも同じようなことを考えておったわ……」

「ただ、将軍宣下がなければ政権を樹立できないということではございません」

「鎌倉殿のようにできるか？」

「御意！」

二人は薬研を薄暗い中でカリカリやりながらそんな大切な話をする。

その薬草が毒草だったりしないかと思うほど暗い。蠟燭が消えそうで時々じりじり泣いている。

こんな危ない薬を誰が飲むのだ。

「内府さまのお考えに実行が伴えばおもしろいかと……」

「わしの尻は重いか？」

「雪斎さまのご伝授では何とも申し上げられません」

信長老から見れば太原雪斎は同じ臨済宗の大先達なのだ。その雪斎の弟子が家康なのだ。

「策はあるか？」

「はい、ございます」

「戦か？」

「御意！」

そう言いながらもカリカリと手が止まらない。

この二人はいつも良からぬことばかりを話し合っている。

天下を取るにはどうするかとか、そのためには何人ぐらい死ぬとか。何年かかるとかそんな話ばかりだ。

そこに本多正信が加わると信長老は沈黙する。

正信がいると誰と誰は死んでもらった方がいいとか、最強の敵は誰々だとか具体的で生臭くなってくる。

そこに天海が加わると少し綺麗な話になる。

このような泰平の世が望ましいとか長続きするとか、話が誰を殺すかからだいぶ高尚な話になるのだ。

「誰と戦う?」

「内府さまの影法師と……」

「三成か?」

「御意……」

「あの男は賢いぞ」

「だから困るのです。影法師は内府さまから決して離れることがありません」

「なるほどな……」

家康がようやく薬研の手を止めて佶長老を見た。

「ところで、これを誰に飲ませる?」

「いつものように佐渡守では?」

「またか……」

家康が気の毒そうな顔をした。佐渡守とは従五位下本多佐渡守正信のことなのだ。

「精のつく生薬にございます」

「あれに飲ませても効いているのかわからぬが……」

「このところ顔色がよいように思います」

「そうなのか……」

家康が乗り気にならないのは正信が本気で嫌な顔をするからだ。それを信長老は知っている。この三人が集まると妖怪の集まりのようでとても気持ちが悪い。だが三要元佶が話すことは、家康にとっては極めて重要なことが多いのである。つまり家康の天下をどう作るかということだ。

家康は京極高次、細川幽斎らの諸大名を積極的に訪問した。

水面下では福島正則、黒田長政、蜂須賀家政らの武断派と婚姻関係を結ぼうと努め、その仕掛けを密かに実行しているのが本多正信だ。こういう謀略を考えるのもこの三人組である。

大名家同士の婚姻は文禄四年（一五九五）八月に秀吉が禁止と定めたことである。だがそんなことは知ったことではない。

大名たちが婚姻によって勢力を拡大し、豊臣家に刃向かうことを秀吉は恐れた。

ここにきてそれをいち早く破ったのが家康で、大名家の娘を家康の養女にして次々と婚約を進める。

乱暴なようだが禁止は百も承知だ。

「黒田さまをまず……」

「長政には正室がいるはずだが？」

「そこを佐渡守さまに……」

「嫁を取り換えろというのか？」

「御意、内府さまの姫であればできないことでは……」

「養女か？」

信長老は諸大名をよく見ている。誰が家康と接近したいのかを見落とさない。その信長老はこのまま何もなく泰平の世が収まっては困る。ひと騒動欲しいところだと思う。ここは家康の力を確立する時だ。それにはなんでもできる乱が欲しい。まずその火種を作らなければならなかった。

家康もそんなところを狙っている。

信長老は雪斎にも劣らない軍師なのだ。家康の考えを誰よりもよく知っている。薬研を二人でカリカリやりながら、どうすれば騒ぎが起きるかなど、いつも良からぬことを話し合っていた。

二人が考えて本多正信が謀略を仕掛ける。

この三人は実に質《たち》が悪いのだ。家康の天下にすることばかりを考えている。

伊達政宗の娘五郎八姫と家康の六男忠輝を婚約させた。次は家康の弟松平康元の娘と福島正則の養子正之を婚約させる。

家康は夕餉を取るとすぐコリコリやりだす。

必ず佶長老が傍にいて薬草の指南をした。

蜂須賀至鎮《よししげ》と家康の外孫の養女、小笠原秀政の娘を婚約させ、家康の叔父水野忠重の娘と加藤清正を組み合わせた。

家康は大名がいうことを聞くのかを見ている。

すでに家康と佶長老は静かに戦いを始めていた。こういうことを本多正信は大好きなのである。

保科正直の娘で家康の姪栄姫を黒田長政にと決めた。

その黒田長政などは、佶長老のいうように先に結婚していた蜂須賀正勝の娘糸姫と離婚してまで、家康の姪の栄姫と結婚する。

さすが秀吉の軍師の黒田官兵衛の息子、面目躍如たる変わり身の早さだというべきだろう。

家康と佶長老は豊臣政権を真っ二つに切り裂こうとしていた。

その狙いめは仲の悪い武断派と文治派の亀裂を、修復不可能なところまで分断してしまうことだった。つまり政権というより豊臣家を真っ二つにする。

「清正殿に咎めないと内々に……」

「口約束でいいか？」

「結構でございます。内府さまはどこでどのような口約束をされましても結構にございます。後は佐渡守さまがよろしいように……」

信長老は豊臣家の要になるのが加藤清正だと考えている。

秀吉の血筋である福島正則や加藤清正に手を打つことなど当たり前だ。家康の影法師を殺すことを考えている。そのため、三成に対する清正の怒りを利用する策だ。

次の天下を狙う家康としては分裂を望むのは当然である。

権力や天下はこうして奪うものだと、信長老は天下に見せてやろうとしている。恐ろしい僧侶だった。

怖い軍師が家康の傍で目立たぬように鳴りをひそめて考えている。

それが天下に二人といない足利学校の校長、庠主、能化といわれ知らないことのない天才だ。

この男こそ二百六十年の徳川家を盤石にする軍師だった。

家康は正則や清正と仲のいい細川忠興、島津義弘、増田長盛などの屋敷を頻繁に訪問して親交を深める。

内大臣の家康が親しく屋敷を訪ねてくるのだからまことに恐縮だ。

それはたちまち噂になり、家康の狙いが何なのかを誰もが詮索する。そういう混乱が目的なのだ。

「佐渡守さま、少々効き目が早いようですが？」

「閑室さまはそれが望みでは？」

「そうですが、なにごとも効き目が良過ぎると死にますので……」

「ゲッ、まさか、あの今朝の薬湯が……」

「はい、上さまが調合されました。どのような塩梅でございましょうか？」

「体がポカポカする。わしは死ぬのか？」

「さて、いかがなものか……」

「解毒、解毒はござらぬか、閑室さま！」

「胃を洗えば大丈夫にございます」

「ゲッ！」

正信が部屋から飛び出して行く。

「少々効き過ぎたか……」

三要元佶はブツブツ言いながらニッと笑う。人一人殺すぐらいは朝飯前だ。

家康は佶長老と呼ぶが、正信は敬意を表して閑室さまという。

間もなくこういう家康の振る舞いに、大老の前田利家や五奉行の石田三成などが、家康の専横だと激しく反発を始めた。

それがひと騒動欲しい家康と佶長老の狙いである。

そんな意図をもっているから、奉行たちがどんなに騒いでも知らぬ顔で、十一月二十六日には家康が長宗我部元親の屋敷を訪ねた。

十二月六日には家康が島津義久と細川幽斎の屋敷を訪ねる。

家康を非難する者たちを挑発する振る舞いで、五日後の十二月十一日には家康が五奉行の一人、増田長盛の屋敷に姿を現した。

家康に反発していた石田三成たちもこの早い動きには仰天するしかない。

大胆にも敵の懐に悠々と飛び込んでくるとは、挑発もいいところで宣戦布告のようなものだ。

「佶長老、こんなところでどうだ？」

「はい、良い加減かと思われます。佐渡守さまが騒いでおられました」

「効いたか？」

「そのように拝見いたしました。三成殿にもだいぶ効いたようでございます」

「なるほど、わしの薬湯が効いたか……」

この二人の話はあっちこっちが混ざっていて禅問答のようだ。なんとも気持ちの悪い老人だ。

その頃、倒壊した東山の方広寺大仏殿が竣工した。

大阪城の大老前田利家が家康の振る舞いに激怒、家康と刺し違える覚悟までしていたという。

だが、この家康の振る舞いは豊臣政権の深い矛盾に根差していた。

というのは秀吉が亡くなると正室北政所お寧さんと、秀頼の生母側室茶々の立場が逆転しつつあったからだ。

家康は茶々よりお寧さんの方を信頼している。

二人は協力して秀頼を後見しているように見えるが、二人についている秀吉子飼いの武将がまったく違う。

お寧さんには加藤清正、福島正則、浅野幸長《よしなが》、小早川秀秋など、秀吉とお寧さんの血筋が多いのである。

彼らはお寧さんがいずれ大阪城から追い出されるのではと心配していた。

一方の茶々には石田三成などの文治派が多い。

清正と三成はまるで水と油のようで、いくら振ってみても二人が融和するとは考えられなかった。

そういうところを家康と信長老は見逃さない。

にわか作りの豊臣政権は内部に問題を抱えながら、秀吉というただ一人の独裁者が要になってまとまっていた。

その要の秀吉を支える組織というものを作らなかった。

従って秀吉という要が亡くなれば、あとは馬糞の川流れで自然にバラバラになる。実にもろい。

家康はそこを読み切っていた。

信長老は石田三成を家康の影法師といったが、言いえて妙としか言いようがない。確かに三成は家康に影のようにつきまとってくる。

天才の三成は厄介な存在だ。

だが、信長老はその三成に人望がないことを知っている。

豊臣政権を馬糞の川流れにしてしまえというのが、家康と信長老の考えでその先に徳川政権を樹立すればいいと思う。

豊臣恩顧の大名も時が経てば馬糞かもしれない。バラバラになるはずだ。

鎌倉に頼朝が政権を樹立した時は、奥州合戦で平泉藤原を滅ぼし、正二位権大納言で右近衛大将に任官したころだと家康と信長老は合意している。

その二年後、頼朝に征夷大将軍が宣下された。

つまり正二位内大臣左近衛大将の家康は、すでに官位官職では頼朝より上なのだ。すでに源氏長者である。

徳川政権を開く資格は充分にあるということだ。朝廷は前例主義だから頼朝という源氏の大将がその前例となるだろう。信長老はだいぶ前からそう考えていた。

同じ源氏である家康が政権を作るのはまことに正統である。

政権は必ずしも征夷大将軍が条件ではない。秀吉は征夷大将軍にならずに豊臣政権らしきものを樹立した。信長も天下さまとして、天皇から天下静謐の大権を任されていた。

つまり有資格の家康は反対する者を倒し、武力で徳川政権を作れるということだ。

後継者が幼い豊臣家が政権を維持することはできない。家康がいなければ何も始まらないのだ。

信長老は家康が江戸に政権を樹立するといったらどうなるかを考える。秀吉に恩があるからという理由だけで、豊臣家とその政権を維持しようというのは正しいとは言えない。

家康と信長老は豊臣家が生き残ることと、天下を泰平にする政権は別の話だと考える。

秀吉に特別な恩を受けたと家康は思っていない。

関八州二百五十万石に移封されたのも、家康がそうしたいと願ったことではなく、秀吉が煙たい家康を箱根山の東に追い払ったからだ。

お陰で家康は徳川家の拠点を小田原にするか、それとも鎌倉にするか悩んだ。その上で日比谷入江を埋め立てれば、広い平地が得られると考えて江戸前島にしたのである。

小田原は関八州の西の端すぎる。

鎌倉は良い場所だがいかんせん狭すぎた。

藤沢、平塚あたりまで広げられるかとも考えたが、江戸湾の波の穏やかな内海に面した場所に決めた。

家康は京や大阪から離れてその江戸に政権を樹立したい。その実現が可能なところまできている。この頃、まだ幕府という言葉は使われておらず江戸幕府などというのは江戸の中ごろからである。

つまり鎌倉政権は鎌倉殿、足利政権は室町殿と呼ぶのが正しい。家康の政権は江戸殿というのだ。事実、家康は江戸殿と呼ばれていた。江戸幕府の呼び方である。

口の悪い公家は江戸殿とか、陰では得川殿などと呼んだ。

もう家康は江戸殿になる資格が充分にあるのだが、そのためには頼朝の奥州合戦のような大きな戦いをしなければならない。

頼朝は二十九万の大軍勢で平泉に攻めて行った。以後、頼朝に刃向かうものはいなくなった。

頼朝のように家康が天下を取るためには、そういう大戦をして万人を黙らせる必要がある。

家康と信長老は薄暗い中でカリカリ薬研を回しながら、そんなヒソヒソ話を何回となくしてきた。

反対する者と戦う覚悟はできていた。

家康は信長老に腰が重いといわれたことが気になる。だが、軽すぎで腰がふらつくようでは困ったことになる。

戦う覚悟をした以上、後はどんな戦いをするかだけだ。

この年、伏見でお久が産んだ四女の松姫が亡くなった。四歳だった。

慶長四年（一五九九）の年が明けた正月三日に早々と家康が、島津義久の弟義弘と義弘の三男忠恒の屋敷を訪問する。

家康と信長老はしきりに戦いを仕掛けようとしていた。

この家康の大胆な振る舞いは、他の大老や奉行に無断で行われ、明らかに秀吉の定めた法令に違反するものだ。

だが、内大臣の家康に異議を言うにはそれなりの覚悟が必要だ。

ちょうどその頃、正月十二日に家康の七男で、長沢松平家に養嗣子に出した松千代が六歳で亡くなった。

側室の茶阿が産んだ子だ。

そこで家康はその後継に同じ茶阿の産んだ松千代の兄の六男忠輝を決めた。家康の子は夭折する子が少なくなかった。

そんな正月に家康が本多正信を使って、密かに進めている縁組計画が発覚する。秀吉が文禄四年に決めた大名間の、私的な婚姻の禁止に違反する行為だと騒ぎになり、前田利家を中心に家康弾劾の動きが起きた。ばれてしまってはじたばたしても仕方がない。

すると家康を除く四大老五奉行から、三中老とも小年寄ともいわれる堀尾吉晴遠江浜松城十二万石、生駒親正讃岐高松城十七万石、中村一氏駿河府中城十四万石が問責使として家康に派遣された。

だが、家康は三人をひとにらみすると、「うぬは誰にものを言っているのかわかっているのかッ、浜松城はわしの城だ。追い出してくれるッ。江戸からの兵を待てッ！」と、逆に堀尾吉晴を恫喝して追い返した。

これには三中老は手も足も出ない。

実際、家康は脅しだけでなく江戸から兵を呼び寄せて戦う構えを取った。

ここで家康と四大老、三中老、五奉行の対立が先鋭化した。豊臣政権の重臣が雁首を揃えて家康一人に戦いを挑まれた。

だが、その中の誰一人も戦う意思表明をしなかった。腰が引けている。

こそこそと逃げるように秀頼が伏見城から大阪城に移り、前田利家が秀頼を守って大阪城に入った。

家康は堂々と家臣団と兵に守られて伏見城に入る。

戦うならいつでも相手になると、断固たる考えを天下に知らしめたのだ。江戸の内府は本気だぞと、姦《かしま》しく騒ぎ立てる者たちを黙らせた。天下を仕切るということは戦うことだと力を見せつけたのだ。

二百五十万石の家康の力を武将なら誰でもわかる。

その上、徳川軍は九州までは行ったが二度とも渡海していないから、まったく無傷のままで一人の兵も失っていない。

そんな軍団が関東から押し寄せてきたらと思う。

家康は単独でも最大十五万人ぐらいの動員はできる。そんな大軍に一人で戦いを挑める大名はどこにもいない。

加藤清正など石田三成を八つ裂きにしたい武将たちは、秀吉の代理人のような前田利家がいるから暴発しないで我慢している。

家康はそんな豊臣政権内の分裂含みをわかっていた。

硬軟織り交ぜての作戦だ。

問責使などと家康を押さえ込もうとすれば、強烈な一撃で反撃し戦いで決着をつけようと譲らない。家康と信長老の戦略はすっかりできあがっている。いつでも戦える支度をしてある。江戸から旗本八万騎を呼べる。

二月になると前田利家が戦いはまずいとばかりに一旦引いた。

四大老と五奉行の九人が、二月二日に誓詞を交換して和解する方向に向かった。家康の強硬さに折れた。

細川忠興の仲介で前田利家が病気の老体を引きずって家康を訪問する。

和解の証だが、利家はもう両側から近習に支えられないと歩行も難しい。だが、気力はある。

なんとしても秀頼を守りたいと思う。

乱暴な傍若無人さで信長の手を焼かせた利家は、信長の色児でもありそれを自慢して人にも語った。

六尺の大男で三間半の大槍を担ぎ、槍の又左の異名をとる名人だった。

秀吉を天下に押し上げたのはこの男かもしれない。家康より官位も石高も低いが、人望は利家の方が上だといわれた。

だがこの時、豪傑前田利家の体はサナダ虫にむしばまれていたのである。

利家は豊臣家への最後の奉公とばかりに出てきた。

家康に伏見城の治部少輔曲輪の傍の屋敷から、宇治川対岸の家康の別邸向島《むかいじま》屋敷に移ってもらいたいという。

それを和解の証にしたいと言った。

それを家康は何もいわずに了承する。利家の衰えが激しく、家康は半年先には利家はいないだろうと思う。仕掛けるのはそれからでいい。

利家の訪問の答礼を約束し家康は和解した。

もう利家の病状は予断を許さなかった。

家康を訪問した直後に利家の病状が悪化すると、家康が病気見舞いで前田利家邸を訪問する。

この時、利家は抜身の刀を、布団の下に忍ばせて家康を殺そうとしていたという。

結局、家康も病の利家の顔を立て、ここは引かざるを得なかった。それが武士の情けというものだ。

新たな戦い

二月五日に家康ら五大老の連署で、小早川秀秋に筑前と筑後五十九万石が与えられた。

誰もが秀秋には同情的だ。

秀吉の養子になって可愛がられたり、いじめられたり大忙しの秀秋だが、北ノ庄城十五万石から大幅な加増である。

それから七日後の二月十二日に、家康が起請文を提出して、一旦騒ぎが収まったかに見えた。

だが、そんな起請文は何の役にも立たない。

一瞬の静けさでしかなかった。

ついに閏三月三日になって前田利家が大阪の自邸で死去した。六十二歳だった。

秀吉の死から一年も経っていない。

家康が考えていたよりも早い利家の死だった。

「この間の薬湯が効いたと佐渡が喜んでいた」

「そうでございますか、附子《ぶし》が少し足りなかったようで……」

「うむ、そういうこともある」

信長老が冗談を言うことはほとんどない。

よほど機嫌のいい時なのだ。家康も冗談で答えるなど何があったというのだ。

「死んだぞ」

「はい、伺いました。大往生だそうで結構なことにございます」

「そうなのか?」

「そうではないのですか?」

「わからん……」

家康がカリカリやりながらとぼけた。こういう時は上機嫌なのだ。

二人はそれぞれに天邪鬼だから禅問答のようになる。利家が死んで二人はうれしいのだが素直ではない。

「どうする?」

「何か因縁をつけて加賀を攻めてはいかがでしょう?」

「死んだばかりだぞ」

「嫡男利長殿がどうなさるか、大阪に留まり秀頼さまをお守りしろというのが、利家さまの遺言と聞きましたのですが?」

「そなた地獄耳だな?」

「恐れ入ります」

信長老は五大老の中でも前田家だけは、豊臣家と特別な関係にあると警戒している。

それは秀吉と利家の親しさのことだけでなく、お寧さんと利家の妻まつさんとの特別な関係のことがあるからだ。

足軽小者の頃から味噌や塩を貸し借りしてきた仲だという。

女同士のこういう関係は根が深い。

信長老はそんな前田家を先に潰しておきたい。前田利長が大阪城に居座ると家康がやりにくくなる。

早々にその厄介者を取り除いておきたい。

そのためには前田家を加賀に押し込めるか潰してしまうかだ。

二人がそんなよからぬ相談をしている時に、大阪では二人が予想していないことが起ころうとしていた。

実は大狸の家康はこの事件の発生を薄々知っていた。

翌閏三月四日に七将といわれる福島正則、加藤清正、池田輝政、細川忠興、浅野幸長、加藤嘉明、黒田長政らが大阪の加藤清正屋敷に集まった。

そこに藤堂高虎、蜂須賀家政、脇坂安治らが合流、奉行の石田三成を殺害する目的で襲撃しようという。

利家が死んだ翌日とはよほど我慢ができなかったのだろう。

幼い頃から一緒に育ちながら朝鮮での不満など、積もりに積もった三成への恨みがついに大爆発した。

その三成は確かに天才なのだが、人を上から見下ろすという悪い癖があった。

天才に有りがちな不徳である。

賢いのだから、賢くない人にはやさしさを持たないと、本人はそんなつもりでなくても見下していると思われる。

そういう配慮のないのが三成の大きな欠点だった。

秀吉が生きているうちはそれでもよかったが、秀吉と利家の二人が亡くなっては不満が三成に襲い掛かる。

その三成は女に変装して大阪の屋敷から脱出する。

傍には名将といわれる三成の家臣島左近が従っていた。その三成を追う武将たちがあちこちを探し始めた。

大阪城下がたちまち大騒ぎになった。

三成は佐竹義宣邸に逃げ込んでいたが、各屋敷を武将たちが探し始めると、より安全な宇喜多秀家邸に逃亡する。

この頃すでに、武将たちは向島別邸にいる家康と連絡を取っていた。

危機に陥った三成は大阪から逃げ出すと、伏見城内の自邸である治部少輔曲輪に逃げてきた。

伏見城に入れば三成の身柄は安全だ。

大阪から三成を追ってきた武将たちも、家康のいる伏見城を攻めることはできない。

城内の三成と城の堀を挟んで包囲する武将たちが睨み合いだ。家康は武将たちの届け出に伏見城下を警備するという仕事を与えた。

家康も狡い。七将にやめなさいとはいわない。

こういう武装集団の扱いを間違えると厄介なことになる。三成を庇ったりすると家康に牙を剝きかねない。

家康はカリカリやりながら様子を見ていた。どちらからも手は出せないのだから膠着状態だ。

「影法師が大阪から追われてきたな？」

「はい、殺しますか？」

「いや、今ここで影法師を斬ればわしも危なかろう。あの武将たちの眼をこのまま三成に向けさせておきたい」

「それでは失脚？」

「うむ……」

「佐和山城に閉じ込めておけばまだ影法師の使い道はありましょう」

「わしもそれを考えている……」

「ただ、影法師の妻は真田の妻と姉妹ですから気を付けませんと……」

「真田昌幸は厄介者だからな？」

「はい……」

薄暗い中で薬研の音がカリカリと止まらない。二人はあちこちのことをボソボソと話し合っている。薄暗い中だから正信でなくても、毒草が混ざっていないか心配になる。

そんな時に動いたのが三成と親しい安国寺恵瓊だった。

恵瓊は自分の主人である毛利輝元に、家康に双方の仲裁をするよう依頼して欲しいと願い出た。

この恵瓊の願いを聞いて、輝元が家康に仲裁の労を取ってくれるよう要請してきた。家康は頼まれたから動くということだ。仲介がうまくいかないときはいつでも、「駄目でした」と投げることができる。

そこでようやく家康が、石田三成と武将たちの仲裁に乗り出す。なかなか得な役回りである。狡い。

武将たちは兵を連れて大阪に帰る。三成は職を辞して佐和山城に謹慎する。

このように家康の仲裁裁定は両者を分けて、三成を政権から失脚させ佐和山城に引退させることだった。

武将たちにお咎めはなく甘いが、三成には厳しい扱いになる。

追い詰められた三成は呑むしかない。この裁定を双方が受け入れて石田三成は家康の影法師からも降りた。

秀吉なら騒いだ武将たちが叱られ知行を半減されるところだ。

そうしないところが家康の巧妙な塩梅である。

それぐらいでは死にきれない三成だとわかっている。信長老は家康の裁定に何も言わなかった。

だが、信長老は家康には言わなかったが、三成を武将たちに殺させたほうがいいと思っていた。

その方が後腐れがないと考えた。三成のような天才は死にきれずに必ず復活してくるからだ。だが一方では、三成が乱を起こすかも知れないと思う。それは望むところだ。

家康もそれは考えていた。佶長老の考えも充分わかっている。

ここで三成を殺しては寝ざめが悪そうだ。

強引に殺すこともできるが家康は躊躇したのである。

家康の命令で結城秀康が伏見城から、三成を佐和山城にまで送って行った。

一行が瀬田の唐橋まで来ると、島左近が佐和山城から三千人の兵を連れて三成を迎えに出てきた。

「三成に過ぎたるものが二つあり島の左近と佐和山の城」という。

三成はまだ自分の使命が終わったわけではないと考えている。権力への未練は充分に持っていた。

刀を研ぎ、戦いの時が必ず来ると信じて、臥薪嘗胆の時を覚悟するしかない。

佐和山城に戻ってきた三成は、結城秀康に秀吉から拝領した名刀、五郎入道政宗二尺二寸七分を護衛の謝礼として譲った。

武将なら誰もが欲しがる名刀中の名刀だ。

大いによろこんだ秀康は、その名刀を石田政宗と呼んで生涯傍に置いた。

このようにして、前田利家が亡くなるとすぐ、にわか作りの豊臣政権は武断派と文治派に分裂した。

その分裂は家康と佶長老の望んだことでもある。幸先のいい解決だった。

閏三月十三日に結成秀康が伏見城に戻ってきた。

豊臣家の分裂という秀吉子飼いの武将たちの対立は、家康にとっては願ってもない混乱だった。

この混乱を利用して豊臣政権を弱体化させる。

家康が天下に近づくには必要なことだ。だが、このまま落ち着いてしまうことに佶長老は少々不満だった。どうしても乱が必要だと思う。

戦って勝ち取った政権でなければ脆弱だと考えている。

そういうことを家康と佶長老は何度も話し合ってきた。だが、家康は天下取りには慎重だった。

それは決して失敗の許されない戦いだからである。

家康の傍にいる佶長老は主戦派なのだ。江戸にはそういう強い政権が欲しい。

それが長く泰平の御世を招来させると佶長老は信じていた。

どうすれば強く頑丈で長続きする政権を構築できるかだ。

鎌倉の政権も頼朝の時は静かだったが、北条政権になってからは鎌倉御家人の殺し合いだった。

後醍醐天皇の建武の中興も落ち着かず、天皇家が南北に分裂するなど激動した。

足利政権も三代義満の時だけは静かだったが、その後の応仁の乱からは戦国乱世といわれる群雄割拠で始末に負えなくなった。

織田信長は政権を作れずにこの世を去り、それを引き継いだ秀吉の泰平もわずか数年だった。何を勘違いしたのか、秀吉は唐入りを夢見て朝鮮に出兵、国内は泰平とはほど遠い状況になった。

ここにきて再び混乱する気配が漂い始めた。その中心にいるのは豊臣政権の中心人物の徳川家康である。その家康は秀吉の中途半端な泰平を作り直さなければならない。

つまり家康が天下を取るにはここで乱を起こし、従わない者を武力で討伐するしかない。その上で頑丈な政権を作らないかぎり、長く安定した泰平の世はこない。

それが信長老の考えであり家康も同意している。

騒動が収まって五月になると、家康は佶長老に伏見円光寺で孔子家語、三略、六韜の印行を命じた。

孔子家語とは孔子一門の説話を集めたものである。

三略と六韜は太公望呂尚《りよしよう》の著した兵法書で、三略は上中下からなるため三略という。六韜の韜は剣や弓を入れる袋のことで、一巻は文韜と武韜、二巻は龍韜と虎韜のことで虎韜は別に虎の巻ともいう。

ちなみに三巻は豹韜と犬韜からなり、三巻六韜で編まれ戦いのすべての方法が書かれている。日本では古代から読まれてきた貴重な本だ。

印行とは刷る発行するということである。

家康はすべて読みたいが特に虎韜を読みたかった。こういう文献を解釈し伝授するのは佶長老が得意とする。

佶長老が考える家康の天下取りはこの六韜三略によるものだった。

その実現のために佶長老は薬草学から易経まで、すべての知識と知恵を家康に授けるつもりでいる。

佶長老は閑室元佶と呼ばれることが多い。

天文十七年（一五四八）に九州肥前小城《おぎ》の晴気《はるけ》城主、千葉胤連《たねつら》の家臣野辺田善兵衛の子として生まれた。

千葉家で養われていた鍋島直茂が、実家に戻って復帰する時、胤連は十二人の家臣を直茂に与えた。

その一人が善兵衛であった。従って鍋島家の家臣ともいえる。

千葉家は鎌倉の御家人だったが、蒙古襲来の時に九州防衛のため関東下総から派遣され、千葉宗胤が肥前に土着したのである。

善兵衛の子の元佶は幼少の頃に都へ上り、京の左京岩倉にある臨済宗妙心寺派の大悲山《だいひざん》円通寺にて得度した。

天才元佶はその力量を高く評価されて、下野の足利学校九世の庠主こと校長になった。

佶長老が家康と出会ったことで、北条家の凋落と同時に衰退しかけた足利学校が息を吹き返し、徳川家に年筮《ねんぜい》を毎年提出するなど再び繁栄する。

占筮は筮竹で卦《け》を立て周易の理にてらして吉凶を占う卜筮《ぼくぜい》ともいう。年筮はその年の運勢を書いた紙で徳川家に毎年提出された。この佶長老の年筮は幕末まで引き継がれる。

徳川家の他に大名や旗本にも配布される。

足利学校は寺院と同じ扱いだが檀家がなく、年筮を配る家を檀家と呼んでそこから援助を受けた。

明治五年（一八七二）の廃校まで学問の府として続いた日本のアカデミーである。

佶長老の功績は実に大きい。その佶長老は家康の傍にいて、毎日のように筮竹で卦を立て家康の吉凶を占っている。

不思議なことにどんな時でも家康の占筮で悪い卦を見たことがない。

このような人を佶長老は見たことがなかった。どんな強運を持っているのか計り知れないものがある。

佶長老の強気はこの家康の占筮の卦の強さにあった。それを知っているのは佶長老だけで家康本人も知らない。

「気に入らぬか？」

「はい……」

「佶長老、影法師はな、斬り損なうとわしが斬られるのだぞ」

「御意……」

「そう遠からず、あの影法師はわしに噛みついてくる。その前に仕掛ければいいのではないかな？」

「恐れ入ります」

「それよりも例の前田の方が先だ」

「御意！」

「仕掛けるぞ……」

「まずは利長殿には金沢へ帰ってもらう」

「うむ、取り敢えずは……」

「難癖をつけてでも戦に持って行くと？」

「そのつもりだ……」

「徳川家か前田家か、国が割れますが？」

「はっきりさせる」

「なかなか結構にございます」

前田家に因縁をつけて喧嘩に持って行こうという。

家康はカリカリ薬研を回しながら、いつものように信長老と二人だけの密談だ。

こういう良からぬことばかりをこの二人は相談している。

石田三成より先に前田家と決着をつけてしまおうという魂胆だ。

秀吉が死んでから、家康は急に忙しくなって少々疲れ気味だ。だが、ここで手を緩めることはできない。

家康の標的になった前田家こそいい迷惑だ。

暑い夏が過ぎ八月になって、利家に代わり五大老の一人になった前田利長は、父利家の「三年間は上方から離れるな」という遺言に従い大阪城にいた。

大阪城の秀頼の傅役という利家と同じ務めがある。その利長が目障りで家康は気に入らない。

そこで家康は、一度加賀の金沢に帰国してはどうかと利長に勧めた。

前田家に対する謀略が始まった。利長は家康との対立を嫌って、利家の遺言に背き金沢に向かうことにする。

この時、利長は三十八歳だったがまだ子がなかった。

利長の正室は信長の娘で四女の永姫二十六歳だった。二人の仲は良かったがどうしても子ができない。

永姫は「どこの誰でもいいから利長殿の子を産んでほしい」というほどだったが、利長は側室というものを置かなかった。

家康と佶長老はそういう利長の律義さの弱いところを見抜いている。

本能寺の変が起きた時、永姫は信長に呼ばれて利長と一緒に京へ向かったが、瀬田の唐橋で事件を知り、明智光秀の勢力圏から慌てて尾張の荒子《あらこ》まで逃げて助かっている。

危なく本能寺の事件に巻き込まれて命を落とすところだった。

利長が金沢に向かい、大阪からいなくなるとそれと代わり、九月七日に家康が大阪に現れ石田三成の屋敷を宿所とした。

大胆不敵な行動である。

翌々日の九月九日には家康が大阪城に登城して、秀頼に重陽の節句の慶賀を述べた。

家康と秀頼の関係は微妙である。

官位官職は内大臣の家康の方がはるかに上だが、太閤秀吉の子に対する礼を取らなければばならない。つまり家格は関白家の豊臣家の方が上で、大臣家の徳川家は下だということになる。

慶賀の儀式とはいいながら気持ちのいいものではない。

秀頼が七歳という子どもなだけに扱いが難しい。天下の内大臣が七歳の子どもに頭を下げた。秀頼が幼くても関白とか左右大臣というなら仕方がない。だがこれは官位官職ではなく家格なのである。

家康はこの秀頼の扱いに苦労することになる。

その三日後の九月十二日に家康は宿所を三成の屋敷から、三成の兄である石田正澄の屋敷に移した。

家康が警戒しながら大阪城に入ったのは九月二十八日で、大阪城の西の丸に入った。

大阪城に入ることに警戒し躊躇したのは、増田長盛から前田利長や浅野長政に異心があり、家康暗殺の計画があるとの密告があったからだ。

そんな計画があったか真偽は定かではない。

例の大権現さまの創作かもしれない。前田家に難癖をつけ家康が追い詰めたというのは品が良くない。

家康にとって豊臣家と親しい前田家は、邪魔な存在で謀略を使ってでも屈服させたい。

出来れば戦いで潰してしまいたい。

この家康暗殺計画はどこまで具体的だったかわからない。利長にしてみればむしろ、火のないところに煙が立ったようなのだ。

家康暗殺などというまがまがしい噂は、喧嘩を仕掛けるにはちょうど良い口実になる。

増田長盛という男は蝙蝠《こうもり》のようなどっちつかずで利用価値が高い。これから起きる騒動には欠かせない男になる。

こういう男は歴史の舞台回しのようにいつの時代にも存在した。何の功績もないように見えるが陰での動きが実に重要である。歴史の襞に埋もれている人の一人だろう。

それが時々顔を出す増田長盛という男だ。

謀略の筋書きを書いたのは信長老、仕掛けたのが本多正信、大芝居を演じたのが家康で強権発動をして前田征伐を言い出す。

前田家に謀反の疑いがあると言いがかりをつける。

それは家康が前田利長を排除するのが狙いという謀略だ。邪魔者が誰であれ取り除くか服従させるか潰すかである。

それがいつの世も権力者の常套手段だ。

権力争いは無慈悲で血も涙もない。勝つか負けるかの戦いがあるだけだ。

前田征伐は家康が仕掛けた天下取りの第一歩である。前田家を潰しておくことは毛利家や上杉家を抑えるためにも重要なことだ。

ことに会津の上杉景勝という男は上杉謙信の甥だけあって、易々と家康の言うことを聞くような男ではない。

景勝は長尾政景の子で母は謙信の姉である。

この長尾家は古代からの家で東漢という渡来系の名族で、桓武平氏の鎌倉氏の一門であった。

鎌倉景明の息子の景弘が相模鎌倉長尾庄に住した。

その景弘が長尾次郎と名乗ったことが始まりで坂東八平氏の一家という。相模の古代豪族の末裔ともいう。

家康が上杉景勝より先に狙ったのが前田利長だ。景勝より利長の方が与しやすいとみた。

この時、家康は利家と違い利長には、利家のような家臣団からの厚い信頼はないと見抜いていた。

家康と信長老の謀略は緻密で手抜かりはない。

そこで増田長盛と長束正家に前田利長、浅野長政、大野治長、土方雄久《ひじかたかつひさ》らが家康暗殺を企んでいると密告させる。

この密告作戦は本多正信が仕掛けた前田家潰しの陰謀だった。

案の定、この家康の加賀前田征伐で前田家中は交戦派と回避派に割れた。利家の時のように前田家は一枚岩ではなかった。

利長は交戦派で細川や宇喜多を通じて豊臣家に救援を求める。

だが、大阪城では争いに巻き込まれるのを嫌って、茶々たちが前田家への支援を断ってしまう。

秀吉と三成のいない大阪城は、茶々を中心とする女世帯でもう腰抜け同然で何も考えられない。ただただ秀頼大切だけである。

それを受けて利長の実母のまつこと芳春院が、家康との戦いを回避するよう利長を説得する。

母の進言に強硬だった利長は戦いをあきらめて和睦交渉に入る。

利家が一代で築いた前田家を潰したくないと芳春院は考えた。このまつの判断がなければ前田家は家康に潰されていたかもしれない。それが百二十万石の大大名として生き残るのだから芳春院の決断は正しかったといえる。

利長は逆心などないと家臣の横山長知《ながちか》を、三度までも弁明のために派遣して交渉に当たらせた。

戦わずして勝った家康の和睦条件は厳しい。

実母の芳春院と妻の永姫を人質に出せと要求され、利長は仕方なく再び家康と戦うことを決意する。

家康ごときに母と妻を渡すことなどできない。

そのような屈辱に耐えて生きるより、一家の滅亡をかけてでも家康と戦いたい。

それが武士としての意地だ。

利長は戦いの支度を命じる。

だが、冷静な芳春院はその屈辱に耐えて前田家を残すことを選ぶ。乱世の女は実に賢く強いのである。

息子の利長に人質となって江戸に行くと伝える。それを聞いた利長は母親を人質に差し出す無念さに号泣したという。

また、家康の和睦条件は利長に子がないため、養嗣子の弟利常に家康の孫娘の珠姫を妻に迎える条件を呑めという。

やむを得ず利長はそれを受け入れて戦いを回避した。

いざとなれば豊臣家も他の大名も家康と戦いたくない。秀吉と利家と蟄居の三成がいないためあるかなしかの豊臣政権はグラグラだ。

この時、信長老は家康の妹多劫《たけ》姫の産んだ万千代こと、後の松平勘四郎信吉を前田利長の養子に考えていた。

つまり前田家の乗っ取りである。

家康はこの信長老の考えに同意していたが、加賀前田家を乗っ取るというのは寝ざめの良いことではなかった。

結局、それは実行されることがなく騒動は落ち着いた。

十月にはこの事件で家康に疑われた浅野長政は、息子の幸長に家督を譲って武蔵府中に隠居。

同じように疑われた大野治長は下総結城秀康のところへ流罪とされた。

同じく土方雄久も改易され常陸水戸の佐竹義宣に身柄を預けられ、家康の謀略は見事に成功する。

三人とも家康の眼の届く関東に移された。

そんな混乱の中で北政所お寧さんが大阪城から出た。秀頼や茶々に追い出されたわけではない。

秀吉の菩提を弔うとの考えからで、京の東山に寺院の建立を考えていた。

後の高台院である。

祐筆の孝蔵主や小西行長の母マグダレーナ和草など、ごく数人と一緒に京の上京に秀吉が建てた新城へ入って侘び住まいになった。

そのお寧さんの親友ともいえる芳春院は、息子の利長が死去するまで江戸にいて金沢には帰れなかった。

家康と信長老は利長よりまつさんを恐れていたのかもしれない。

実母を人質に取られて利長は、まったく身動きができなくなり、家康のいうなりになるしかなかった。

その不甲斐なさを恥じて、後に自ら腹を切ったとも、高岡城で毒を呑んだとも伝わる。

武士は戦うべき時に戦わないとこういうことになる。

このことを知ってか後に家康は大幅に加増し、前田家は百二十万石の大大名として生き残る。

芳春院ことまつさんの判断は間違っていなかったと思う。

また一方で、家康は秀頼の名で豊臣家の蔵入地から大名に加増を行っている。

秀吉の二百二十万石が削られて行く。秀吉のいない豊臣家に二百二十万石もいらないだろうということだ。家康は豊臣家の無力化を狙っている。

だが、領地をもらうことに誰も反対しないし遠慮もしない。

対馬の宗義智に一万石、遠江浜松堀尾吉晴に五万石、美濃金山森忠政に十三万七千石、丹後宮津細川忠興に六万石、薩摩大隅島津義久に五万石などである。

巧妙に硬軟両面を使い分けて、家康は大名たちに自分の力を見せつけた。徐々に狸親爺へと変身して行く。

それが大名たちの中で良いと映るか悪いと映るか微妙だ。

だが、今の家康は天下一の実力を諸大名たちに見せつけなければならない。それが天下を取る家康の野望につながる。

前田家を服従させてそれには見事に成功した。

加増は豊臣家の領地から行われたのだから、感謝はされても家康は米一粒も損をしてはいない。

実に狡く巧妙な手口だ。こういうことをカリカリ薬研を回しながら話し合う。

この二人こそ天下の大悪人なのかもしれない。

豊臣家の領地二百二十万石を大幅に減らし、秀吉の遺産金七百万両を秀頼に使わせてしまいたい。

豊臣家が生き残るとしても十万石程度の一大名にしてしまいたいのだ。

場合によっては大阪城から出して領地没収の上、一万石未満の豊臣家という公家にしてしまいたい。

そうなれば徳川家には無害だなどと二人は話し合っている
二百二十万石の領地と七百万両の黄金が軍資金では、さすがの家康も今すぐ豊臣家と戦って勝てる見込みはない。

おそらく、いよいよ豊臣家が潰れるとなれば、秀吉恩顧の大名が兵を引き連れて大阪城に集結するだろう。

その兵力は二十万、三十万となり徳川軍を遥かに凌ぐはずだ。

一気呵成に戦いで決着をつけてしまいたいが、そんな危ない戦いをするほど家康は愚かではない。

その兵力を半減させる策があるはずだと考える。そんなことを話しながら二人はカリカリと薬研を回して薬草を粉砕する。

いずれ、その豊臣恩顧の大名たちと戦って決着をつける。その半減策は信長老が考えている。決着は早い方が良い。

だが、その戦いは今ではない。戦う時は家康の方からの仕掛けで行う。

必ず勝つ戦いをするのに重要なのはただ一つ、家康の得意な野戦に持ち込むことだ。その野戦に敵を引きずり出す必要がある。

信長は野戦も籠城戦もあまり得意ではなかった。大軍を擁して敵の度肝を抜く新戦法や皆殺し、焼き払い戦法などで勝ったり負けたりだった。

秀吉は野戦より籠城戦が得意で兵糧攻めや水攻めが好きだった。播磨の三木城、因幡の鳥取城、備中の高松城、相模の小田原城など、水攻めや兵糧攻めにして勝ってきた。

家康は三方ヶ原では武田信玄に危なく命を取られるところだったが、姉川、長篠、小牧、長久手など野戦で三河武士の力を発揮してきた。大きな戦いになることは見えている。その野戦に持ち込むにはどうすればいいかということだ。

家康は信長老と六韜三略に取り組んでいた。

そこにはあらゆる戦いの要諦がすべて書き込まれている。

この年、天海が川越無量寿寺北院の住職になり、家康の参謀として朝廷などとの交渉にあたる。

天海が動き出せば信長老には強い味方になる。

だが、天海は信長老のように汚い手を使ってでも天下を取ろうという気がない。どこか綺麗好きというか、あまり謀略などは好まないようだ。

信長老はそんなふうに天海を見ている。それならそれでもいい。

家康と泥まみれになっても天下を取りに行く、それが信長老の考えだ。その上で千年の泰平を築く自信はある。

天才閑室元佶のこの国を作り直す信念だ。

それに家康は同意している。この先どんな戦いをするかだけだ。

家康《いえやす》の軍師《ぐんし》③　白虎《びゃっこ》の巻《まき》　朝日文庫

2023年1月30日　第1刷発行

著　者　岩室《いわむろ》　忍《しのぶ》

発行者　三宮博信
発行所　朝日新聞出版
〒104-8011　東京都中央区築地5-3-2
電話　03-5541-8832（編集）
03-5540-7793（販売）

印刷製本　大日本印刷株式会社

Published in Japan by Asahi Shimbun Publications Inc.
定価はカバーに表示してあります

ISBN978-4-02-265082-5

落丁・乱丁の場合は弊社業務部（電話 03-5540-7800）へご連絡ください。

送料弊社負担にてお取り替えいたします。

降霊会の夜
浅田　次郎

死者と生者が語り合う夜、男が魂の遍歴の末に見たものは？　これぞ至高の恋愛小説、一級の戦争文学、極めつきの現代怪異譚！《解説・吉田伸子》

椿山課長の七日間
浅田　次郎

突然死した椿山和昭は家族に別れを告げるため、美女の肉体を借りて七日間だけ〝現世〟に舞い戻った！　涙と笑いの感動巨編。《解説・北上次郎》

天国までの百マイル
浅田　次郎

会社も家族も失った中年男が、病の母を救うため、名外科医がいるという病院めざして百マイルを駆ける感動巨編。《解説・大山勝美》

抗争
巨大銀行《メガバンク》が溶融《メルトダウン》した日
江上　剛

三行合併したミズナミ銀行の行員が何者かに殺害された。巨大化した金融組織の呪縛が招いた悲劇を描く、長編ビジネス小説。《解説・清武英利》

座礁《ざしよう》
巨大銀行《メガバンク》が震えた日
江上　剛

未曾有の大スキャンダルに遭遇した銀行マンが、退路を断って下した勇気ある決断。ビジネスマンの矜持を描いた長編経済小説。《解説・竹花　豊》

非情人事
江上　剛

リストラ、ヤミ金、追い落とし。生き残るのは果たして誰だ？　シビアな世界で闘う人々を描いた傑作ビジネス短編集。《解説・伊藤博敏》

朝日文庫

TOKAGE《トカゲ》
特殊遊撃捜査隊
今野　敏

大手銀行の行員が誘拐され、身代金一〇億円が要求された。警視庁捜査一課の覆面バイク部隊「トカゲ」が事件に挑む。《解説・香山二三郎》

精鋭
今野　敏

新人警察官の柿田亮は、特殊急襲部隊「SAT」の隊員を目指す！　優れた警察小説であり、青春小説・成長物語でもある著者の新境地。

天網
TOKAGE《トカゲ》2　特殊遊撃捜査隊
今野　敏

首都圏の高速バスが次々と強奪される前代未聞の事態が発生。警視庁の特殊捜査部隊が再び招集され、深夜の追跡が始まる。シリーズ第二弾。

連写
TOKAGE《トカゲ》　特殊遊撃捜査隊
今野　敏

バイクを利用した強盗が連続発生。警視庁の覆面捜査チーム「トカゲ」が出動するが、なぜか犯人の糸口が見つからない……。《解説・細谷正充》

鬼と人と（上）
信長と光秀
堺屋　太一

天下布武に邁進する織田信長と、その忠実な家臣足らんとする明智光秀。両雄の独白形式によって、互いの心中を炙り出していく歴史巨編。

鬼と人と（下）
信長と光秀
堺屋　太一

信長から領地替えを命じられた光秀は屈辱に震える。両雄の考えのすれ違いは本能寺で決着を見るが、信長は、その先まで見据えていた。

司馬　遼太郎
街道をゆく　夜話《やわ》

司馬遼太郎のエッセイ・評論のなかから『街道をゆく』に繋がるものを集め、あらためて編集し直したアンソロジー。《解説・松本健一》

司馬　遼太郎
春灯雑記

日本の将来像、ふれあった人々との思い出……今日的な問題から、歴史の深いひだに踏み込んだテーマまで、深遠な視点が生かされた長編随筆集。

司馬　遼太郎
対談集　東と西

文明の本質と日本への直言……開高健、ライシャワー、大岡信、網野善彦らとの悠々たる対話。人々の心のひだに分け入り、思考を深めていく対談集。

司馬　遼太郎
対談集　日本人の顔

日本人の生き方・思考のかたちを、梅棹忠夫、江崎玲於奈、山崎正和ら多彩なゲストと語り合う。自在な思考とヒューマニズムの精神に貫かれた対談集。

司馬　遼太郎
対談集　日本人への遺言

日本の現状に強い危機感を抱く司馬遼太郎が、田中直毅、宮崎駿、大前研一ら六氏と縦横に語り合った貴重な対談集。

週刊朝日編集部
司馬遼太郎の戦国Ⅰ
信長と秀吉、三成

『国盗り物語』の信長、『新史太閤記』の秀吉、『関ケ原』の三成……。戦国の常識に挑戦した武将に託した、司馬さんの思いとは――。

私に似た人
貫井 徳郎

テロが頻発するようになった日本。事件に関わらざるをえなくなった一〇人の主人公たちの感情を活写する、前人未到のエンターテインメント大作。

乱反射
貫井 徳郎

《日本推理作家協会賞受賞作》

幼い命の死。報われぬ悲しみ。決して法では裁けない「殺人」に、残された家族は沈黙するしかないのか？ 社会派エンターテインメントの傑作。

迷宮遡行
貫井 徳郎

妻・絢子が失踪した。その理由がわからぬまま迫水は思いつくかぎりの手がかりを辿り妻の行方を追うのだが。《解説・法月綸太郎、新井見枝香》

風花帖《かざはなじょう》
葉室 麟

小倉藩の印南新六は、生涯をかけて守ると誓った女性・吉乃のため、藩の騒動に身を投じていく――。感動の傑作時代小説。《解説・今川英子》

柚子《ゆず》の花咲く
葉室 麟

少年時代の恩師が殺された事実を知った筒井恭平は、真相を突き止めるため命懸けで敵藩に潜入する――。感動の長編時代小説。《解説・江上 剛》

この君なくば
葉室 麟

伍代藩士の譲と栞は惹かれ合う仲だが、譲は密命を帯びて京へ向かうことに。やがて栞の前に譲に心を寄せる女性が現れて。《解説・東えりか》

朝日文庫

山本一力
五二屋傳蔵《ぐにやでんぞう》
幕末の江戸。鋭い眼力と深い情で客を迎える質屋「伊勢屋」の主・傳蔵と盗賊頭の龍牙、男たちの知略と矜持がぶつかり合う。《解説・西上心太》

山本一力
欅《けやき》しぐれ
深川の老舗大店・桔梗屋太兵衛から後見を託された霊巌寺の猪之吉は、桔梗屋乗っ取り一味に一世一代の大勝負を賭ける！《解説・川本三郎》

山本一力
たすけ鍼《ばり》
深川に住む染谷《せんこく》は〝ツボ師〟の異名をとる名鍼灸師。病を癒やし、心を救い、人助けや世直しに奔走する日々を描く長編時代小説。《解説・重金敦之》

山本一力
立夏の水菓子
たすけ鍼《ばり》
人を助けて世を直す——深川の鍼灸師・染谷の奔走を人情味あふれる筆致で綴る。疲れた心にもじんわり効く名作時代小説『たすけ鍼』待望の続編。

日本史史料研究会編
信長研究の最前線
ここまでわかった「革新者」の実像
「楽市楽座」は信長のオリジナルではなかった！信長は朝廷との共存を望んでいた！一次史料の検証により、従来の信長観が一変する一冊。

日本史史料研究会監修／呉座勇一編
南朝研究の最前線
ここまでわかった「建武政権」から後南朝まで
建武政権・南朝は、前後の時代と隔絶した特異で非現実的な政権ではなかった！一次史料の検証により、その先進性、合理性、現実性を解き明かす。